明人别集叢編

鄭利華 陳廣宏 錢振民 主編

李東陽全集

【一】

錢振民 編訂

復旦大學出版社

本書爲教育部人文社科重點研究基地重大項目「明代文學名家詩文別集的整理與研究」成果之一，并獲上海高峰高原重點學科建設經費資助

本書爲二〇二一——二〇三五年國家古籍工作規劃重點出版項目，并獲國家古籍整理出版專項經費資助

李東陽畫像 北京故宫博物院藏

據《故宫博物院院刊》2004年第2期《明人〈十周年圖〉卷初探》

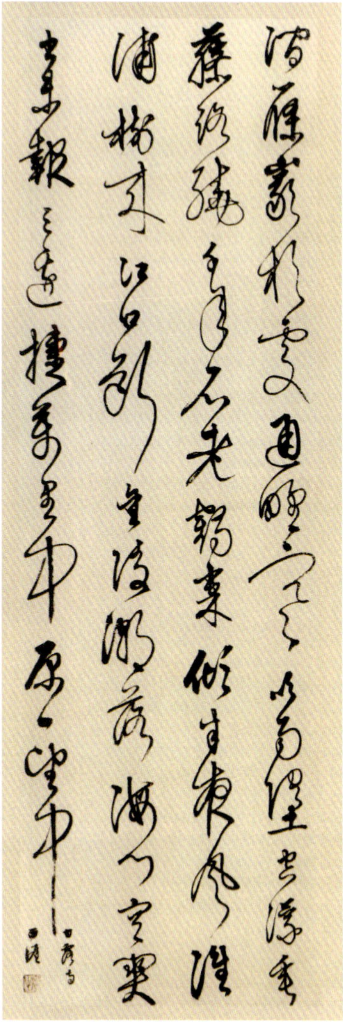

李東陽行草書　北京故宫博物院藏

據《中國收藏》2019年第5期《李東陽——“臺閣”書風下的另類》

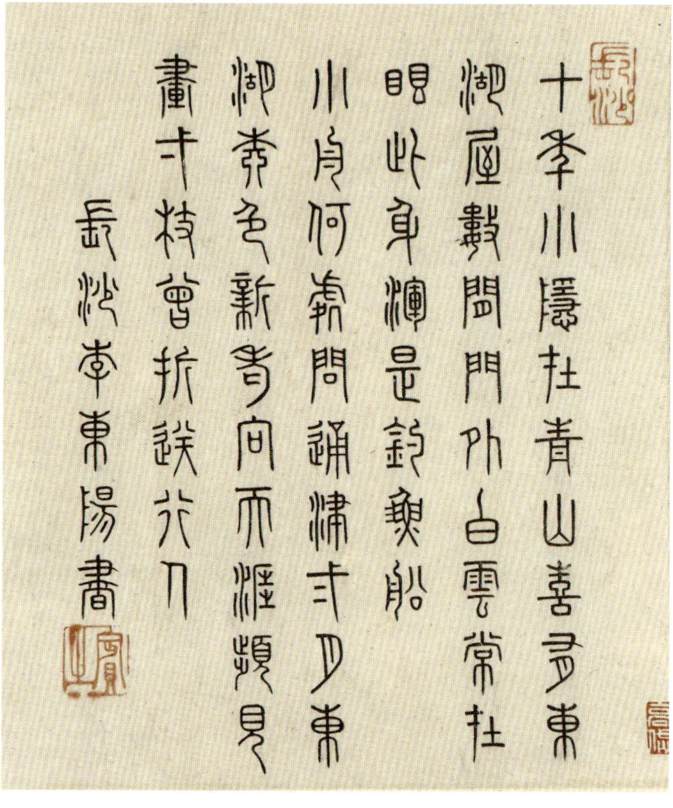

李東陽篆書　美國弗利爾美術館藏

據“書法欣賞”網《明代李東陽篆書七言詩二首》

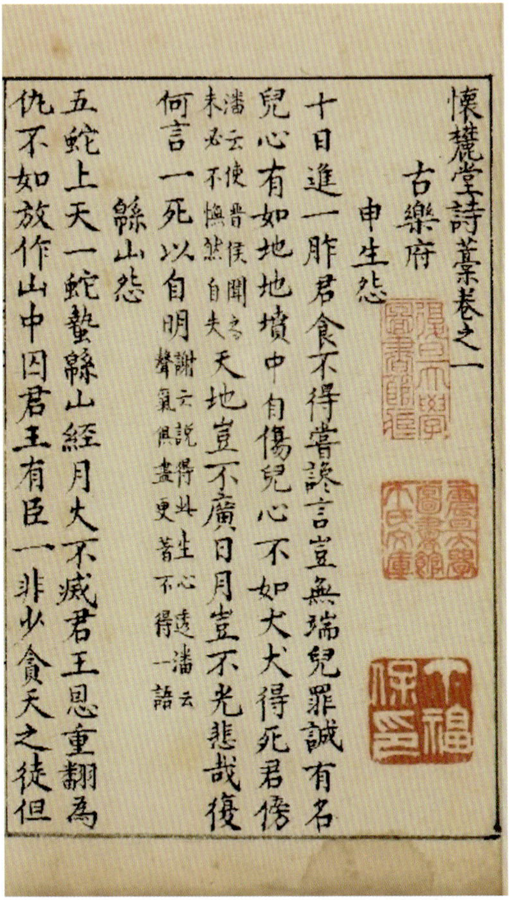

懷麓堂詩藁卷之一
古樂府
申生怨
十日進一胙君食不得嘗讒言豈無端兒罪誠有名
兒心有如地地墳中自傷兒心不如犬犬得死君傍
潘云使晉侯聞之未必不憮然自失 天地豈不廣日月豈不光悲哉復
何言一死以自明 謝云說得此生心遠潘云聲氣俱盡更著不得一語
鯀山怨
五蛇上天一蛇蟄鯀山經月大不臧君王恩重翻為
仇不如放作山中囚君王有臣一非少貪天之徒但

明正德本《懷麓堂詩稿》書影　復旦大學圖書館藏

總序

中國的古籍文獻浩如煙海，這是先人留給我們的寶貴的文化資源和精神財富。明代是中國歷史發展演變的一個重要時期，成爲中國社會處於近世而具標誌性意義的一個時代。明代的文化不僅積累豐厚，重視與歷史傳統相對接，同時又善於創新立異，呈現時代異動的一系列特徵。而作爲這種文化積累與變異相交織的具體表徵之一，它也突出地反映在明代的著述領域。總體來看，明人撰作浩繁，論説紛出，由此構成一筆蔚爲可觀的文化思想之資産。與前代相比，其不但反映在文獻種類上的擴充，而且出現了一批卷帙龐大的著作。以後者而言，最爲典型的莫過於明代中後期文壇巨擘王世貞，他生平筆耕不輟，著述極爲繁富，僅其詩文别集弇州山人四部稿、弇州山人續稿及讀書後，加起來就將近四百卷，四庫館臣曾稱：「考自古文集之富，未有過於世貞者。」（四庫全書總目卷一百七十二集部弇州山人四部稿、續稿提要）儘管個人著述數量龐大的情況在有明一代不能説很普遍，但也並非絶無僅有。可以説，凡此自是明代學術和文化趨於繁盛的一個明顯標誌，而這一時期汗牛充棟的各類著述，也成爲後人研究明人思想形態和創作實踐的重要資源。

鑒於有明一代文人的著述數量繁夥，其中不乏富有文獻和研究之價值者，尤其是它們作爲中國近世文獻典籍的重要組成部分而流傳至今，這也受到學術界和出版界的關注和重視，相應的文獻整理和出版工作爲之展開，並有一批成果問世。首先是明人文集的影印。這其中始自二十世紀九十年代的四庫系列影印叢書的編纂出版，如四庫全書存目叢書（齊魯書社）、續修四庫全書（上海古籍出版社）、四庫禁燬書叢刊（北京出版社）、四庫未收書輯刊（北京出版社），就包括了相當數量的明集。除此之外，尚有明人文集的專題影印叢書，如明人文集叢刊（臺灣文海出版社）、明代論著叢刊（臺灣偉文圖書出版社）、四庫明人文集叢刊（上海古籍出版社）、明别集叢刊（黄山書社）、明人别集稿鈔本叢刊（國家圖書館出版社）、明代詩文集珍本叢刊（國家圖書館出版社）、日本所藏稀見明人别集彙刊（廣西師範大學出版社）等。這些影印叢書特别是明人文集專題影印叢書的相繼問世，爲明代文學、史學、哲學等不同領域研究工作的開展，提供了一批重要的文獻資源。其次是明人文集的點校。除了一些零散的點校本之外，叢書系列較有代表性的，如中國古典文學叢書（上海古籍出版社）、中國古典文學基本叢書（中華書局）、明清别集叢刊（人民文學出版社），包括了若干種類的明集；又具地方文獻性質的，如蘇州文獻叢書（上海古籍出版社）、浙江文叢（浙江古籍出版社）、湖湘文庫（岳麓書社)、陝西古代文獻集成(陝西人民出版社)等等,各自也收入了數種明集。這自然也爲學人的閲讀和研究提供了一定的便利。

衆所周知,作爲古籍整理的兩種重要形式,影印和點校具有彼此不同的功能和作用,如果説前者主要在於呈現文本的原始形態,這也是傳統保存和傳遞文獻資源所採取的一項有效措施,那麽後者則屬於針對文獻所進行的一種深度整理,其功能和作用並非影印所能代替。按照傳統的工序,點校整理需要經過底本的遴選、文本的標點,以及利用不同版本和相關文獻進行校勘及輯佚等過程,原則上要求形成相對完善和便於利用的新的版本,如此,當然也相應增加了此項工作的難度和强度。從這個意義上來説,開展明人文集的整理工作,借助影印的便捷手段,爲保存和利用古籍文獻創造條件,固然十分必要,而與此同時,通過點校這種深度整理的方式,爲學人提供較爲完善的文集版本,也是不可或缺的。從明人文集影印整理的情況來看,迄今爲止,特别是隨着若干大型明集影印叢書的出版,種類數量上已形成一定的規模。比較而言,明集的點校整理則相對滯後,尤其表現在文集覆蓋的範圍有限。一些零散的點校本,大多選擇整理的是明代若干代表人物之文集。即使是數部規格較大的點校整理叢書,或限於叢書的通代體例,或限於選録範圍的要求,其中明代部分所收録的,主要爲活躍在當時文壇的數位重要人物之文集。至於一些地方性的文獻整理叢書,自然要以人物的地域身份作爲選録的主要標準,所以選目的覆蓋面相當有限。這樣的情形,實與明人文集大量留傳的存書現狀和學人閱讀及研究的廣泛需求形成某種反差。以明集點校整理的質量而言，其中在標點、校勘、輯佚等方面，固然不乏質量上乘者，但在另一層面，受制於整理者自身的學術資質、工作態度以及各種客觀條件，整理質量有待於進一步提升者，亦並非偶見。應當説，有關明人文集的點校整理，既有擴大整理範圍的必要，又有提升質量的空間，需要做的工作還有很多。

有鑒於此，經過充分的醞釀和準備，我們現著手編纂這套大型文獻整理叢書明人別集叢編，以期能對學人的相關閱讀和研究發揮重要的裨助作用。該整理項目得到了復旦大學出版社的大力支持，從而也使得這套叢書的編纂和出版工作有了切實有力的保障。根據所制定的編纂總例以及相應的編纂宗旨，本編主要選取有明一代不同時期特别在文學乃至史學和哲學等領域較有代表性，尤其在上述領域有着獨特業績或顯著影響而鮮少受到學人充分關注或重視的文人之詩文別集，通過精選底本和校本、精審標點和校勘，爲學界提供一套較爲完善的明人詩文別集整理本。具體來説，一是選目要求具有較爲廣泛的覆蓋面，以體現文獻整理種類較强的系統性，並重點選取一批前人未曾點校整理的明人詩文別集，而這些別集作者又大多在明代不同時期文壇表現相對突出或較有影響，我們的目的是力圖通過對這些作者別集的整理，彌補明集整理上存在的空闕，凸顯本編的原創性之編纂特色。二是針對若干種已有整理本問世的明人詩文別集進行重新整理，因爲前人整理本的情況比較複雜，有的整理質量相對較高，也有的則仍存在很大的修正和補闕的空間。特别是有些早期的整理本，除了受制於整理者的主觀因素，也或多或少爲其時文獻查閲和檢索等條件不如現今便利的客觀因素所限制，出現這樣或那樣的問題在所難免。故而從糾補闕失、後出轉精的角度來説，有選擇性地開展重新整理工作又是非常必要的。但重新整理並不意味着重複整理，它的價值意義更多指向優於前人整理成果的彌補性和超越性，當然也要求整理者爲之付出更多的心力。三是在標點和校勘上盡力做到謹慎細緻、精益求精。底本方面，原則上要求選擇刊印較早、較全或經名家精校的善本；校本方面，原則上要求在充分理清版本源流的基礎上，重點選擇具有代表性及校勘價值的版本作爲主要校本。通過精校，存真復原，形成接近作者原本的新善本。四是在文本的輯佚上盡可能利用相關的資源拾遺補闕，即要求通過對作者詩文集各版本的細緻查閲和對相關文集、史志等各類文獻資料的廣泛搜羅，補録本集未收的詩文，同時爲避免誤收，要求對所輯篇翰嚴格加以辨察。

作爲古籍整理的一個大型學術工程，本編選録的明人别集數量和卷帙繁富，整理工作面臨的難度和强度不言而喻，特别是爲了充分保證整理的質量，需要我們秉持格外嚴謹的態度和付出十分艱巨的勞動，唯有全力以赴，一絲不苟，毫不懈怠，才能實現理想的目標。衷心期望這套大型文獻整理叢書的編纂和出版，能爲明代文獻的整理和研究盡一份綿薄之力。

鄭利華　陳廣宏　錢振民

二〇二一年五月

總例

一、宗旨

明人別集叢編係選編整理有明一代文人詩文集的大型叢書、古籍整理研究的一大工程。該叢書主要選擇明代不同時期特别在文學乃至史學、哲學等領域較有代表性，尤其在上述領域具有獨特業績或顯著影響而鮮少受人充分關注或重視的文人之詩文别集，通過精選底本、校本，精審標點、校勘，爲學界提供一套相對完善的明人詩文别集整理本。

二、版本

（一）底本，原則上以刊印較早、較全或經名家精校的善本作爲底本。

（二）校本，原則上在理清版本源流的基礎上，對於有多種版本系統者，選擇具有代表性的版本作爲主要校本，并參校他本及各類相關文獻資料。

各集采用的底本、校本及參校的相關文獻資料，均須在整理「前言」中加以説明。

三、校勘

通過精校，存真復原，即綜合運用對校、他校、本校、理校等方法進行校勘，提供接近作者原本的新善本。

四、標點

本編各集以國家新近頒布的標點符號使用法爲依據，同時參照國務院古籍整理規劃小組制定的古籍點校通例進行標點整理，并按原書文意析分段落。

五、體例

（一）本編所收各集，其編排體例原則上不作改動，以存其原貌。

（二）依照原書正文篇名重新編製全集目録。

（三）文集前後序跋、傳記、軼事等文字，作爲附録置於全集之後。

（四）作者撰寫的已經單獨刊行并且前人未曾編入其詩文集中的學術類文字，一般不收入新整理本中。

（五）在完成點校整理的基礎上，各集整理者分別撰寫前言一篇，簡介作者生平、文集構成，説明版本概況、點校體例等。

六、輯佚

（一）通過作者詩文集各版本及有關文集、史志等文獻資料，搜羅集中未收之詩文，但爲避免誤收，補入時須注意對所輯佚文的作者歸屬或真僞情況加以仔細辨察。

（二）佚文不多者，直接補於相應體裁或文集正文之後； 數量較多者，按體裁編爲若干卷，列於文集之正文各卷之後。 佚文來源均須加以註明。

各集整理者根據本編上述總例之要求，分别製訂文集點校具體之體例。

李東陽全集總目

前言……一
凡例……一
卷一至一〇三
懷麓堂稿……一
懷麓堂詩稿二十卷……一
懷麓堂文稿三十卷……四六三
南行稿一卷……一〇五三
北上録一卷……一一〇七
懷麓堂詩後稿十卷……一一四九
懷麓堂文後稿三十卷……一三三一
講讀録二卷……一九六七
東祀録三卷……二〇〇七
集句録一卷……二〇五三
集句後録一卷……二〇六九
哭子録一卷……二〇七九
求退録三卷……二〇九五
卷一〇四至一二三
懷麓堂續稿……二一七五
懷麓堂詩續稿八卷……二一七五

懷麓堂文續稿十二卷 …… 二三五九
卷一二四
燕對録一卷 …… 二五七七
卷一二五
聯句録一卷 …… 二六〇九
卷一二六
玉堂聯句一卷 …… 二七〇一
卷一二七
麓堂詩話一卷 …… 二七三七
卷一二八至一四〇
散見佚詩文
佚詩二卷 …… 二七八七
佚文十一卷 …… 二八三五
附録
一　碑傳序跋 …… 三一〇七
二　年譜 …… 三一二五

前言

李東陽，字賓之，號西涯，謚文正，祖籍湖南茶陵。成化、弘治、正德年間，他立朝五十年，輔政十八載，官至少師兼太子太師吏部尚書華蓋殿大學士。更以不世之才，扭轉文運，主盟文壇，一時天下文學歸於茶陵。作爲明代著名政治家、文學家、書法家的李東陽，學界多有研究成果，兹不贅述。

李東陽一生著述宏富，且「朝廷大著作，多出其手」（明史本傳）。筆者於二十多年前發表了李東陽著述考、懷麓堂稿探考兩文〔一〕，對李氏著述進行了初步梳理。近年着手編集整理李東陽詩文全集，對李氏存世著述進行了較全面的梳理。以類别之，李氏著述主要有以

〔一〕 李東陽著述考見中國文學研究一九九五年第四期，懷麓堂稿探考見復旦學報（社會科學版）一九九六年第一期。

下三類：一、自撰詩文作品，詳下文；二、編纂類著述，獨編者有雲陽集、憩庵府君字法手稿、二仲遺哀、灌畦暇語等，主編者有大明會典、歷代通鑑纂要、明孝宗實録，參編者有明英宗實録、明憲宗實録、闕里志、類博稿、滄洲詩集、黎文僖公集、學士柏詩等；三、書法類著述，如李西涯翰墨卷、西涯詩纂卷、自書詩卷、李西涯真草墨迹五卷等，此類著述通常爲後人編集。

此次編集整理李東陽詩文全集，是將第一類著述，即李氏自撰詩文作品中現在仍然存世者，通過精選底本、校本，審慎校勘、輯佚，盡可能地恢復李氏詩文著作的原貌。

壹、李東陽全集的基本構成

李東陽自撰詩文著述現在仍然存世者，有懷麓堂稿一百〇三卷、懷麓堂續稿二十卷、燕對録一卷、聯句録一卷、玉堂聯句一卷、麓堂詩話一卷，另有散落在各類文史文獻中的詩文三百餘篇，筆者將之彙爲散見佚詩文十三卷（佚詩二卷、佚文十一卷）。李東陽全集的主體部分由這七部分構成，共一百四十卷。其中聯句録、玉堂聯句及散見佚詩文中所輯的大部分詩文，此前皆未曾收入近年出版的整理本李東陽集和李東陽續集；懷麓堂稿用未經删削的初刻本即明正德十一年刻本爲整理底本，麓堂詩話用未經删削、更接近初刻本原貌的明正德精抄本爲整理底本。詳情如下：

（一）懷麓堂稿一百〇三卷

此稿爲李東陽仕宦期間詩文作品的結集，也是其一生自撰詩文作品的主要部分。楊一清序曰：「先生嘗自輯其詩文凡九十卷，總名之曰懷麓堂稿：詩稿二十卷、文稿三十卷，在翰林時作；詩後稿十卷、文後稿三十卷，在内閣時作。南行稿、北上録則附於前稿之末；講讀、東祀、集句、哭子、求退諸録則附於後稿之末：以皆雜記，故不入卷中。徽州守熊君桂，先生禮闈所取士，間從所知得副本，乃謀諸同知王君仲仁輩刻之郡齋。走書京師，索余序。……先生所著别有燕對録，藏於家。及密勿章疏，文字甚多。……若致仕以後詩文，則别爲續稿，他日當自有傳之者。正德丙子秋七月朔，……石淙楊一清序。」〔一〕

此稿由門人熊桂等於正德十一年在徽州開雕，正德十三年底完成。此刻本稱明正德十一年（或稱十三年）徽州刻本，或稱熊桂刻本。此本國内外現存刻本（多爲殘缺本）、明清抄本多種。臺灣圖書館所藏刻本是全本，其主要著録文字如下：

題名卷數：懷麓堂詩稿二十卷，文稿三十卷，詩後稿十卷，文後稿三十卷，南行稿一卷，北上録一卷，講讀録二卷，東祀録三卷，集句録一卷，集句後録一卷，哭子録一卷，求退

〔一〕 見正德本懷麓堂稿卷首，清以後刻本對此段文字有改動，見拙文懷麓堂稿探考，復旦學報（社會科學版）一九九六年第一期。

録三卷

創作者：（明）李東陽（撰）

序跋者：（明）楊一清（序）、（明）靳貴（跋）

版本：明正德戊寅（十三年，一五一八）熊桂等徽州刊本

版式行款：十行，行二十字，注小字雙行，字數同，版心白口，單魚尾，下方記刻工

數量：二十四册

臺灣學生書局一九七五年版歷代畫家詩文集叢書將此本影印面世。

臺北故宫博物院藏有原國立北平圖書館藏明正德刻本殘本，國家圖書館出版社二〇一三年版原國立北平圖書館甲庫善本叢書據美國國會圖書館二十世紀四十年代拍攝的縮微膠捲影印，可以合而爲一，看到一部完整的明正德刻本懷麓堂稿，只是影印本漫漶處甚多。

北京大學圖書館藏有一部清抄本，此抄本卷端有翁方綱手書識語：「辛亥正月，碧泉宫詹以所藏懷麓堂集舊寫本見示，蓋與吾齋藏本卷帙悉同。至四月二十九日校訖，北平翁方綱。」該抄本内容完整，繕録認真，其版式行款同明正德本，又經名家校勘，堪稱精抄本。

正德刻本懷麓堂稿（清刻本、寫本懷麓堂全集多有删削，詳後文）刻印精良，本次整理，以歷代畫家詩文集叢書影印本爲底本，以美國國會圖書館所攝縮微膠捲本、黄山書社二〇一三

年版明別集叢刊第一輯影印北大圖書館藏清抄本爲主要校本，亦酌予參校清代諸刻本、寫本，以及近年岳麓書社出版的點校整理本李東陽集。

（二）懷麓堂續稿二十卷補遺一卷

此稿爲李東陽致政後四年間詩文作品的結集，含詩續稿八卷、文續稿十二卷、補遺一卷。正德十二年，門人張汝立刻之於蘇州，門人邵寶爲撰序。其序曰：「懷麓堂續稿若干卷，太師西涯先生李文正公致仕後所著也。公所著有麓堂前後稿者，刻於徽郡，公門下士提學侍御張君汝立實與圖焉。公卒之明年，汝立復得是稿，遂於蘇郡刻之。……正德十有二年春三月既望，門人……無錫邵寶百拜書。」

筆者於三十年前發現此稿〔一〕，存世者僅有刻本（殘）、抄本幾種。北京大學圖書館所藏抄本内容完整，繕録認真，其版式行款同明正德本。該抄本被編置於懷麓堂稿抄本後面，當是繕録者將之視爲懷麓堂稿的一部分，亦堪稱精抄本。

黄山書社二〇一三年明別集叢刊第一輯將兩抄本一同影印面世。本次整理此續稿，筆者在此前依據北京、南京、上海等地圖書館所藏正德十二年張汝立刻本殘本整合而成、由岳麓書社出版的李東陽續集的基礎上，再校以此抄本。

〔一〕 見拙文新發現的懷麓堂詩文續稿，復旦學報（社會科學版）一九八七年第二期。

（三）燕對録一卷

此録是李東陽對自己入閣後多次被孝宗、武宗召對議政所作的紀録，成編於正德九年。其序曰：「弘治乙卯春，東陽自翰林承乏内閣。……丁巳之夏，忽遣司禮監宣至平臺，上取諸司題奏，質問可否，令各擬票，面賜裁決，新御宸翰，批而行之。自是稍稍召對。……每敷對之暇，退而記憶，謹書於册，以記聖德，存故典。……若今天子嗣統更化以來，亦嘗屢召詢問，對答之語，并續於後，以著始終之意云。正德九年六月朔日，具官致仕臣李東陽拜手稽首謹序。」

此録未收入懷麓堂稿中，今存明良集、交泰録、國朝典故三種叢書本。本次整理，以續修四庫全書叢書影印明嘉靖十二年刻明良集本爲底本，校以國朝典故本。

（四）聯句録一卷

此録爲李東陽與同年進士在翰林者於成化前期十餘年間聯句作品的結集。卷首李東陽序曰：「予同年進士在翰林者十有餘人，凡齋居遊燕，輒有詩。詩多爲聯句，未嘗校多寡，論工與拙，凡以代晤語，通情愫，標紀歲月，存離合之念，申箴歸之意而已。然時出豪險，亦不之禁。……十年間，多不時録，輒漫不可紀。竊以爲是亦交義所繫，不宜遽泯没，乃與鳴治掇其存者，得若干篇成卷。凡後所續得，及諸同遊大夫士相與作者，皆附見焉。成化甲午夏六月二十四日，李東陽序。」成化末年，時任雲南等處承宣佈政使司左布政使的友人周正將此録刊印於雲南〔一〕。此刊本今存。

此卷聯句録未收入懷麓堂稿中。本次整理，即用四庫全書存目叢書影印南京圖書館藏明周正刻成化本。

（五）玉堂聯句一卷

此卷爲李東陽與同鄉友人彭民望唱和聯句的結集。「吾鄉彭民望善爲詩……成化辛卯，民望實寓余家，凡再閱歲。風晨月夕，清談小酸之暇，輒爲詩。詩多聯句。余詩固非所及，然其神交興洽，率然而成詩，比意續之，幸不至於牴牾者亦多矣。越三年，偶閱舊稿，悵然感之，因録爲一卷。是歲甲午夏六月二十日，西涯老史李東陽書。」〔二〕

〔一〕此聯句録卷末有周正題識：「成化壬寅，余捧萬壽聖節表文至都下。癸卯還任，道經貴州之普定。會海釣蕭黄門文明出翰林李西厓先生所編玉堂諸公及縉紳大夫士聯句一帙，起自成化紀元乙酉，訖于己亥，凡十餘年詩共二百五十八首。余繆進參政時，西厓、文明聯句贈行三首亦在焉。……遂懇于文明，袖以歸滇，欲鋟梓嘉與同志者共。奈何塵鞅交馳，車不停轍。又五年丁未，余專視篆章，始克刊成。所惜者己亥訖于今又八年矣，聯句之盛，不知積至幾百首，新入社縉紳諸公又不知有幾何人。……己亥以後諸作，倘西厓不吝録示，當續入梓以滿望也。謹書以俟。時成化二十三年仲秋之吉，雲南等處承宣布政使司左布政使文江周正識。」

〔二〕見玉堂聯句卷首，清道光十年刻清末重印攸輿詩鈔本。

筆者於中國國家圖書館藏清道光十年刻清末重印攸興詩鈔中覓得，明刊懷麓堂稿、清代諸刻本、寫本懷麓堂集及近年校點整理本李東陽集、李東陽續集皆未收録。本次整理，即據攸興詩鈔本。

（六）麓堂詩話一卷

此卷爲李東陽談詩論文的隨筆，較集中地反映了其文學思想。正德初期，遼陽王鐸於揚州首刻之。卷端識語曰：「是編乃今少師大學士西涯李先生公餘隨筆，藏之家笥，未嘗出以示人，鐸得而録焉。……用託之木，與滄浪並傳。……遼陽王鐸識。」李東陽於正德元年始官少師兼太子太師吏部尚書華蓋殿大學士，正德七年致政；識語有「今少師大學士」語；王鐸於正德四年任揚州知府[一]；去正德年間未遠的嘉靖本翻刻者陳大曉於嘉靖二十一年所撰跋謂「遼陽王公刻於維揚」：雖然尚不能確切考知王鐸刊刻麓堂詩話是在哪一年，而判定其在正德初期這一時段當無異議。

嘉靖間，番禺陳大曉翻刻之。其跋曰：「麓堂詩話，實涯翁所著，遼陽王公刻於維揚。餘家食時，手抄一帙，把玩久之……將載刻以傳而未果。兹欲酬斯初志，適匠氏自坊間來，予同

[一] 馬雲駸李東陽麓堂詩話考論，北京大學學報（哲學社會科學版）第四十二卷第六期，二〇〇五年十一月。

寅松溪葉子坡南、長洲陳子棐庭咸贊成之。乃相與正其訛舛，翻刻於縉庠之相觀庭，爲天下詩家公器焉。時嘉靖壬寅十一月既望，番禺後學負暄陳大曉景曙父跋。」〔一〕

王鐸初刻本、陳大曉翻刻本已不可見，今存世較早者有藝海彙函明抄本、明末心遠堂古今詩話刻本、清順治間説郛續刻本（删節本）、知不足齋叢書本、四庫全書諸抄本、談藝珠叢本、歷代詩話續編本等。清嘉慶間茶陵譚碗、譚中模等十二人於嘉慶八、九年間出資刊刻的懷麓堂全集（即二六書屋刻本），將此詩話編爲雜記第十卷。

梅純編纂藝海彙函叢書，卷端自序署「正德二年歲次丁卯春二月朔旦」，知該叢書當完成於正德初期。該叢書卷五「説詩類」繕録有麓堂詩話，其卷端有王鐸識語。該抄本以楷書精抄，内容完整，繕録極認真：須對明皇權表敬處，另行頂格抄録；發覺某字漏抄，即將該字補於該句或該行末，右邊標一點，並於漏字處右邊標有點下加一斜杠的插入標號，表示須將下面的漏抄字移入此處；或直接在漏字之處的右邊補入正字，並在該字下加一斜杠表示補入此字之意；發覺抄錯的文字，即對該錯字加圈，並於其右補寫一正字；發覺衍字，即圈去。該抄本當是嚴格依照王鐸正德初年刻本之行款而繕録的精抄本，又經清代名家杭世駿校過〔二〕，「應

〔一〕見知不足齋叢書第三集本卷末，清乾隆四十年版。
〔二〕藝海彙函叢書卷末署「堇浦杭大宗校于道古堂」。

更接近原貌」[一]。

清乾隆四十年，鮑廷博據倪建中抄本將麓堂詩話收入知不足齋叢書第三集中刊行。該本卷後附陳大曉跋文，所據抄本當抄自嘉靖陳大曉翻刻本。該叢書本對卷中多處「違礙」文字有删節，條目詮次與藝海彙函本亦略有不同。但該本屢經傳抄、翻刻，影響廣泛。

本次整理，以藝海彙函抄本爲底本，參校知不足齋叢書、明人詩話要籍彙編、懷麓堂詩話校釋（人民文學出版社，二〇〇九年）等刊本。

（七）散見佚詩文十三卷

隨着古籍編目的完善，古籍資料的電子化、數字化，以及學界的不斷發掘，近年在李東陽詩文著述的輯佚方面有了較多收獲。除了前面所述的玉堂聯句八十二首聯句詩外，筆者新輯得各體詩近五十首，各體文一百四十篇。此次編集整理李氏詩文著述，其主體部分已採用正德本懷麓堂稿，因而此前從該稿中輯出而編入李東陽續集中的詩三首、文章四十八篇，不再作爲佚文處理。

收入本散見佚詩文十三卷中的各體詩一百一十首、各體文一百九十二篇，其中含此前筆

[一] 陳廣宏、侯榮川編明人詩話要籍彙編卷首明人詩話要籍提要，復旦大學出版社，二〇一七年六月。

者所輯已收入李東陽續集的佚詩五十餘首、佚文二十六篇，近年其他研究者輯得的詩歌十首、文章二十篇。原收在懷麓堂續稿補遺卷的六篇文章，爲避卷目的重疊，移録至本佚文中。因篇目較多，略依懷麓堂稿之例，編爲佚詩二卷、佚文十一卷。

貳、其他曾結集成編或刊行者

李東陽自撰詩文著述，除前文所述各種外，尚有二十餘種曾經獨自成編者。這些獨自成編的著述或已收入懷麓堂稿中，或已散佚。懷麓堂稿也有多種重要抄本，以及面貌改變較大的刻本。下面分别述之。

一、曾獨自成編而已收入懷麓堂稿者

（一）南行稿一卷

此稿爲李東陽詩文作品的第一次結集。成化八年，官翰林院編修的李東陽獲假，陪同父親李淳回祖籍湖南茶陵祭掃墳墓。途中所見所聞，發爲文章，彙成此稿。其序曰：「成化壬辰歲二月，予得告歸茶陵，奉家君編修公以行。至則省祖州佐公及高處士府君之墓，既合族敍燕。居十有八日，乃北返。以八月末入見于朝，蓋七閲月而畢事。……其間流峙之殊形、飛躍開落之異情，耳目所接，興況所寄，左觸右激，發乎言而成聲，……得百二十有六首、文五通。」

此稿後收入懷麓堂稿，附編於詩稿、文稿之後。

（二）北上録一卷

成化十六年，李東陽與羅璟奉命赴南京主考應天府鄉試，此行的詩文彙爲此録。其序曰：「予與洗馬羅君明仲校文南都，既聞命登舟，兼程以往。……校閲既畢，始爲一章，貽我同志。公卿大夫士在南都者，延訪燕會，或登名山，歷勝地，輒有詩。……留數日，輒還舟北上。過石頭，沿大江，絶長淮。觀吕梁百步之壯，溯天津潞河之深，遠歸眺太行，數千里縈抱不絶。於是盡得兩京之形勝，神爽飛越，心胸開蕩。煙雲風雨之聚散，禽魚草木之下上開落，衣冠人物、風土俗尚之殊異，前朝舊迹之興廢不常者，不能不形諸言。……彙次之，得賦一、詩百有二、聯句二、雜文三，爲一卷。以皆使歸録，故名曰北上録云。」

此録後收入懷麓堂稿中，附編於詩稿、文稿之後。

（三）新舊唐書雜論一卷

此雜論爲李東陽閲讀新舊唐書的心得之作，收入懷麓堂稿中，作爲文稿卷之十七。此雜論另有借月山房彙抄本等。

（四）講讀録二卷

此録爲李東陽在成化、弘治間任翰林講讀之職時所撰寫的講章和直解。其序曰：「東陽自憲宗朝入翰林，歷編修、侍講十有餘年。成化丙申，始入經筵侍班，兼撰講章……弘治壬子，始直日講，兼經筵講官。……謹彙次所撰講章、直解若干首，爲二卷。」

此録後收入懷麓堂稿中，附編於詩後稿、文後稿之後。

（五）哭子録一卷

李東陽的長子兆先於弘治間病死，友人多賦詩慰吊，李東陽借韻答之，悲歌當哭，後於正德間彙次成編。其引曰：「吾子兆先之喪，吾既忍痛爲銘誌，欲爲詩哭之，無暇於所謂聲律者。體齋先生以詩來吊，借韻答之。後諸大夫士交吾父子間者繼作不輟，每有所觸，輒借其韻以泄予思，多至數十首。……偶檢舊草，不欲遽棄，録之爲一卷。……正德癸酉正月十九日，西涯翁抆淚書。」

此録後收入懷麓堂稿中，附編於詩後稿、文後稿之後。

（六）東祀録三卷

弘治六年，闕里孔廟焚於火，十七年重建而成，李東陽以内閣大臣奉命前往祭祀。此行的詩文彙爲此録。其序曰：「弘治己未，宣聖廟災，有詔重建，及今年甲子告成。上以爲國家重典，用國學時祭之制，遣内閣臣往祭，而東陽實承敕以行。……自發軔至返棹，爲日四十有七，得記序辭各一、銘二、文四、奏疏五、詩二十有八，彙録之爲卷。……昔省墓湖湘則有南行稿，校文南都則有北上録，故今名之曰東祀録云。」

此録有弘治刻本及正德元年王麟刻本。後收入懷麓堂稿中，附編於詩後稿、文後稿之後。

（七）集句録一卷

成化十三年春，李東陽病，友人勸其戒詩，李東陽便戲集古句成篇，與友人應答酬贈，後彙爲此録。其引曰：「丁酉之春，予病在告，百念具廢，而顧獨好詩。故人愛我者戒勿復作。既乃閉户危坐，不能爲懷，因戲集古句成篇，略代諷詠。有以舊逋見督者，間以應之。遇少得意，亦稍蔓引，不能止。……兩月間得爲篇若干，摭之篋中，亦不欲棄去，録之爲一卷。」

此録後收入懷麓堂稿中，附編於詩後稿、文後稿之後。

（八）集句後録一卷

弘治十七年冬至十八年春，李東陽於病中復集古句一卷。其小引曰：「甲子之夏，予歸自闕里，道觸炎暑，及冬而病，凡三閲月。自度衰疾，三上疏乞休，弗獲。幽情鬱思，欲託之吟諷而未能者，略尋往年故事，集古句以自況。故舊問遺，亦籍爲往復。僅得若干篇，而諸體略具。常檢往年所録，久失去，比始得之。因再録後卷，並爲帙以藏。」

此録後收入懷麓堂稿中，附編於詩後稿、文後稿之後。

（九）擬古樂府二卷

此爲李東陽在弘治年間的擬古樂府詩作，擬古樂府引署「弘治甲子正月三日」。友人謝鐸、潘辰爲之評點，初刻於正德八年。此後門人何孟春又爲之作音注。正德十三年顧佖刻本有謝鐸、潘辰爲之評，何孟春音注。

後將此二卷連同謝、潘評語一同收入懷麓堂稿中，作爲詩稿的首二卷。

明清以來，單行刻本極多，除上述兩種外，今存有明魏椿刻本、李一鵬刻本、唐堯臣刻本，釋株宏刻本、清康熙三十八年長壽刻本、乾隆間四庫全書諸抄本、何泰吉刻本、民國二年刻本等等。海外有高麗刻本、日本安政戊年（一八五八）聯腋書院活字本，今亦存。

（十）求退録三卷

此録爲李東陽在内閣期間乞求辭職以及辭蔭謝恩的章奏。其序曰：「弘治乙卯春，東陽辱先皇帝簡入内閣，參預機務。自揣涼薄，弗克膺重任，具疏辭，不許，黽勉就職。辛酉春，屬以疾告，三具疏乞休，繼以災異辭，以不職辭，前後十餘上，皆不許。……當正德丙寅秋，與少師洛陽劉公、少傅餘姚謝公並辭，亦不許。……旋值權姦竊柄，國是動摇，既不獲退，則曲爲匡救，十不能一二，累疾累辭。及會典、實録次第告成，藩賊外平，逆臣内殄……中間疾疢時作，輒不得已而辭。……或浹月再陳，或期歲十上。……居閒無事，檢閲舊章，……彙録之，得若干篇，爲三卷，總名曰求退録。而辭蔭之章、謝恩之奏，亦以事附焉。」

此録後收入懷麓堂稿中，附編於詩後稿、文後稿之後。

（十一）懷麓堂稿（？卷）[一]

此稿當是李氏入内閣之前詩文作品的結集，約成編於正德初年，不遲於正德五年正月。約相當於正德刻本懷麓堂稿中的詩稿二十卷、文稿三十卷，以及南行稿、北上録兩種雜記。未見有刻本問世。

（十二）通家舊誼一卷

此卷爲李東陽書贈友人陸釴的詩作及其關聯文字，陸爰所輯。「吾友静逸陸先生之卒，二十餘年矣。其子中書舍人爰輯予嘗所還往簡札數十紙爲卷。蓋自筮仕以來，幾五十年者皆在焉。……予之始觀，不覺有宋景文欲焚少作之意。徐而思之，知其志不可咈。且自懼老髦之年，所得與所進無幾，爲不足校也。乃爲之標首跋尾，憮然而歸之。」[二]此卷共收李東陽各體詩十題十三首。其中十首已收入懷麓堂詩稿，其餘三首見本全集佚詩卷之一。此卷所收詩完整保留在清陸氏懷煙閣乾隆四十一年刻清陸時化輯吴越所見書畫録卷之二中，題作「明李文正贈鼎儀公詩簡卷」。未見有單行刻本或稿本。

[一] 見拙文懷麓堂稿探考，復旦學報一九九六年第一期。
[二] 懷麓堂稿文後稿卷十四書陸中書所藏卷後，明正德十一年刻本。

二、曾獨自成編而今未見存世者

（一）聯句録五卷

「此其官翰林時與同年進士及同遊士大夫聯句之作。東陽自爲序，而丹徒知縣江夏王溥（字公濟）刊行之。侍讀學士莆田吴希賢復輯題名一通冠於前，凡六十有九人。」〔一〕此五卷本聯句録，四庫全書總目著録，但與本文前面所述的周正成化刻本聯句録顯然不是同一種〔二〕，現未見有傳本。

（二）同聲集一卷同聲後集一卷續同聲集□卷

同聲集爲李東陽與摯友謝鐸於成化間同在翰林時的唱和聯句之卷。同聲後集、同聲續集爲弘治初年二人復聚於翰林後的唱和聯句之卷。

「同聲集一卷，同聲後集一卷，明天臺謝鐸方石、長沙李東陽西涯著。成化辛丑莆田□音序□□長洲吴寛及李東陽自序，新安汪循跋。」〔三〕

友人陳音爲作引曰：「天臺謝方石、長沙李西涯二先生同時在翰林，爲忘形交。方石嘗集

〔一〕見四庫全書總目卷一九一集部四十四總集類存目一。

〔二〕見司馬周撰李東陽聯句録版本考辨，南京師範大學文學院學報二〇一〇年十二月第四期。

〔三〕清吴焯著繡谷亭薰習録集部二著録，清同治八年本。

與西涯聯句倡和諸詩，彙成鉅卷，名曰同聲集。」〔一〕

友人吴寬爲作序曰：「館閣日長，史事多暇。方石、西涯凡所會晤遊賞，與夫感歎懷憶饋遺，悉發之詩。今見卷中者，西涯特録己作，而方石則有聯句在焉，總五十首，號後同聲集。蓋往時二公並以家艱先後終制，以修實録之命，復聚於翰林相與倡和者，故以『後』云。」〔二〕「二公同年同館凡十餘年，輯其聯句唱和詩，題曰同聲集。及李公當國，謝自田間再起，再唱酬，不異往日，又有後集續集若干卷。」〔三〕

明刻本懷麓堂稿，清諸刻本、寫本懷麓堂集均未收入此三集，今亦未見有單行本存世。

（三）三謨直解

此稿爲李東陽任翰林講讀之職時所撰寫的直解。講讀録序曰：「别有三謨直解，内閣所備，未經聽覽者，則不及録云。」

明刻本懷麓堂稿，清諸刻本、寫本懷麓堂集均未收入此直解，今亦未見單行本存世。

〔一〕 愧齋文粹卷三同聲集引，明嘉靖二年刻本。
〔二〕 匏庵家藏集卷四十一，明正德三年刻本。
〔三〕 錢謙益列朝詩集小傳丙集，上海古籍出版社，一九八三年。

（四）西涯遠意録

此録爲李東陽與友人蕭顯、李經、潘辰於成化間遺謝鐸的聯句詩及書。友人吴寬爲作序曰：「西涯學士遺方石侍講詩十三首、書六通，爲一卷。而詩則與蕭文明（名顯）、李士常（名經）、潘時用（名辰）聯句爲多。總題曰西涯遠意録者，蓋其意倡於西涯，且出其筆也。」（匏庵家藏集卷四十一西涯遠意録序）按，李經舉成化十四年進士，卒於成化二十一年，而此間謝鐸正謝病家居，因知是録爲此時期之作。

此録未見有刻本，稿本今亦不存。

（五）三世通家卷

此卷爲李東陽與友人張敷華的往復書簡，張鼇山輯。「予與介庵張先生同業翰林，契分甚厚。往復書簡，或因事達情，或觸物興思，多出倉卒。數十年後，皆漫不復記，至有不能自識者。先生之聞孫監察禦史鼇山輯而成卷，覽之慨然。」〔一〕

此卷未見有刻本，稿本今亦不見存世。

（六）鏡川先生詩集箋注

此箋注本爲李東陽爲翰林前輩楊守陳的詩所作的箋注。「鏡川楊先生夙抱古學，以文名

〔一〕懷麓堂續稿文續稿卷十二跋三世通家卷後，明正德十二年刻本。

一世，而復深於詩。自入翰林，三十餘年，積晉庵、東觀、桂坊、金坡諸稿若干卷，某得而觀之。」[一]「蒙示文集數百篇，……屢屢若欲稍加箋注，如向來詩集例者。某之不肖，實所未能。」[二]

據所徵文字，知李東陽曾爲鏡川先生詩集作過箋注。不知尚存世否。

三、懷麓堂稿的抄本、後刻本、校點整理本

（一）北京大學圖書館藏清初抄本

此抄本是一種難得的精抄本，前文已述，此處從略。

（二）康熙二十年廖方達刻本及其他清刻本、抄本

康熙十九年，時任茶陵學正的廖方達獲得上司支持，重刊李東陽詩文，於次年夏刻成，名懷麓堂集。這個刻本通常被稱爲康熙二十年廖方達刻本，亦有稱蔣永修校訂本、劉刊本者。

重而言之，此刻本實際上是懷麓堂稿的删削本。較之明正德刻本懷麓堂稿，其主要特點與缺陷有三：第一，重新編排，將南行稿、北上録等七種雜記改編爲詩文續稿十卷，湊爲一百卷。第二，篇章的失落、失序，字句的訛錯，時見集中。第三，任意删改篇章文句，如將求退録

[一] 懷麓堂稿文稿卷八鏡川先生詩集序，明正德十一年刻本。
[二] 同上書，卷十四答鏡川先生書。

收録的五十九篇奏疏删去四十篇；將碑傳誌銘等類文章中關於碑主傳主的生卒年、妻子兒女等具有史料價值的文字多删去。詳拙文懷麓堂稿探考。

康熙刻本作爲懷麓堂稿在清代的早期刻本，對此後的一系列刻本、抄本産生了重要影響，其特點與缺陷也一同發揮着影響。就現存刻本來看，後來的刻本、抄本多由此本脱胎而出。從康熙四十八年至嘉慶八、九年間，各刻本、抄本或名之曰懷麓堂集，或名之曰懷麓堂全集，皆編次爲一百卷。今知有康熙四十八年張臣德補修本、乾隆十一年補刻本、四庫全書諸抄本、摛藻堂四庫全書薈要抄本，嘉慶間仰斗齋刻本、二六書屋刻本、隴下學易堂刻本等。

二六書屋刻本「博訪刊本，並前人改定刊本，且前明官衙寫本，細加校正，擇其善者從之，稍異於舊本」。如將詩稿首二卷之擬古樂府，捨棄潘辰、謝鐸批評本，採用何孟春音注本；將康熙本詩文續稿十卷重新分合，改爲雜記十卷，將麓堂詩話編爲雜記卷之十。

（三）校點整理本

岳麓書社於一九八三至一九八五年間出版了校點本李東陽集三卷，該本以清嘉慶八年隴下學易堂刊本懷麓堂全集爲底本點校而成，第一卷收懷麓堂全集中的全部詩歌，第二卷收文稿及雜記中的詩話，第三卷收文後稿、雜記中的其他散文，以及他人撰寫的序、誌、傳、年譜等文字。

筆者於三十年前發現尚有懷麓堂續稿存世後，依據上海、北京、南京等地圖書館所藏明正德十二年張汝立蘇州刻本的幾種殘本整合而成李東陽續集，一九九七年由岳麓書社出版。該續集收録詩續稿八卷、文續稿十二卷，佚詩五十九首，佚文七十四篇（其中四十八篇輯自正德本懷麓堂稿，六篇移録自文續稿補遺卷）。

二〇〇六年八月，湖湘文庫叢書編纂出版工作啓動。該文庫編者將原校點本李東陽集三卷作爲新李東陽集前三册，將李東陽續集作爲第四册，粗略合併，納入文庫，於二〇〇八年出版。惜前三册僅作了「少許調整」，第四册也僅補入了燕對録，與李東陽詩文著作的原貌仍有較大距離。

（四）選本

明清以來，不斷有一些李東陽詩文的選本問世，如盛明百家詩本李文正公集二卷、歷朝二十五家詩本李東陽詩二卷等等。這些選本所選詩文皆來自懷麓堂稿、懷麓堂集，因而對本全集的編校幾無價值。

本次編集整理的李東陽全集，是教育部人文社科研究基地重大項目「明代文學名家詩文别集的整理與研究（二）——以高啓、李東陽詩文别集爲中心」的成果之一； 近年又獲得上海高峰高原重點學科建設經費的支持。承蒙黄霖先生與高克勤、陳廣宏、鄭利華三兄在此期間予以寶貴支持。

在本書編校整理期間，張桂麗君幫助做了懷麓堂稿的大部分詩文、聯句録等的初次校點以及懷麓堂續稿的録入工作，吕高昇君、陳樂君分别幫助做了懷麓堂稿部分詩文的初次校點以及玉堂聯句的録入校點工作，張曉坤君幫助做了懷麓堂稿詩文的二校工作，並承擔了補遺中部分詩文的第一遍校點整理工作。

在本書成稿期間，復旦大學出版社總編王衛東先生親自登門，盛情相邀，董事長嚴峰先生亦予以大力支持。責任編輯杜怡順君對本書的成稿提出了寶貴意見，并在審稿期間付出了艱辛劳动，助益良多。

在此出版之際，謹向諸位致以誠摯謝忱。

凡例

一、本全集收入李東陽仍然存世的六種自撰詩文集，即懷麓堂稿一百〇三卷、懷麓堂續稿二十卷、燕對録一卷、聯句録一卷、玉堂聯句一卷、麓堂詩話一卷以及筆者新輯的散見佚詩文十三卷。

二、選用初刻本、精抄本或刊印雖晚而已是孤本的版本作爲底本，選用未經删削的較早刻本或精抄本作爲主要校本，詳本全集前言。

三、所收各集編排體例原則上不作改動，以存其原貌。如懷麓堂稿，即依楊一清序所言之序例：「詩稿二十卷、文稿三十卷，在翰林時作；詩後稿十卷、文後稿三十卷，在内閣時作。南行稿、北上録則附於前稿之末，講讀、東祀、集句、哭子、求退諸録則附於後稿之末。」懷麓堂續稿原有補遺一卷，爲避免卷目的重疊，將其所收六篇佚作移録至本全集散見佚詩文中。

四、校改原則：

（一）底本文字有明顯訛、脱、衍、倒（錯簡）者，據所選校本之可靠依據，予以改正，並出校記；一般不僅依據後刻本以及他校文獻資料擇善而從。重印本、翻刻本以及他校文獻資料中的重要異文，皆置於校記中。

（二）凡底本不誤、校本有誤者，皆不出校。

（三）凡底本、校本文字兩通，一般不出校。凡校本文義勝於底本者，或底本無而校本有者，或底本、校本文字迥異，以及人名、地名、朝代、年號、謚號等專名和數目字相異者，則在校記中列出異文。

（四）古籍中的常見文字之誤，如「己」、「已」、「巳」，「戊」、「戌」、「戍」之類，徑改不出校。

（五）通假字、古今字悉予保留。異體字、俗體字徑改不出校，專有名詞中的異體字酌予保留。

（六）避諱字徑改；作者避本朝名諱或家諱者，酌予保留，缺筆字則補足筆畫。

（七）底本中的闕字或字迹模糊者，以□替代。有重要異文者出校，列出異文，一般不輕易增改。

（八）屬於作者之誤，如引證之誤，原則上不作校改，以存原貌。

五、散見佚詩文中所收作品，凡屬於前賢時彦已經發表的輯佚成果，一一注明，並據本凡例重新整理。

六、依照各集正文篇名重新編製全集目録。

七、本全集選録前人部分重要序跋以及編者新訂年譜作爲附録。

李東陽全集目録

前言……一
凡例……一
李東陽全集卷一至二十　懷麓堂詩稿二十卷……一
李東陽全集卷一　懷麓堂詩稿卷之一……三
古樂府……三
申生怨……三
綿山怨……四
屠兵來……四
築城怨……五
避火行……五
挂劍曲……五
漸臺水……六
卜相篇……六
國士行……六
昌國君……七
樹中餓……七
邯鄲賈……八
易水行……八
鴻門高……八
新豐行……九

淮陰歎……九
臣不如……一〇
殿上戲……一〇
宜陽引……一〇
潁水濁……一一
數奇歎……一一
文成死……一一
牧羝曲……一二
問喘詞……一二
馮婕妤……一二
明妃怨……一三
九折阪……一三
尚方劍……一四
四知歎……一四
美新歎……一四
兩虎鬭……一五
嚴陵山……一五
弄潮怨……一五
斷絃曲……一六
縛虎行……一六
鸚鵡曲……一六
漢壽侯……一七
五丈原……一七
東門嘯……一八
南風歎……一八
聞雞行……一九
晉之東……一九
伯仁怨……一九
氏帶箭……二〇
五斗粟……二〇
燕巢林……二〇
氂狗歎……二一

鮮卑兒……二一
高涼洗……二二
涼風臺……二二
歸母怨……二二
晉州急……二三
和士開……二三
吳老公……二四
長江險……二四
姦老革……二四

李東陽全集卷二　懷麓堂詩稿卷之二……二五
古樂府……二五
太白行……二五
譽樹行……二六
亡賴賊……二六
机上肉……二六
韓休知……二七
卿勿言……二七
腹中劍……二七
青巖山……二八
馬嵬曲……二八
曳落河……二九
睢陽歎……二九
河陽戰……二九
令公來……三〇
司農笏……三〇
養兒行……三〇
問中使……三一
侍中走……三一
永貞歎……三一
鄭歇後……三二
白馬河……三二
王凝妻……三二

十六州……三三
鎖繼恩……三三
急流退……三三
城下盟……三四
金陵問……三四
崑崙戰……三四
安石工……三五
夾攻誤……三五
奇才歎……三五
兀朮走……三六
兩太師……三六
金字牌……三六
三字獄……三七
參謀來……三七
千金贈……三七
濟陽怨……三八
金大將……三八
戚里婿……三八
木綿庵……三九
冬青行……三九
趙承旨……三九
劉平妻……四〇
尊經閣……四〇
花將軍歌……四一
李東陽全集卷三　懷麓堂詩稿卷之三……四二
長短句……四二
清樂詩爲天台楊允昌作……四二
捕魚圖歌……四三
答羅明仲草書歌……四三
題丁御史同年墨竹走筆長句……四四
怡雲樓歌爲樂清鮑翁作……四五
題程亞卿所藏劉進畫魚……四六

送張修撰養正擢僉都御史北巡…… 四七
壽豈堂歌 泰和羅悦善先生以餘杭教諭致仕，年七十，其子璧爲紹興教授，從子明仲洗馬索是詩。…… 四八
蔣御醫黄頭月桂圖 …… 四九
三星圖歌壽致仕馬太守 給事中中錫之父。…… 四九
送王公濟歸武昌歌 …… 五〇
滄海謡壽秦廷贇秋官母七十 …… 五一
滄浪吟…… 五二
謝謝方石惠石棋子 …… 五二
送邵國賢還治許州 …… 五三
平湖十詠爲過郎中太僕作 …… 五四
山水圖爲曰會中書題送體齋先生…… 五七
孤鴻怨題東吴張節婦卷張自云飛鴻且不再匹況於人乎 …… 五八
熨帛圖…… 五八

李東陽全集卷四　懷麓堂詩稿卷之四 …… 五九

五言古詩…… 五九
貞則堂詩…… 五九
答陸鼎儀誨言 …… 六〇
題賀克恭給事家墨竹時賀謝病居遼…… 六〇
贈彭民望三首 …… 六一
再贈三首用前韻 …… 六二
與劉時雍…… 六三
與姜用貞二首 …… 六三
春至…… 六四
讀書…… 六四
土室…… 六五
題陶知州所藏萱花圖 …… 六五

九日東敷五……六五
畫禽二首……六六
十一月二十七日夜夢棲居風雨中得句云卷簾看風樹時亡妻亦在側覺而有感續成一章……六六
送李士常……六六
吳原博修撰醫俗亭……六八
大雨有感……六九
曲江韶石題廣東黃瑛卷……六九
送朱博士還考亭得業字 文公十世孫也。……七〇
送顧天錫員外審刑山西……七〇
予病中頗愛作詩舜咨以詩來戒者再未應也偶誦陶淵明止酒詩自笑與此癖相近因追和其韻斷自今日爲始成化丁酉春正月十日……七一
入春絕不作詩清明後三日與鳴治師召遊大德觀爲二公所督甚苦得聯句四首已而悔之因用止詩韻以自咎先是諸同年皆有和章爲說不一鳴治獨持兩可之說至是竟爲所沮云……七二
時用得詩見和似怪予破戒者用韻奉答……七二
初予止詩鼎儀有約同止予援張汝弼故事以隻雞斗酒爲罰鼎儀固未嘗止及予破戒乃和韻見索再疊前韻并雞酒答之……七三
予破戒時頗念鼎儀之約鳴治師召許爲代罰既有成約再用韻邀三公同赴……七四
曰川會諸同年用韓昌黎園林窮勝

事鍾鼓樂清時二句分韻得時字
因效韓體……七四
經筵聞講中庸有述呈諸寅長 是日王學士講戒謹恐懼章。……七五
五月十三日山弟忌辰夜間不寐哭而有詩……七六
鼎儀宅分韻送其兄武儀還崑山得倪字……七六
擬古出塞七首……七七
蘭舟詩送丘蘇州南歸……七八
偶成……七九
梓庭爲徐生作……七九

李東陽全集卷五　懷麓堂詩稿卷之五……八〇

五言古詩……八〇
和沈地官時暘遊城西朝天宫韻……八〇
與李中舍應禎同飲時暘邸歸疊前韻……八二
齊山書舍詩 進士王允達讀書處也。允達，待制忠文公之曾孫，義烏人。……八三
和蕭封君鳳儀遺詩四十韻 鳳儀吴人，早卒，有生辰感興詩，其子工部主事奎藏于家。……八四
陳玉汝所藏朱澤民畫……八五
寄題謝寶慶逸老堂得乞字……八五
和謝于喬修撰雲山圖聯句韻兼懷沈仲律……八六
竹岡別業……八七
題瀛州圖送陸翁東歸……八七
師召席上餞邵文敬户部使淮安得作字……八八
題李源西城草堂……八九
題聽琴圖寄天錫……八九

題王維詩意圖……九〇
送錢先生致仕得臆字……九〇
夜飲王世賞餞别乃兄婺源丞中宣得小字……九一
除日追和坡詩三首……九二
上元後一日亨父席上得合字……九三
哭午兒……九三
寄題南京太常劉先生清風亭……九四
避雨于喬夜歸翌日得師召詩知宿亨父宅戲次其韻……九四
久旱……九五
困暑次韻白洲……九五
春草圖爲黎本端作……九六
送孔憲副公鏞之廣東……九六
問津圖……九七
體齋止酒用陶韻因疊韻問之……九八
送徐用和之鎮原……九八
借扇一首戲書方石扇還之……九八
送成憲教諭……九九
董尚矩以畫禽索詩留予家閲月間假予所持倭扇意若欲相易者既而返扇索畫則贋扇也予既失扇又不敢留畫其計甚拙因憶坡老與王晉卿以仇池石易韓幹馬事頗相類竊步其韻一篇題于軸而并歸之……九九

李東陽全集卷六　懷麓堂詩稿卷之六……一〇〇

五言古詩……一〇〇
家君以詩戒夜歸因用陶韻自止 辛丑十二月望日……一〇〇
墨菊二首……一〇一
畫雞……一〇一

題邵翁棋墅卷……一〇二
送喬生宇歸樂平……一〇二
題章元益愛菊亭卷……一〇三
賀鼎儀遷諭德得檢字……一〇三
鏡川先生宅賞白牡丹得白字……一〇四
藤蓑次陳公父韻……一〇四
送楊應寧三首……一〇五
寄王丹徒公濟二首……一〇六
不寐……一〇六
痛語一首東南屏……一〇七
篁墩所藏賓頭盧説法圖……一〇八
問白髭……一〇八
代髭答……一〇九
問白髮用髭韻……一〇九
代髮答……一〇九
植栢陳翁封股卷……一一〇
洗句亭……一一〇
送王存敬秋官知興化得但字……一一〇
登高二首次韻答錢與謙狀元……一一一
方石惠猫忽被踏以死悼而
賦之……一一一
題蘭爲司寇何公……一一二
送楊應寧提學之陝西三首……一一二
泰和羅氏家傳四圖詩……一一三
寄李知縣遂之……一一五
聞方石先生得遺腹孫……一一五
題畫……一一六
送蔣宗儒良醫歸老……一一六
兆先赴試三河念之有作……一一六
淮海遊……一一七
閏月對雨……一一八
主一齋爲徐都憲公肅賦……一一八

徐亞卿原一六十二得雙生戲柬一首 …… 一一九
送錢與謙修撰 …… 一一九
采桑玉堂陰二首答篁墩學士 …… 一二〇

李東陽全集卷七　懷麓堂詩稿卷之七 …… 一二一

七言古詩 …… 一二一
平陰武愍王輓詩 …… 一二一
送金太守致仕 …… 一二二
赤壁圖歌 …… 一二三
庚寅夏苦雨答鳴治長句 …… 一二三
沈刑部所藏墨竹歌 …… 一二四
周少卿雙壽堂 …… 一二四
歌風臺送李舍人 …… 一二五
題陳考功所藏山水圖 …… 一二五
深宮美人圖 …… 一二六
畫松爲顧良弼主事題 …… 一二七
送武昌徐翁南歸 翁，行人鏞之父也。 …… 一二七
林良雙鵲圖爲通政程公作 …… 一二八
江風圖爲劉太僕二丈題 …… 一二八
題邵容城所藏畫松圖 …… 一二九
張御史洪死土木之難其子浙江參議敷華請爲詩以輓之 …… 一二九
送沈仲威之南京兵部兼憶乃兄仲律僉憲柬計刑部汝和吴屯田元玉 …… 一三〇
早朝遇雨道中即事 …… 一三一
荷鷺圖爲薛御史作 …… 一三一
張養正檢討所藏王舜耕雪圖 …… 一三二
破戒後和明仲勸作詩韻 …… 一三二
亨父以梅花扇寄其門人索賦一首 …… 一三三

謝學士所藏山水圖歌……一三三
題朱儀中雪雨二圖……一三四
鱖魚圖爲掌教謝先生作……一三四
舜咨歸省尚書公餞者以韓昌黎送鄭校理詩分韻予最後得廓字時吕中書秉之得洛黄鴻臚藴和得閣邵户部文敬得薄濮武庫用昭得泊俱同韻除互押外共得二十有六予詩後成凡諸君所用者皆不敢襲其韻數亦不敢獨減諸君獨廓字乃所分本韻雖已爲户部所押不復避也……一三五
題陳考功所藏何太守山水圖……一三六
邵文敬所藏畫松圖……一三七
王祠祭希曾所藏汝和紅菊歌……一三七
彭學士先生所藏劉進畫魚二首……一三八
王世賞所藏林良雙鳳圖……一三九
王世賞席上題林良鷹熊圖……一三九
題黄宗器秋官所藏何太守山水圖……一四〇
題錢世恒所藏王孟端墨松卷次饒介之舊韻……一四〇

李東陽全集卷八　懷麓堂詩稿卷之八……一四二

七言古詩……一四二
艾光禄所藏畫龍……一四二
題沈啓南所藏郭忠恕雪霽江行圖真迹……一四三
朱中孚秋官竹園書屋歌……一四四
劉尚質南樓題王舜耕山水圖……一四四
林侍御孟仁所藏王舜耕山水圖……一四五

題沈啓南所藏林和靖真迹追和坡韻……一四五
題畫鷹送羅緝熙南歸……一四六
張侍御世用所藏山水圖歌……一四六
墜馬後柬蕭文明給事長句并呈同遊諸君子……一四七
文敬墜馬用予韻見遺再和一首……一四八
文敬攜疊韻詩見過且督再和去後急就一首……一四九
得文敬雙塔寺和章詔之不至四疊韻奉答……一五〇
若虚詩來欲平馬訟五疊韻答若虚并柬文敬佩之……一五一
體齋宅賞蓮席上得十字……一五二
書蒙翁老先生書畫卷後……一五三
戲贈王古直……一五三
題衍聖公所藏范堯山水圖……一五四
徐用和侍御所藏雲山圖歌……一五四
題應寧所藏馬敬瞻山水圖……一五五
觀懷素自序帖真迹柬原博太史……一五五
賀靖逸諭德得孫……一五六
讀柳拱之員外嚴宗哲主事楊應寧舍人倡和長句戲次韻一首……一五七
山水圖……一五八
周原己母孺人壽詩分題得笄……一五八
送傅元秀才赴舉江西……一五九
送文宗儒太僕還南寺……一五九
徐春官墓山雜詠分題得蛟溪夜月……一六〇
題陸寬瘦竹卷……一六〇

題畫二首……一六一
畫山水……一六一
畫禽……一六二
李東陽全集卷九　懷麓堂詩稿卷之九……一六三
七言古詩……一六三
馬博士所贈王少參劍閣圖爲少參子公濟進士題……一六三
送周原己院判之南京席上得別字……一六四
題畫送武陵楊處士……一六四
賞花夜歸圖……一六五
鄧程番遺愛圖……一六五
麥舟圖……一六六
四禽圖……一六六
狻猊圖……一六七
東陳玉汝……一六八
觀畫蘭有感作　時林主事俊、張經歷黻相繼謫官。……一六八
劉道亨編修雙鷹圖……一六九
外舅成國朱公壽六十……一六九
題畫……一七〇
觀泉圖……一七一
東山圖……一七一
米元章拜石圖……一七二
謝謝方石石鎮紙……一七二
張東白惠椰壺走筆代簡……一七三
悼鸜鵒一首柬閣允德吉士……一七三
悼竹……一七四
重修黄樓歌……一七五
借榴一首贈方石……一七五
題黄子敬編修所藏登瀛圖……一七六
劉户部所藏張汝弼草書……一七七

送李惟正主事使淮……一七七
左闕雪後行古柏下有作……一七八
畫馬歌……一七八
送仲維馨院使還淮南……一七九
苦熱行 辛亥六月十七日。……一七九
題清明上河圖 上有先提舉跋。……一八〇
漕運參將郭彦和鎮蘇松時有巨舟張東海名曰海天一碧爲賦……一八〇
長句……一八一
三壽圖歌……一八一
題夏仲昭墨竹横卷蓋陳緝熙先生故物也……一八二
送張侍郎文淵區處哈密……一八三
題畫……一八四
學士柏……一八四
竹林七賢圖……一八五
雪用坡翁聚星堂禁體韻……一八五
釣魚圖爲葉司徒公題……一八六
牡丹孔雀圖爲瓊山岑生作……一八六
送平江伯陳公總督修河兼柬劉都憲時雍……一八七
四禽圖……一八七
題魚……一八九
題雁送鄧宗周憲副……一九〇
送徐復齋還宜興……一九〇

李東陽全集卷十　懷麓堂詩稿卷之十……一九二

五言律詩……一九二
傅曰川席上賞菊得朝字……一九二
哭張行人暉吉……一九二
題許廷冕職方畫……一九三
聞捷……一九三

桂軒……一九三
哭舍弟東川五首……一九四
哭舍弟東山十首……一九五
中秋三憶……一九九
次汝學地官韻送民表還治望江二首……二〇〇
雨赴文明席偶成……二〇〇
齋居和亨父用杜韻二首……二〇一
次韻寄沈亞參時暘并柬戴憲副廷珍二首……二〇一
送茹知縣玉之新寧……二〇二
題倪雲林畫次倪韻……二〇二
送陳同年直夫還南京御史……二〇三
偶過匏庵見東軒成留壁上……二〇四
次韻寄答若虛提學……二〇四
春雪……二〇四
種竹……二〇五
中元謁陵遇雨二十首……二〇五
東掖對月三首……二一二
畫鷹……二一三
重陽甲子雨不赴匏庵自賦一首……二一三
聞方石先生有南京祭酒之命喜而有作……二一三
齋夕寄體齋圭峰二學士……二一四
中元謁陵答體齋學士贈行韻二首……二一四
途次答圭峰學士用前韻二首……二一五
送羅時泰憲副備瀘敍……二一五
見蝗 癸丑閏五月七日。……二一六
送董圭峰之南京禮部侍郎二首……二一六

東鄰……二一七
和韻答友人……二一七
歲暮有訪……二一七
送何孟春歸省其大父僉憲公且應湖南試……二一八
送攸縣陳醫官……二一八
五言排律……二一八
送楊尚寶充靖江府册封副使……二一八
送彭教諭貴三之儀真二十韻 貴三，敷五之兄，嘗爲吴學。……二一九
送傅曰會還新喻二十韻……二二〇
胡忠安公輓詩四十韻……二二〇
無錫華大母鄒氏年二十有一子纔二歲夫病篤以子屬母顧而不及鄒鄒意其不信乃託子於姑自經死以示無貳志夫死子壯姑乃卒趙刑部汝吉請紀其事乃作是詩……二二二
題傅曰川修撰曰會中書兄弟趨朝圖……二二二
龍潭春雨徐春官墓山雜詠……二二三
謝于喬庶子二親壽詩……二二三
壽瓊山丘先生……二二四
雪和楊考功韻……二二五
李東陽全集卷十一 懷麓堂詩稿卷之十一……二二七
七言律詩……二二七
横塘春水……二二七
團墩秋月……二二七
梅澗……二二八
和寄莊孔昜……二二八
雪中懷張亨父……二二八

鏞溪四景爲汪刑部希顔作……二二九
答明仲次韻……二三〇
答奚元啓四首次韻……二三〇
答陸克深次韻……二三一
竹林别墅……二三一
春寒二首……二三一
自笑……二三二
奉送樸庵先生歸湖南省墓……二三二
送周梁石知廣德州……二三二
西山和許廷冕劉時雍汪時用
三兵部韻五首……二三三
送王侍御用之巡按湖廣……二三四
秋雨答鳴治次韻……二三四
竹軒爲徐以道先生作……二三四
寄張亨父……二三五
齋夜董尚矩編修出金橘菖蒲煎見
餉和韻二首……二三五
郊行戲效東坡吃語……二三五
過朱文鳴舊宅……二三六
送金德潤主事就養南京……二三六
中元陪祀山陵有述……二三六
黄土道中李員外同年留宿……二三七
邢遜之先生輓詩……二三七
古劍次韻……二三七
松江曹翁松趣軒……二三八
馬上……二三八
立春日車駕詣南郊……二三八
送李太常之南京兼呈座主劉少卿
先生……二三九
送開州陳同知……二三九
晴洲釣者爲兵部尚書程公作……二三九
哭葉吏部……二四〇

九峰書屋和曹時和韻……二四〇
哭竹巖柯先生……二四〇
送文宗儒知永嘉和曹時中主事韻……二四一
和顧天錫九日病起韻……二四一
送錢醫官歸鎮江……二四一
潘時用秋試病不終卷諗之以詩……二四二
送高按察致仕歸黄巖得雲字兼柬謝愚得……二四二
寄殷孝光表兄……二四二
和答鳴治見寄韻　悼亡後作。……二四三
送祁郎中順奉建儲詔使朝鮮……二四三
送李士儀歸宣府兼柬鄭克修　士儀，士常兄也。……二四三
齋夕尚矩編修出金橘菖蒲煎餉客
疊前歲韻二首……二四四
和明仲修撰舜咨侍讀克勤侍講慶成宴坐上聯句韻　是日以私服不與。……二四四
送蔣宗誼推官還紹興兼柬戴太守廷節……二四四
西山雜詩七首……二四五
雨睡得鳴治詩次韻奉答……二四六
祈雪齋居以病不赴雪後和鼎儀韻……二四六
鳴治自齋居以詩來問風火之警次韻奉答……二四六
送秦武昌廷韶……二四七
和秦武昌赤壁懷古韻……二四七
閏月二十七日再罹風火之警睡起疊鳴治前韻……二四七

送孔公璜三氏學録　宣聖五十八代孫，是歲新加佾數。……二四八
和鳴治韻寄乃叔愚得太守先生……二四八
三月十九日師召邀飲適得家報生孫衆客喜甚即席聯句書于堂壁
歸疊前韻二首……二四八
次韻答邵户部文敬前後得七首……二四九
齋宿和鳴治韻……二五〇
又和王世賞韻……二五〇
送李宗衡還閩分題得淮浦聞鴻　户部員外時望之弟。……二五〇
謝蕭文明惠榛子……二五一
吴御史父封君輓詩……二五一
雨和金尚德郎中韻……二五一

李東陽全集卷十二　懷麓堂詩稿卷之十二……二五二

七言律詩……二五二
覽愚得詩卷有懷亡弟之作悵然感之因用其韻……二五二
施醫官輓詩　通判度之□父。……二五二
午日亨父宅分題得蔗漿限東字以下五韻……二五三
費司業廷言留飲題廂壁……二五三
寄馬抑之同年　馬號清癡，又號華髮山人，養病居蘇州。……二五三
邀用貞秋官不果至聞再宿明治南樓小詩奉問……二五四
予已邀鳴治既不果至且招予同宿未敢輒赴用韻奉答……二五四
復用前韻自慰一首……二五四

苦雨後和喬師召喜晴韻四首……二五五
立秋雨不止再和師召韻四首……二五五
寄彭民望……二五六
贈傅神高訓導……二五六
寄沈提學仲律……二五七
送周時可文選還南京用羅明仲席上韻……二五七
宿海子西涯舊鄰……二五七
師召有盲馬售錢六百諗之以詩……二五八
師召在内直誤繫牙牌角帶以去再贈一首……二五八
若虚秋官舊有屋一區爲積潦所壞數年不售竟得銀四兩聞師召售馬自謂與此價略相近索予用韻一首……二五八
抑庵爲陳進士烓乃翁作。……二五九
候馬北安門外遊慈恩寺後園有感……二五九
雨後與文明遊城南馬上和鳴治韻……二五九
陳宗堯侍講輓詩……二六〇
宿西涯舊鄰次方石韻……二六〇
己亥中元陪祀山陵道中奉和楊學士先生韻十首……二六〇
昌平縣學新構翰林行館奉和謝學士先生舊題韻留楊教諭顯爵夏訓導璉一首……二六二
和鳴治侍講贈行韻……二六二
和亨大修撰席上聯句贈行韻行前一日，亨大以采石一尊爲餞。……二六二
和汝賢修撰贈行韻……二六三

和若虛郎中贈行韻…………二六三
和趙夢麟主事東陵見寄韻……二六三
內直大雨留壁上呈諸同寅……二六四
與顧天錫夜話和留別韻　時天錫謫永州府同知。…………二六四
以絲瓜饋李秋官若虛誦瓜瓞詩爲祝若虛有詩馮秋官佩之以和章見索因用韻饋瓜如例并呈二君子…………二六四
大雨次李若虛馮佩之屠元勳聯句韻…………二六五
體齋宅賞蓮用體齋韻…………二六五
送王汝瑛院判歸省宜興…………二六五
和蕭給事元日早朝韻…………二六六
郊齋和張養正修撰韻…………二六六
慶成宴有述…………二六六
和明仲洗馬韻二首…………二六七
上元日與文敬諸友遊神樂觀蒙典簿宅歸馬上作…………二六七
春闈校文有作呈諸同考…………二六七
沈禮部時暘行以隻鵝斗酒爲餞家僮誤送于顧刑部天錫時暘去始知之戲作小詩奉寄…………二六八
送王成憲歸蘇州省母得難字……二六八
送樊時登延平訓導…………二六八
送桑民懌訓導泰和　民懌蘇人，會試春闈，策有「胸中有長劍，一日幾回磨」等語，爲吴檢討汝賢所黜，又作學以至聖人之道論，有「我去而夫子來」等語，爲丘學士仲深所黜。今年得乙榜，年二十二，籍誤以「二」爲「六」，用新例辭，不許，遂有是命。…………二六九

送宋民止綿州學正 民止，民表進士之弟，前翰林孔目公之子。今年予校其文，中格，用制額退在乙榜。……二六九
送董子仁給事使流求……二六九
送張思履司副使流求……二七〇
送王祭酒先生還南京……二七〇
和韻寄答陳汝礪掌教……二七〇
和師召步入西華韻……二七〇
寄劉時雍……二七一
遊西城故趙尚書果園與蕭文明李士常陳玉汝潘時用倡和四首……二七一
送陸封君歸太倉 鼎儀修撰之父也。……二七二
予素不善飲文明詩來有西涯爛醉欲人扶之句且以二樽見惠步韻答之……二七二
送鄭瑶夫先生之南京太常……二七二
送王元常貢士歸省河州 兵部尚書公度之子。……二七三
刑部郎中括蒼金君尚德之子禧及其弟尚義御史之子祺聞尚義將有謫命自其家赴京師以予託交二君稱契家子來謁予重其孝友篤至悵然感之賦贈一律……二七三
李東陽全集卷十三 懷麓堂詩稿卷之十三……二七四
七言律詩……二七四
幽懷四首……二七四
林屋養高 王編修濟之乃翁以光化知縣家居受封，濟之歸省，分題得此，以所居洞庭山有林屋洞天之勝，故云。……二七五
送黄汝修舉人還太平 文選郎中世顯

之子。……………………………………二七五
題敷五菊屏……………………………二七六
用沈仲律提學韻奉邀一首……………二七六
夜坐有懷仲律……………………………二七六
再次燈字韻………………………………二七七
用韻贈林蒙庵和仲律　時蒙庵以
　車駕郎中謝病，將歸漳州。…………二七七
與仲律飲鳴治宅用原博韻……………二七七
飲士常新居和席上聯句韻……………二七八
送程克勤諭德歸省尚書公……………二七八
戊戌冬至節初赴朝天宮習儀　翰林
　舊不習儀，是歲有新旨：學士而下，俱
　令依常參官習儀。……………………二七八
寄莊孔暘二首……………………………二七九
韓貫道黄門見示雪中遊泥鰍寺
　詩和韻一首……………………………二七九
齋居和世賞編修韻……………………二七九
文明黄門攝太廟東宮郊祀慶成諸作
　見過和韻一首…………………………二八〇
次韻原博新廬有作……………………二八〇
若虚饋匏瓜仍疊前韻奉謝……………二八〇
曰川饋無花果答絲瓜之贈疊
　前韻……………………………………二八一
楊武選輓詩　楊名仕偉，文敏公之孫，
　謫台州通判，卒於途，其妻建安朱氏遣
　使乞詩。………………………………二八一
大雨次柳邦用韻二首…………………二八一
士常得男疊前韻奉賀…………………二八二
饋瓜楊維立編修以桃見答疊
　前韻……………………………………二八二
饋瓜曾文甫編修以冬瓜見答疊
　前韻……………………………………二八二

若虛夜饋瓶棗疊前韻……二八三
汝賢饋西瓜及檳榔疊前韻……二八三
九月八日與謝于喬諸公遊朝天宮
有作……二八三
是日和王世賞韻……二八四
和馮佩之韻……二八四
和謝于喬韻……二八四
九日遊慈恩寺疊前韻……二八五
和王世賞韻……二八五
和謝于喬韻……二八五
和李若虛韻……二八六
和屠元勳韻……二八六
題徐氏含暉堂……二八六
再遊慈恩寺留僧瑢畫卷……二八七
韓都憲公雍輓詩……二八七
諸生有作紅葉詩者愛其末句戲爲
補之……二八七
醉楊妃菊次韻亨父……二八八
後園種菊經月忽見數花用亨父韻
并呈城東賞菊諸君子……二八八
蘇人織蒲爲茵二片置牀倚間藉背
及足甚宜冬寒凌季行以書見惠
道經敷五太史輒爲所留聊作小
詩報季行并柬敷五……二八八
冬日對菊用陳玉汝韻……二八九
與王世賞重遊朝天宮是日病卧
待諸公不至……二八九
和世賞韻……二八九
楊應寧母安人受封詩……二九〇
送韓貫道湖廣參議提督武當
諸宮觀……二九〇
謝邵地官汝學饋陶鼎次韻……二九〇

汝學席上賦陶鼎疊前韻 …… 二九一
王仁輔見和雪後西華聯句用韻答之 …… 二九一
再次王仁輔雪後韻 …… 二九一
再次仁輔韻 …… 二九二
分題得孔林送張廷芳巡按山東 …… 二九二
徐用濟秋官和雪詩次前韻并柬仁輔 …… 二九二
再次陶鼎韻答用濟諸君 …… 二九三
仁輔屢和雪韻而方石不至再用前韻督之 是時仁輔館於方石官舍。 …… 二九三
李世賢侍講一産二子用瓜祝韻賀之 …… 二九三
再和仁輔韻 是日雪，將再作。 …… 二九四
方石堅卧累日忽與仁輔聯句見答始悟其爲合從計賦此挑之 …… 二九四
仁輔以詩見款復用前韻并柬方石 …… 二九四
雪再作再疊前韻聊用自詠 …… 二九五
次韻答時雍 …… 二九五
次韻答若虚 …… 二九五
立春後一日席上次若虚韻 …… 二九六
再用韻促諸秋官和章 …… 二九六
讀楊尚寶叔簡溧縣懷蒙泉岳翁詩有感次韻 …… 二九六
賀周原己得男再用瓜祝韻 原己，匏庵外甥。 …… 二九七
題王允達中書所藏宋仲珩草書卷後 …… 二九七

徐用和御史墓山八韻……二九七

李東陽全集卷十四　懷麓堂詩稿卷之十四……三〇一

七言律詩……三〇一
元日早朝……三〇一
賀歲次韻若虚秋官……三〇一
元夕和若虚韻……三〇二
聞王仁輔買魚瓶俗所謂泡燈者賦此嘲之……三〇二
仁輔遺鶴燈若虚有詩因次韻……三〇二
仁輔魚瓶遂壞意甚不釋疊前韻慰之……三〇三
李貫道學士輓詩……三〇三
送羅大理太常擢廣東僉憲……三〇三
西湖草亭詩 淮安西湖，史進士效居之，其父參政公致仕，居於家。……三〇四
方石將謁陵愧齋席上贈别一首……三〇四
送尚書黄公之南京户部……三〇四
陳玉汝得孫歸功瓜祝用舊韻賀之……三〇五
林亭大修撰得第四男用舊韻賀之……三〇五
三月六日曰川宅賞接杏緑萼梅限韻……三〇五
環翠軒……三〇五
送趙良輔知宿松 良輔，通政參議伯顒之子。……三〇六
陸參政孟昭輓詩……三〇六
送汪祀丞歸鳳陽……三〇六
原博席上用擊鼓催花令戲成一詩……三〇七

息庵 嵊縣王陽仲壽藏。……三〇七
送陳昌舉會試畢還無錫……三〇七
送徐生下第歸……三〇八
次韻答若虚秋官聞恤刑詔有作……三〇八
送太倉俞良臣之安州學……三〇八
次韻答攸縣陳翁鉞……三〇九
送吴江陳知縣……三〇九
雹……三〇九
次韻楊應寧久旱三首……三一〇
送陳翁歸攸用前韻一首……三一〇
送蕭履庵之鎮寧二首……三一一
送履庵子鳴鳳侍父南行次韻……三一一
觀仁輔林黄門宅看蓮詩戲次其韻 林舊爲庶吉士。……三一二
次邵東曹借屋詩韻……三一二
次韻秦武昌見遺之作……三一二
邵東曹墮馬傷足次武昌韻……三一三
寄潘興化先生次韻二首……三一三
廷詔文敬聯句見寄疊前韻一首……三一三
鷦林書巢疊諸君韻二首……三一四
寄都憲桂陽朱公二首……三一四
再疊鷦林書巢韻二首……三一五
無錫殷氏婢守節秦武昌廷韶有傳識之以詩……三一五
賦得玉泉送王元勳還南京席上作……三一五
文敬聞仁甫在予坐以詩見詑因次韻并柬仁甫……三一六
文明生日以龍尾硯爲壽并致一首……三一六

戲效原博坡書辱詩見遺因次韻……三一六
原博詩來戲予還故步再次韻……三一七
三疊韻答原博……三一七
原博和章不至四疊韻督之……三一七
原博詩有雪堂獨立語五疊韻謝之……三一八
西莊清隱……三一八
送李提學若虚侯僉憲公矩一首……三一八
遊白秉德西園次韻二首……三一九
送黄廷威户部還南京……三一九
送陳繼昭秋官還南京……三一九
史千户生輓詩……三二〇
和張都憲謁黔國公祠韻 平江陳恭襄侯追封於黔。……三二〇
周原已席上賦十月菊……三二〇
送吕進士卣之大名推官……三二一
送孫進士治知臨淮 臨淮，鳳陽舊城。……三二一
送蔣宗誼推官之金華……三二一
次韻體齋病起見寄二首……三二二
壽彭詹事先生五十次諸翰林韻 宴後數日復兼學士。……三二二
雪二首次韻彭武選性仁……三二二
雪後飲胡彦超冬官歸疊席上韻二首……三二三
雪晴和應寧諸君韻二首……三二三
傅曰會舉進士次汝賢文敬韻二首……三二四
齋居和舜咨侍讀院署見寄韻二首……三二四

立春日力齋席上作……三二五
送范秋官以貞謫鳳翔判得真字 吏部擬謫廣南，特改兹郡。……三二五
次韻白宗璞員外使密雲途中遇雪……三二五
和楊學士先生東閣趺坐韻四首……三二六
得匏庵觀造雨篘竹詩輒次韻……三二六
次劉時雍獄中遣懷二首……三二七
送許珵之南雍……三二七
送李進士玑還西寧 玑，明遠都督胄子。……三二七
佩之饋石首魚有詩次韻奉謝……三二八
與佩之詩有誤筆以書見問疊前韻……三二八
謝原博惠笋疊前韻……三二八
佩之惠笋乾自稱玉版老師謂原博冬笋爲吴山少俊疊韻奉謝……三二九
饋佩之新笋用前韻……三二九
謝于喬送楊梅乾無詩用前韻奉索……三二九
饋柑于喬世賞用前韻……三三〇
和侍郎尹公留别韻三首……三三〇

李東陽全集卷十五 懷麓堂詩稿卷之十五

十五……三三一
七言律詩……三三一
體齋賞蓮次韻廉伯宫諭……三三一
送張天瑞福建參議……三三一
徐竹窗輓詩……三三二
大雨亨大詩屢至疊前韻……三三二
碧筒酒次韻東傅曰會中書……三三二
少保商先生壽七十……三三三
送焦孟陽侍講子瑞還南陽……三三三

時孟陽歸省不果。……………………三三三
題黄日升貢士東樓卷……………三三三
徐用和御史席上偶成……………三三四
次韻答王世賞夜雨感懷…………三三四
體齋西軒觀玉簪花偶作…………三三四
西山十首……………………………三三五
中秋飲汝學宅次韻　是日微陰。…………………………三三六
見山樓題常熟陳亞參卷…………三三六
慈恩寺偶成…………………………三三七
送太常楊公還南京次韻　時楊公掌尚寶司事。……………………三三七
哭女菱………………………………三三七
喬師召編修輓詩二首……………三三八
雨中種竹　以下次陳錦衣廷用韻。……………………………三三八
茅屋松聲……………………………三三八
夜窗聽雨……………………………三三九
柳岸垂綸……………………………三三九
糁徑楊花……………………………三三九
經廢道院……………………………三四〇
除夕書懷　壬寅十二月，時已買太僕巷屋。……………………………三四〇
次韻寄答若虚二首………………三四〇
馮佩之秋官得男用瓜祝韻　時佩之自江西使還。………………………三四一
次韻寄答方石二首………………三四一
齋居日待諸同官不至……………三四〇
再經西涯……………………………三四二
次太子太傅余公登鎮朔樓韻三首………………………………三四二
昌平學宮和劉諫議祠韻…………三四三

送左行人使流求……三四三
聞世賞太史誦夏提學正夫後園席上
二首次韻分柬……三四三
再疊答夏提學……三四四
次夏提學韻二首……三四四
世賞席上次韻夏提學……三四五
謝王世賞移竹次韻……三四五
崖山大忠祠詩四首 宋文天祥、張世傑、陸秀夫祠。……三四五
送平江伯陳公漕運還淮安
二首……三四六
遇雨後送鏡川楊先生謁陵次去
秋見憶韻二首……三四六
再經西涯……三四七
送鄧大參宗器之山東……三四七
次柳文範中書閣直賞雪韻
三首……三四七
世賢雙生一子夭死慰之以詩……三四八
齋居柬青谿先生……三四八
謁陵憩清河舊館有感……三四八
過沙河有感……三四九
重宿劉諫議祠有感……三四九
昌平城北道中有感……三四九
賦得西湖送張公實少參歸浙江
……三五〇
初赴郊壇看牲……三五〇
慶成宴初預殿坐……三五〇
鍾御史同追輓詩 鍾，景泰間與章郎中綸俱以議復儲事下獄，而鍾死。……三五一
雪後早朝……三五一
郊祀前一日齋宮候駕……三五一
初預郊壇分獻得南海……三五二

鏡川楊淑人壽詩……三五二
祀陵懷青谿學士……三五二
鏡川翰長以劉諫議祠詩見託竟忘代致以詩謝之……三五三
喬主事歸自西山聞南屏隱甕山畾庵漫寄一首……三五三

李東陽全集卷十六 懷麓堂詩稿卷之十六……三五四

七言律詩……三五四
京都十景……三五四
次韻賀彭閣老先生二首……三五七
哭商懋衡侍講……三五八
成化丙午五月十日東閣曉卧夢人以一男相饋六月九日初度得男家報至閣中其事始驗志喜二首……三五八
丙午順天府鹿鳴宴後有作……三五九
聞青谿學士擢禮部侍郎喜而有作……三五九
大行皇帝輓歌辭三首……三五九
祥後次方石謝先生見慰韻四首……三六〇
次韻答方石先生齋居見寄……三六〇
再答方石……三六一
再答……三六一
次青谿除夕韻……三六一
張進士鏌知含山乞詩走筆贈此
張自稱知白之後。……三六二
次青谿歲暮祫享韻……三六二
送陸武選文量之浙江參政……三六二
枉諸友先君墓次方石先生韻奉謝二首……三六三
送吴亞卿道本省母漳州二首……三六三
春雪次韻方石……三六四

次方石先生春分懷先壟之作……三六四
心遠堂……三六四
清明前一日謁先宜人舊壟有述……三六五
送儲静夫主事之南京吏部兼寄夏廷章……三六五
章恭毅公輓詩……三六五
次韻答愧齋先生……三六六
次青谿先生喜雨韻……三六六
次韻方石哭静逸先生……三六六
禫後述哀用祥韻四首……三六七
次韻答時雍……三六七
晝夢用舊韻……三六八
又用韻柬方石……三六八
重經西涯……三六八
寄顧天錫……三六九
遣兒兆先入學以詩示之……三六九
送衡州鄧同知……三六九
承陸冶齋以詩趣出次韻答之……三七〇
過城西高涼橋憶方石用所寄韻……三七〇
遊西山次韻答方石先生……三七〇
登華嚴上洞呈方石……三七一
次韻楊維立侍讀館中見懷……三七一
次韻寄題鏡川先生後樂園二首……三七一
重經慈恩寺憶張滄洲題璐僧故廬……三七二
苦雨次韻方石五首……三七二
送崔指揮謙漕運還大河……三七三
寄哭王允達中書次方石韻……三七三
重經西涯……三七三
社齋院署次前韻答方石……三七四

索酒一首與方石……三七四
重遊西涯次韻方石……三七四
李東陽全集卷十七　懷麓堂詩稿卷之十七……三七五
七言律詩……三七五
弘治己酉十月恭陪茂陵禫祭途次次韻答謝方石贈别……三七五
宿劉諫議祠用前韻……三七五
望狄梁公祠用前韻……三七六
宿西陵朝房用前韻……三七六
重謁茂陵用前韻……三七六
陵祀歸聞賜戴暖耳諸公有作再借前韻五首……三七七
尚矩還自南畿宿城西高氏園出訪而還次廉伯韻一首……三七八
十一月朔喜雪次韻答周松露亞卿……三七八
西域貢獅將至有詔遣行人道却之嗚治侍講有述敬次來韻一首柬舜咨伯常二禮部……三七八
元日早朝……三七九
郊祀喜晴有述……三七九
壽董圭峰六十二首……三七九
弘治庚戌三月十五日殿試讀卷東閣次都憲屠公韻……三八〇
十七日文華殿讀卷次司馬馬公韻……三八〇
十八日聽傳臚有作……三八〇
十九日恩榮宴席上作……三八一
送張亞卿文淵巡山海諸關……三八一
送陸貢士筌還常州 廉伯庶子之弟也。……三八一

寄和愚得謝先生韻二首……三八二
礪庵爲毛給事作……三八二
早朝露坐……三八二
左時翊方伯輓詩……三八三
送閔都憲鎮兩廣……三八三
聞應寧遊西山以雨不果戲贈一首
時久旱。……三八三
壽盧方伯廷佐……三八四
十月既望曾太僕席上見雪呈諸
同年……三八四
寄應寧提學用留别韻二首……三八四
次嚴宗哲太守留别韻兼寄應寧
……三八五
體齋偶談舊譜出湘潭因取舊刻古
潭私印爲贈并侑以詩……三八五
用前韻答曰會中書……三八五
代石留别用前韻……三八六
青谿聞體齋古潭之説有詩見嘲次韻
以解……三八六
聖駕詣郊壇省牲喜晴次阮禮部韻
二首……三八六
張亞卿文淵翟都憲廷瑞楊諭德維
立領武官誥草事奉贈一首……三八七
送唐都憲出鎮薊州諸關……三八七
元日早朝……三八八
孟春陪廟祀……三八八
郊壇候駕……三八八
郊壇分獻再得四瀆……三八九
慶成宴有述……三八九
送彭進士傑之南曹……三八九
送周進士統知宿州……三九〇
送王公濟歸省……三九〇

送伍主事符歸省　其父孟賢參政，予同年進士。……三九〇
送劉御史丙奉使歸省……三九一
送屠大理元勳録刑福建……三九一
九橋書屋爲京學陳教授作……三九一
沈郎中尚倫母壽詩……三九二
送董行人緐奉使交南……三九二
送茹知縣鑾……三九二
過真武廟懷朱文鳴亡友……三九三
四月二十二日日講初罷東體齋學士先生……三九三
送江主事澤之清江因柬徐用和太守……三九三
送袁道士還任南京朝天宫　倪禮部内黨也。……三九四
賜枇杷……三九四
送張以蒙知廬陵　兄裕夫爲江西參議。……三九四
賜楊梅……三九五
送衍聖公以和還曲阜……三九五
愚樂傅公嘗種松數百株讀書其下有主松書院在焉爲作詩以遺其子若孫……三九五
賜藕……三九六
送柳拱之憲副之岷州兼柬應寧提學宗哲太守……三九六
林侍郎輓詩……三九六
寄壽菊羅郎中公給事中鑒之父時九十有三矣……三九七
寄輓金陵陸廷玉……三九七
于景瞻府尹壽詩……三九七
次韻匏庵聞王古直至之作……三九八

送張兵馬考績還南京 …………… 三九八
吕亞卿天章求詩壽其妹黄宜人時天章以使歸 ………………… 三九八
院中即事 ………………………… 三九九
予嘗復書于居都憲朝宗稱之爲丹山先生蓋謂其家四明有此山爾朝宗乃更其舊號以詩謝予次韻奉答且以兩篆字贈之 ……… 三九九

李東陽全集卷十八　懷麓堂詩稿卷之十八

………………………………… 四〇〇
七言律詩 ……………………… 四〇〇
癸丑春闈試畢次韻知舉倪侍郎先生二首 ……………………… 四〇〇
陸貢士銓以伯兄冶齋學士校藝春闈避不入試將歸常州詩以送之 ………………………… 四〇一
祈雨齋居 ………………………… 四〇一
送進士歸省 ……………………… 四〇一
寄莊定山 ………………………… 四〇二
寄吉安顧太守天錫　天錫嘗爲族祖希蘧先生修永新墓，且刻遺集。 …… 四〇二
送楊志仁憲副之山東 ………… 四〇二
送馬員外金謫判廬江 ………… 四〇三
送同年汪憲使希顔之貴州　汪嘗以希蘧府君遺墨見遺。 ……… 四〇三
次韻送李天瑞二首 …………… 四〇三
送薛吉士榕養病 ……………… 四〇四
雪夜追次坡翁韻四首 ………… 四〇四
正月四日受郊戒復陪廟享是日飲福受胙皆免 ………………… 四〇五
郊祀賜文綺有述 ……………… 四〇五
正月七日郊壇分獻得山川 …… 四〇五

送侍讀學士曾士美之南京……四〇六
屠都憲朝宗宅柬諸同席 屠所居，予舊屋也。……四〇六
屏風燈青谿先生席上作……四〇六
戴松崖亞卿席上觀屏風燈用青谿宅韻……四〇七
上元後十日會冶齋觀梅值雪限韻二首……四〇七
篁墩先生奉命同教吉士有詩見貽次韻奉答……四〇七
次丹山屠都憲韻……四〇八
再用韻自述二首……四〇八
送許吉士天錫養病……四〇九
體齋先生壽六十 時歸自北山。……四〇九
中元送篁墩先生謁陵……四〇九
寄答李白洲憲長 聞其體肥過昔數倍。……四一〇
送王德潤參政還河南 其子崇文，亦予禮部所舉士。……四一〇
送盛郎中洪歸省崑山……四一〇
天津八景……四一一
七言排律……四一三
徐州新洪詩 有序。……四一三
送梁廷美黄門之陝西參政……四一四
與時用陪士常話别聯句翌日士常見和因疊前韻……四一五
再疊前韻送士常……四一五
寄題松江曹封君屏山别業 刑部員外郎時中之父。……四一六
無塵舫……四一六
題青巖隱居記後 青巖者，王忠文公

子充讀書之所也。公爲翰林待制，死事雲南。後若干年，其曾孫汶舉進士，持青巖圖視予，公所爲記，義門鄭長史楷所書，公伯子綬之詩與仲子紳之文皆在焉。……四一七
城塘書屋爲邵吏部日昭作……四一八
黎滄隱觀趣樓……四一八
鏡川楊先生宅賞蓮得蕖字……四一九
雪和佩之韻上元後一日……四一九
雪不止疊前韻……四二〇
長至祀陵紀行……四二〇
送董生天錫還寧都……四二一

李東陽全集卷十九　懷麓堂詩稿卷之十九……四二二

五言絶句……四二二
西涯雜詠十二首……四二二
畫禽二絶……四二五
畫竹二首……四二五
三緘圖……四二六
雜畫四絶……四二六
便面小景二首……四二七
題畫二首……四二七
雜畫四絶……四二七
分金圖……四二八
雜畫四絶……四二八
白頭翁畫……四二九
六言絶句……四三〇
出城四首……四三〇
便面小景……四三〇
七言絶句……四三一
布穀……四三一
戴勝……四三一

題畫……四三一
馬上口號……四三一
偶成四絶……四三一
春在二首……四三二
畫鶴二首……四三二
和李若虚秋官韻二首……四三三
畫鷹……四三三
延平劉郎中廷信所藏紅梅
三首……四三三
陵祀道中次韻答周松露亞卿
四絶……四三三
會稽雜詠 用貞先翁嘗遊會稽，有倡和卷，用貞藏於家。……四三四
戲題畫扇……四三五
黄鶯……四三六
雙雁……四三六
班鳩……四三六
周評事墓山二首……四三六
題趙仲穆挾彈圖二首……四三七
讀漢史……四三七
題畫……四三七
虞美人……四三七
燕……四三八
嚴子陵……四三八
太公……四三八
張子房……四三八
王子猷……四三八
李太白……四三九
范忠宣……四三九
周濂溪……四三九
蘇子瞻……四三九
題柳邦用蒲石圖……四三九

夏太常墨竹……四四〇
讀文山集附録……四四〇
畫竹……四四〇
林郎寒鴉圖二絶……四四〇
海鷹圖……四四一
送吴汝賢歸省莆田……四四一
題張儀制所藏杜用嘉畫　時杜已没多年矣。……四四一
華表鶴圖二首……四四一

李東陽全集卷二十　懷麓堂詩稿卷之二十

二十……四四二
七言絶句……四四二
題扇次倪良弼稽勳韻……四四二
海潮圖……四四二
墨梅……四四三
墨竹……四四三
先春亭……四四三
應伯起墨梅……四四三
題畫二絶……四四三
題畫……四四四
牧羝圖……四四四
沈啓南墨鵝……四四四
題畫……四四四
怡雲圖鳴治以寄其族叔世弼者用亨父韻……四四五
子母箋一首與仲律　仲律見索小箋，數日酬和，還者過半，因名爲子母箋。……四四五
題畫……四四五
蘆雁……四四五
戲題屠元勳小扇……四四五
草廬三顧圖……四四六
墨竹……四四六

安遠柳侯所藏墨竹……四四六
梧竹圖……四四六
夏仲昭墨竹 有朱氏仲昭印。……四四六
畫鵝……四四七
梅鶴圖……四四七
畫魚二首……四四七
題周御醫原己賜扇寄乃翁菊處
處士……四四八
畫瓜……四四八
畫菜……四四八
牧牛圖二首……四四八
題畫……四四九
題杏花圖贈吴原璧下第後判
黄州……四四九
希夷睡像次體齋韻……四四九
題畫……四四九
墨牡丹二絶……四四九
畫……四五〇
題徐御醫畫卷……四五〇
太白扶醉圖……四五〇
白頭翁圖……四五〇
題崑山屈鑰畫竹……四五一
畫松三首爲卜刑部從大題……四五一
梅月圖次韻……四五一
畫馬四絶……四五一
棄瓢圖……四五二
紅梅爲力齋題……四五二
梅月圖……四五二
花鳥便面爲泉山修撰作……四五二
畫扇……四五三

畫二首……四五三
夜合花二絶……四五三
送張闓幕兼素借陳石齋詩稿……四五三
壽陳石齋母節婦竹枝七首……四五四
題畫三絶……四五四
雜畫……四五五
鷺鷥……四五五
鵁鶄……四五五
慰方石先生病手及口次韻各
一首……四五五
雜畫四絶……四五六
題計汝和墨菊……四五七
沈石田山水……四五七
竹雀圖……四五七
題畫二絶……四五七
鈎勒竹……四五八
春草……四五八
泥金梅……四五八
拔蒿二絶示諸生……四五八
題畫……四五九
戴文進畫菊……四五九
題畫爲戴刑部同年……四五九
題畫芥……四五九
便面小景……四五九
詞曲……四六〇
便面小景詞二首……四六〇
洛陽春・題金瓶牡丹壽羅冰玉
五十……四六一
雨中花・題畫四闋……四六一
減字木蘭花・題畫……四六二

浪淘沙・題牡丹……四六二

李東陽全集卷二十一至五十　懷麓堂文稿二十卷……四六三

李東陽全集卷二十一　懷麓堂文稿

卷之一……四六五

賦……四六五

篁墩賦……四六五

蒙巖賦……四六七

奉詔育材賦 有序……四六九

對鷗閣賦……四七三

忠愛祠賦 有序……四七五

見南軒賦……四七七

擬恨賦 有序……四七九

鵲賦……四八一

翰林同年會賦……四八二

燒丹竈賦壽封庶子徐公七十……四八三

李東陽全集卷二十二　懷麓堂文稿

卷之二……四八六

序……四八六

京都十景詩序……四八六

送四川按察副使彭君序……四八八

遊會稽詩後序……四八九

送樸庵先生省墓詩序……四九一

王城山人詩集序……四九二

送屠元勳序……四九三

送翰林編修丁君歸省詩序……四九五

一閒軒詩序……四九六

送周徽州考最還官序……四九七

送丘給事使流求序……四九九

送周揚州序……五〇〇

送宋民表知華亭詩序……五〇二
送李士常序……五〇三

李東陽全集卷二十三　懷麓堂文稿

卷之三……五〇六
序……五〇六
送福建參政徐君序……五〇六
送泉州衛經歷鍾君序……五〇七
送戴訓術序……五〇九
送舅氏劉侯之寧夏序……五一〇
謝氏宗譜序……五一一
送金開封序……五一三
送施彦章通判黄州序……五一四
武昌徐公輓詩序……五一六
送張君汝弼知南安詩序……五一七
邵孝子詩序……五一九
賀陳先生誕孫詩序……五二〇
送閩縣令周君序……五二一

李東陽全集卷二十四　懷麓堂文稿

卷之四……五二三
序……五二三
封吏部郎中倪公輓詩序……五二三
送太常鄭先生之南京詩序……五二四
送蒙庵林先生南歸詩序……五二六
送武選汝君之南京序……五二七
退庵陳公輓詩序……五二九
送顧天錫序……五三〇
送徐君再守荆門詩序……五三一
韓氏族譜序……五三三
怡庵楊先生輓詩序……五三五
遊朝天宫慈恩寺詩序……五三六
賀楊母太安人受封詩序……五三七
赤城詩集序……五三八

李東陽全集卷二十五　懷麓堂文稿 …… 五四〇
卷之五 …… 五四〇
序 …… 五四〇
周原已字序 …… 五四〇
贈御醫錢宗嗣序 …… 五四二
壽羅母陳太宜人七十詩序 …… 五四三
送蕭履庵詩序 …… 五四四
寄鶴溪潘先生詩序 …… 五四六
城南登高詩序 …… 五四七
朴庵詩序 …… 五四九
中書舍人徐君壽六十序 …… 五五〇
送憲副李君提學浙江序 …… 五五二
賀諭德程先生長子應武序 …… 五五四
滄洲詩集序 …… 五五六
李東陽全集卷二十六　懷麓堂文稿
卷之六 …… 五五八
序 …… 五五八
會合聯句詩序 …… 五五八
蕭温州輓詩序 …… 五五九
黄氏族譜序 …… 五六一
送廣西按察副使林君詩序 …… 五六二
應天府鄉試録序 …… 五六四
送邵文敬知思南序 …… 五六六
忠安録後序 …… 五六七
青巖詩集序 …… 五六八
送户部尚書翁公致政序 …… 五七〇
送邵國賢詩序 …… 五七二
京闈同年會詩序 …… 五七四
送福建參政劉君詩序 …… 五七五
李東陽全集卷二十七　懷麓堂文稿
卷之七 …… 五七七
序 …… 五七七
贈右諭德謝君序 …… 五七七
林氏族譜序 …… 五七九

賓山樓詩序……五八〇
送畢驗封充淮府册封副使詩序……五八二
順天府鄉試録序……五八三
送户部郎中鄭君督糧宣府序……五八五
送伍廣州詩序……五八六
送荆庭春之雲南按察副使序……五八八
汪氏家乘序……五八九
瓊臺吟稿序……五九一
兩畿録刑詩序……五九三

李東陽全集卷二十八　懷麓堂文稿

卷之八……五九五
序……五九五
送蕭海釣詩序……五九五
嘉興府志序……五九七
會試録序……五九九
葉文莊公集序……六〇一
徐中書輓詩序……六〇三
定興王墓瑞芝詩序……六〇四
送石邦彦檢討序……六〇六
鏡川先生詩集序……六〇七
馬石田文集序……六〇九
桃溪雜稿序……六一〇

李東陽全集卷二十九　懷麓堂文稿

卷之九……六一三
序……六一三
賀陳君朝用遷福建左布政司序……六一三
送南京國子祭酒謝公詩序……六一五
陸孝子詩序……六一六
壽舅氏參將劉公七十詩序……六一七
可間堂詩序……六一九

送體齋傅先生省墓詩序……六二一
送傅工部曰會督稅荆州序……六二二
送吏部侍郎周先生使秦詩序……六二四
倪文僖公集序……六二五
雙瑞詩序……六二八

李東陽全集卷三十　懷麓堂文稿

卷之十……六三〇
記……六三〇
遊西山記……六三〇
惺惺齋記……六三二
半村記……六三三
冰玉齋記……六三四
聽雨亭記……六三六
守貞堂記……六三七
東莊記……六三九
祁陽縣學重修記……六四〇
紹興府學鄉射圃記……六四二
成齋記……六四四
春濡庵記……六四五
約齋記……六四六

李東陽全集卷三十一　懷麓堂文稿

卷之十一……六四九
記……六四九
華容縣學重修記……六四九
山陰陳氏祠堂記……六五一
南巡圖記……六五二
友愛堂記……六五四
南山草亭記……六五五
海月庵記……六五六
衡州府學重修記……六五七
江都縣學科貢題名記……六五九
敦本堂記……六六一

漳州府進士題名記……六六二
冀州城重修記……六六四
深澤縣重建廟學記……六六六
李東陽全集卷三十二　懷麓堂文稿
卷之十二……六六九
記……六六九
中元謁陵遇雨記……六六九
訓成堂記……六七二
寧海俞氏祠堂記……六七四
鎮原縣廟學重修記……六七五
南隱樓記……六七七
曾文定公祠堂記……六七九
岳州府新築永濟堤記……六八〇
宿州符離橋月河記……六八二
定州韓魏公祠堂記……六八五
李東陽全集卷三十三　懷麓堂文稿
卷之十三……六八七
記……六八七
武昌府學重修記……六八七
端友齋記……六八九
潮州府復三利溪記……六九一
平陽府新修利澤渠記……六九二
重修吕梁洪記……六九四
漢丞相黄公祠堂記……六九七
方巖書院記……六九八
改建忻州廟學記……七〇〇
修復茶陵州學記……七〇一
裕遠庵記……七〇三
李東陽全集卷三十四　懷麓堂文稿
卷之十四……七〇五
論書手簡……七〇五

合從連衡論……七〇五
韓信論……七〇七
曹參論……七〇八
與蔣宗誼書……七一〇
與李士常書……七一二
與文宗儒書……七一三
再與文宗儒書……七一四
與楊應寧書……七一五
與顧天錫書……七一六
復愚得謝太守先生……七一七
答鏡川先生書……七一八
再答鏡川先生書……七一九
慰方石先生書……七二〇
與方石先生書……七二〇
與羅冰玉先生書……七二一
與李白洲提學書……七二二
與劉方伯書……七二二
再與方石先生書……七二三
與鶴谿潘先生書……七二四
與姜貞庵書……七二五
奉樸庵先生書……七二五
答愧齋先生書……七二六
與潘南屏手簡……七二七
與楊邃庵書……七二九

李東陽全集卷三十五　懷麓堂文稿

卷之十五……七三四
傳……七三四
夏忠靖公傳……七三四
趙節婦傳……七四三
劉益齋傳……七四五

止善劉公傳……七四七
李東陽全集卷三十六　懷麓堂文稿
卷之十六……七四九
傳……七四九
楊南里傳……七四九
喬烈婦傳……七五一
都御史朱公傳……七五二
化州同知楊公傳……七五六
五宜高公傳……七五八
王古直傳……七六一
仲節婦傳……七六三
奕説……七六五
張翶漢翔字説……七六五
陸儀莊甫字説……七六七
李東陽全集卷三十七　懷麓堂文稿
卷之十七……七六九
雜著……七六九
讀唐史三十一首……七六九
李東陽全集卷三十八　懷麓堂文稿
卷之十八……七八六
雜著策問頌表……七八六
原壽……七八六
記女醫……七八八
記女巫……七八九
醫戒……七九〇
食戒……七九一
思石鐘山辭……七九一
大雅堂辭……七九三
夢鶴辭……七九四
寫騒亭辭爲葉崇禮太守作……七九五
藻軒解……七九五
冷庵對……七九七
政難贈楊質夫……七九八
喻戰送李永敷南歸……八〇一

擬楊文懿公謚議……八〇二
應天府鄉試策問二首……八〇三
順天府鄉試策問三首……八〇五
會試策問三首……八〇七
豊年頌　閣試……八一〇
瑞麥頌……八一一
擬進憲宗純皇帝實録表……八一二
擬册立皇太子賀太皇太后表……八一三

李東陽全集卷三十九　懷麓堂文稿

卷之十九……八一五
狀疏……八一五
西北備邊事宜狀　閣試……八一五
應詔陳言奏……八二四
辭免起復纂修奏本……八三五

李東陽全集卷四十　懷麓堂文稿

卷之二十……八三七
箴銘贊引題跋……八三七
悔箴……八三七
成齋箴……八三七
止齋箴爲汪希顔同年作……八三八
筆銘……八三八
紙銘……八三九
艾齋銘……八三九
丁氏半山亭銘……八四〇
寓齋銘爲博士陳後作……八四一
莫職方曰良得晁無咎墓中硯爲之銘曰……八四一
柳舍人硯銘……八四二
鐘硯銘……八四二
瑶池夜月硯銘……八四二
臨江周逸庵處士畫像贊　卷中有張廷祥編修、傅曰川檢討文。……八四三
張汝弼小像贊……八四三
朴庵蕭封君像贊……八四四

都闔李公像贊……八四四
中書舍人王允達像贊……八四五
西社别言詩引……八四五
周原己席上題十月賞菊卷……八四六
柳通判考滿旗帳詞代廣平府作……八四六
與潘南屏納徵啓……八四七
跋馬義婦傳卷……八四八
題趙子昂書茅屋秋風詩後……八四九
書許魯齋辨説後……八四九
題栝蒼陳氏畫……八五〇
跋鶴山魏先生書真迹……八五一
跋韓給事所藏張汝弼草書卷後……八五二
跋馬抑之所藏二帖……八五二
跋張汝弼書蒋玉山既醉軒詩卷……八五三
跋陳愧齋送傅曰會詩序……八五四
書雞壇清話卷後……八五四
跋謝氏家藏墨迹卷後……八五五
書賀氏先迹後……八五六
跋謝氏逸老堂詩卷後……八五七

李東陽全集卷四十一　懷麓堂文稿

卷之二十一……八五九

題跋……八五九
書愧齋倡和詩序後……八五九
題山谷墨迹後……八六〇
書宋諸賢墨迹後……八六〇
恭題魯府尹所藏先朝敕諭後……八六一
書同聲集後……八六二
題張滄洲遺詩後……八六二
書圍爐詩後……八六三

書蒙翁類博稿後……八六四
希蘧府君二絶句後記……八六五
希蘧府君題朱澤民畫長句後記……八六五
書楊侍郎所藏沈啓南畫卷……八六六
書陳大參六嬉圖詩卷後……八六七
跋存復先生遺墨……八六七
題姚少師所書劉太保詩……八六八
敬書雲陽集後……八六九
書碧落碑後……八六九
書耿氏家藏公牘後……八七〇
書米南宫真迹後……八七一
書溪山風雨圖後……八七二
書同聲後集後……八七三
書馬遠畫水卷後……八七三
書蒙翁所藏黄華老人真迹後……八七三
書蒙翁所藏西南夷圖後……八七四
書林藻帖後……八七四
書虞邵庵墨迹後……八七五
書岳陽樓圖詩後……八七五

李東陽全集卷四十二　懷麓堂文稿

卷之二十二……八七七
誄祭文……八七七
倪文僖公誄……八七七
祭朱文鳴文……八七九
代人祭文鳴文……八八〇
代人祭夏太常文……八八一
祭外舅蒙泉先生文……八八二
祭學士柯先生文……八八三
蒙泉翁禫祭文……八八四
祭蕭文清文……八八五
祭錢都督士英墓文……八八六

祭劉姥楊氏文……八八七
同年祭張亨父文……八八七
祭彭民望文……八八九
祭謝生興仁文……八九〇
祭李士常文……八九一
同年祭陸鼎儀文……八九二
祭周原已院判文……八九三
祭樸翁先生黎公文……八九三
祭李都憲母文……八九四
祭黎夫人文……八九五
禫祭告先考文……八九五
冬至告祠堂文……八九六
祭謝生興毅文……八九六
同年祭吴汝賢文……八九七

李東陽全集卷四十三　懷麓堂文稿

卷之二十三……八九八
哀辭行狀……八九八
嘉禾姜封君哀辭……八九八
松塢黄公哀辭……八九九
董封君孺人哀辭……九〇一
余通判哀辭……九〇二
程襄毅公哀辭……九〇三
追封涇國公蔣侯哀辭……九〇四
明故廣西按察司副使致仕進階中議大夫贊治尹劉公行狀……九〇五
明故中順大夫南京太常寺少卿掌尚寶司事夏公行狀……九〇八
明故中順大夫太常寺少卿兼翰林院侍讀陸公行狀……九一五
明故資善大夫南京禮部尚書致仕進階榮禄大夫謚文僖黎公先生行狀……九一七

李東陽全集卷四十四　懷麓堂文稿

卷之二十四 …… 九二一

墓表 …… 九二一

高祖戊七府君墓表 互見南行稿 …… 九二一

明故贈文林郎南京陝西道監察御史陳公墓表 …… 九二三

明故兵部武選員外郎郭君墓表 …… 九二五

明故處士謝公墓表 …… 九二七

裴定州墓表 …… 九二九

明故奉議大夫雲南按察司僉事致仕邵先生墓表 …… 九三一

明故封承德郎太僕寺寺丞章公墓表 …… 九三三

族高祖希邁先生墓表 …… 九三五

周氏先墓碑 …… 九三七

李東陽全集卷四十五　懷麓堂文稿

卷之二十五 …… 九四〇

碑誌 …… 九四〇

明故亞中大夫山西布政司左參政樊公墓碑銘 …… 九四〇

明故萬全都司都指揮同知致仕封榮禄大夫柱國後軍都督府都督同知劉公神道碑銘 …… 九四三

明故嘉議大夫南京兵部右侍郎王公神道碑銘 …… 九四五

明故通議大夫南京兵部右侍郎黄公神道碑銘 …… 九四八

明故刑部主事朱君墓誌銘 …… 九五〇

明故文林郎河南道監察御史展公墓誌銘 …… 九五二

長沙府推官致仕王公墓誌銘……九五四
姚孟栗墓誌銘……九五五
李士常妻岳氏墓誌銘……九五七

李東陽全集卷四十六　懷麓堂文稿

卷之二十六……九五九
誌銘……九五九
明故榮禄大夫後軍都督府同知芮公墓誌銘……九五九
明故封承直郎南京吏部主事潘公墓誌銘……九六一
明故懷遠將軍錦衣衛指揮同知趙公墓誌銘……九六三
文永嘉妻祁氏墓誌銘……九六五
明故封承德郎户部主事陳先生墓誌銘……九六七
賀感樓先生妻王氏墓誌銘……九六八
明故奉政大夫修正庶尹河南按察司僉事尹公墓誌銘……九七〇
明故封徵仕郎中書舍人劉公墓誌銘……九七二
明故封翰林院編修文林郎謝公墓誌銘……九七四

李東陽全集卷四十七　懷麓堂文稿

卷之二十七……九七六
誌銘……九七六
金尚義墓誌銘……九七六
明故正議大夫資治尹工部左侍郎王公墓誌銘……九七九
明故奉政大夫兵部郎中喬君墓誌銘……九八一
明故封承德郎工部主事徐公墓誌銘……九八三

樂亭知縣蔣原用墓誌銘……九八五
贈翰林院編修文林郎陳公墓誌銘……九八七
明故封承德郎户部主事許公墓誌銘……九八九
明故刑部郎中奚君墓誌銘……九九一
一朴居士蔡公墓誌銘……九九三

李東陽全集卷四十八　懷麓堂文稿

卷之二十八……九九六
誌銘……九九六
明故征西將軍鎮守寧夏後軍都督僉事周公墓誌銘……九九六
朝邑縣學訓導致仕張公墓誌銘……九九八
焦生邦重墓誌銘……一〇〇〇
明故文林郎河南道監察御史李君士常墓誌銘……一〇〇二
封宜人喬母路氏墓誌銘……一〇〇五
宜人朱母黄氏墓誌銘……一〇〇七
華編修伯瞻墓誌銘……一〇〇八
奉議大夫刑部郎中何君墓誌銘……一〇〇九
明故兩淮都轉運鹽使司知事周君墓誌銘……一〇一一

李東陽全集卷四十九　懷麓堂文稿

卷之二十九……一〇一四
誌銘……一〇一四
退庵處士趙公墓誌銘……一〇一四
喻孝婦墓誌銘……一〇一六
明故封太大中大夫陝西布政司左參政梁公墓誌銘……一〇一七
明故鎮國將軍都指揮同知王公

墓誌銘……一〇一九
楊母丁宜人合葬墓誌銘……一〇二一
封孺人張母姚氏墓誌銘……一〇二三
外姑宋夫人墓誌銘……一〇二五
封太安人楊母張氏墓誌銘……一〇二七
明故廣西布政司副理問致仕葉公墓誌銘……一〇二九
明故南京工部尚書劉公墓誌銘……一〇三一

李東陽全集卷五十　懷麓堂文稿卷之三十……一〇三四

誌銘……一〇三四
明故朝列大夫雲南布政司左參議致仕呂公墓誌銘……一〇三四
明故監察御史張君墓誌銘……一〇三六
封承德郎刑部主事談公墓誌銘……一〇三八
封太孺人楊母熊氏墓誌銘……一〇四〇
明故中憲大夫浙江處州府知府郭君墓誌銘……一〇四二
需庵處士岳公墓誌銘……一〇四四
西莊處士羅君墓誌銘……一〇四六
國子生傅君墓誌銘……一〇四七
先叔父前金吾左衛百户李公墓誌銘……一〇四九
兒兆同埋銘……一〇五一

李東陽全集卷五十一　南行稿一卷……一〇五三

南行稿序……一〇五五

李東陽全集卷五十一　南行稿……一〇五七

留別京中諸友……一〇五七

張家灣旅宿用潘時用韻却寄
　一首……………………一〇五七
舟發張家灣宿河西務……一〇五八
楊村阻風…………………一〇五八
直沽夜泊…………………一〇五八
舟次奉新驛得戴侍御同年書知
　於前驛相待漫得二絶……一〇五九
放船………………………一〇五九
東南風……………………一〇五九
宿流河驛遇寶慶謝太守……一〇六〇
早發滄州…………………一〇六〇
清明二首…………………一〇六〇
桑園阻風…………………一〇六一
望德州……………………一〇六一
泊故城與戴侍御謝寶慶夜酌喜而
　有作……………………一〇六一
泊武城姚尹顯求詩率爾有贈……一〇六二
臨清二絶…………………一〇六二
浦橋得淺…………………一〇六二
望東昌……………………一〇六三
張秋………………………一〇六三
馬船行……………………一〇六三
濟寧二絶…………………一〇六四
歌風臺……………………一〇六四
徐州洪……………………一〇六四
白楊行……………………一〇六五
浦望………………………一〇六六
過黄河……………………一〇六六
夜過邵伯湖………………一〇六六
揚子灣……………………一〇六六
揚州懷古…………………一〇六七

揚州與戴佀二侍御同觀八仙花有作留察院……一〇六七
風江野泊偶步江上無主竹園呼酒招戴侍御謝寶慶彭民望同飲……一〇六八
江上望金陵……一〇六八
南京謁孝陵有述……一〇六八
登報恩寺塔……一〇六九
登雨花臺……一〇六九
遊靈應觀……一〇六九
遊雞鳴寺……一〇七〇
采石登謫仙樓……一〇七〇
長江行……一〇七一
小孤山……一〇七二
與謝寶慶擬登匡山至九江阻雨和寶慶韻……一〇七二
江南雨和寶慶韻……一〇七二
呼風謡……一〇七三
江中怪石……一〇七三
江雨次韻……一〇七三
曉發蘄州次韻……一〇七四
道士洑夜泊次韻……一〇七四
回風磯……一〇七四
江上聞蛙……一〇七四
過黄州……一〇七五
登武昌觀音閣……一〇七五
江上奕棋與寶慶……一〇七五
小君山……一〇七五
登岳陽新樓……一〇七六
謝寶慶洞庭圖湖中作 時謝公乞歸，不得請，將還治寶慶。……一〇七六
江上聞蟋蟀……一〇七七

至長沙送别謝寶慶……一〇七七
與錢太守諸公遊嶽麓寺四首席上作……一〇七七
錢太守招遊開福寺不赴奉答一首……一〇七八
燕長沙府席上作……一〇七八
燕長沙衛席上作……一〇七八
競渡謡……一〇七九
浮居户……一〇七九
長沙竹枝歌十首……一〇八〇
長沙道中……一〇八一
荷木坪二十韻 高祖處士府君墓。……一〇八一
雷公峽二十韻 族高祖提舉府君墓。……一〇八一
六月九日初度諸族父兄皆會感而有作……一〇八二
得家書聞舍弟病二首……一〇八三
茶陵竹枝歌十首……一〇八三
盈女生日 時其母亡一年矣。……一〇八四
過永新十八灘……一〇八四
吉安府……一〇八四
聞揚州潮漲……一〇八四
發南昌宿東湖口……一〇八五
滕王閣 舊閣淪于江，今名「西江第一樓」云。……一〇八五
水碓……一〇八五
舟人有采蔬者問其名曰連理菜感而有作……一〇八六
弋陽雨晴……一〇八六
廣信道中……一〇八六

過玉山……一〇八七
過子陵釣臺……一〇八七
過錢塘江……一〇八七
蔣宗誼府推期遊西湖爲郭侍御
所招不果……一〇八八
西湖曲五首……一〇八八
吊岳武穆辭……一〇八九
嘉杭道中四首……一〇九〇
風雨歎 吴江縣舟中作。……一〇九〇
顧天爵送至舟中走筆有贈兼
寄天錫……一〇九一
蘇臺曲五首……一〇九一
與趙夢麟諸人遊甘露寺……一〇九二
遊金山寺……一〇九二
高祖戊七府君墓表……一〇九三
祭高祖處士府君墓文……一〇九四
祭族高祖提舉府君墓文……一〇九五
宋知潭州李忠烈公祠記……一〇九六
漢長沙王太傅賈公祠記……一〇九八
長沙府學尊經閣記……一一〇〇
新寧縣石城記……一一〇一
賀興隆傳……一一〇三
湘江送別詩序……一一〇五

李東陽全集卷五十一　北上録

一卷……一一〇七
北上録序……一一〇九

李東陽全集卷五十二　北上録

校文畢即事呈洗馬羅先生
明仲……一一一一
揭曉後次韻答何穆之王德潤
二侍御并京尹魯公懋功……一一一一

鹿鳴宴有作……一一一二
重謁孝陵有述……一一一二
南京六部都察院通政司大理寺翰林院國子監太常寺尚寶司鴻臚寺諸公會宴于禮部有述呈翰林院諸寅老……一一一二
過太常楊公垣西草堂次韻明仲……一一一三
與諸秋官登雞鳴寺睡起作……一一一三
登五顯廟瑞芝亭……一一一三
南曹諸友餞別承恩寺席上作……一一一四
與何王二侍御登報恩寺塔絶頂……一一一四
登雨花臺……一一一四
過朝天宫 冶亭故址。……一一一五
謁卞將軍祠……一一一五
與隆平侯張公宣城伯衛公遊靈應觀……一一一五
登清涼寺後臺……一一一六
與翰林舊寅長遊靈谷寺……一一一六
題魯京尹所藏雙鷹圖……一一一六
走筆題成國朱公子廷贇書樓二絶……一一一七
留題南京貢院……一一一七
九月八日登石城泊龍江驛何王二侍御攜酒餞別聯句……一一一七
是日莊孔昜司副自江浦來會夜宿江上次明仲韻……一一一八
九日渡江……一一一八
後登舟賦 有序……一一一八
望龍潭驛……一一一九

歸夢 …… 一一二〇
風過召伯高郵寶應三湖 …… 一一二〇
賦得白兔山送費司業廷言歸鎮江 宋刁約葬此山，開穴見白兔。予分此題時，已被命，不及賦。歸至揚州，得書，驛吏速詩，至寶應，舟中作。 …… 一一二〇
淮上作 …… 一一二一
霧 …… 一一二一
桃源道中 …… 一一二一
宿遷道中 …… 一一二一
過直河驛待明仲舟不至 …… 一一二二
邳州即事有懷都憲張公 …… 一一二二
吕梁洪二十韻 …… 一一二三
見月二絶 …… 一一二三
夜泊徐州懷陳秋官宗器 時有文逋未償，因以謝之。 …… 一一二四
徐州洪蘇墨亭書坡老石刻後 有序 …… 一一二四
將至夾溝驛道得家報八月十五日生女明仲呼酒見賀有詩因次韻 …… 一一二五
金溝淺 …… 一一二五
沛縣懷古 …… 一一二六
聞潘時用復以病不終試及觀順天鄉試録知蕭生鳴鳳王生佩俱落二生皆時用高弟吾所畏愛者并紀以詩 …… 一一二六
穀亭閘得劉時雍職方書 …… 一一二六
聞湖南大熟 …… 一一二七
魯橋驛送明仲之曲阜二首 …… 一一二七
過金德潤秋官次李秋官若虚韻因寄陳武選德修 …… 一一二七

得李秋官若虛屠秋官元勳邵户部
文敬聯句見寄次韻二首…… 一二八
夜過仲家淺閘…… 一二八
觀趙村閘…… 一二九
濟寧夜泊懷明仲…… 一二九
濟寧舟中會沈提學仲律有作復值
濮武庫用昭遂續長句 時二君皆
以憂歸江東。…… 一二九
望開河驛懷明仲…… 一三〇
安山驛待明仲不至留壁上…… 一三〇
聞明仲至…… 一三〇
孔紳文公翱兄弟送明仲舟中
却贈一首…… 一三一
晚望…… 一三一
雨泊周家店…… 一三一
七里灣…… 一三二
戴家灣遇僉憲劉廷珪留飲和
嚴户部宗哲韻一絶…… 一三三
嚴宗哲置酒臨清舟中夜話
聯句…… 一三三
留別嚴宗哲兼柬潘憲副廷璽
…… 一三三
武城懷古…… 一三三
舟子…… 一三四
雨行德州道中五絶…… 一三四
撥悶…… 一三五
十月一日…… 一三五
連窩驛憶亡弟東川 予侍家君歸
湖南，時川實從焉。…… 一三五
兀兀…… 一三六
裏河道中即事…… 一三六
獨坐柬明仲…… 一三六

河燈……一一三七
冬日……一一三七
題蕭給事文明所書扇後……一一三七
流河驛懷謝寶慶先生兼懷鳴治侍講……一一三八
夜過静海憶戴提學廷珍 昔與廷珍南行，待我於此。……一一三八
夜泛……一一三八
直沽憶亡弟東山……一一三九
聞彭侍講敷五喪已過直沽追吊不及悼之以詩……一一三九
過丁字沽……一一三九
與明仲晚酌……一一四〇
舟中雜題十首……一一四〇
蒙村……一一四二
蒙村阻風憶京師諸友……一一四二
次傅太史曰川贈行韻……一一四三
次李吉士士常贈行韻……一一四三
過漷縣奉懷外舅蒙泉老先生……一一四三
夜宿潞河驛……一一四三
通州道中……一一四四
明故封太安人舒氏墓誌銘……一一四四
金陵何氏墓圖記……一一四五
明故贈工部郎中楊公合葬墓誌銘……一一四六

李東陽全集卷五十三至六十二

懷麓堂詩後稿十卷

懷麓堂詩後稿十卷……一一四九

李東陽全集卷五十三　懷麓堂詩後稿

卷之一……一一五一
古樂府……一一五一

靳充道少卿所藏杜愢男朝母乳
姑二圖請題其上爲賦古樂府
二首……………………一一五一
猫相乳行…………………一一五二
示用兒效玉川子作………一一五三
慈母圖孟氏。………………一一五四
孝子圖王祥。………………一一五四
長短句……………………一一五五
鐵拄杖行…………………一一五五
靈壽杖歌…………………一一五六
華山圖歌爲喬太常宇作……一一五六
寄題惠山第二泉…………一一五七

李東陽全集卷五十四　懷麓堂詩後稿

卷之二……………………一一五九
五言古詩…………………一一五九
尼山春曉圖………………一一五九
習隱二十首………………一一六〇
送青谿先生之南京吏部四首
……………………………一一六四
弘治己未六月孔廟災送李學士
世賢奉詔祭告兼柬衍聖公
兄弟………………………一一六五
答楊太常止酒用陶韻……一一六六
兒子兆先送妹之闕里以詩
戒之………………………一一六七
畫萱爲沈編修壽題………一一六七
題淵明歸來圖……………一一六八
生菜圖……………………一一六八
牧牛圖……………………一一六九
癸亥除日落一牙追次韓韻示
諸生………………………一一六九
與黄生綰…………………一一七〇

四職圖……………………一一七〇
斷機圖……………………一一七〇
舉案圖……………………一一七一
剪髮圖……………………一一七一
先府君墓焚新刻手稿感而有述示
　兆蕃……………………一一七一
懷竹……………………一一七二
台州三憶詩……………………一一七二

李東陽全集卷五十五　懷麓堂詩後稿

卷之三……………………一一七三
七言古詩……………………一一七三
恭題御書藥方後……………………一一七三
赤壁圖爲衍聖孔公題……………………一一七四
成國公家槐樹歌……………………一一七四
題陶成草蟲圖效李長吉……………………一一七五
韓太沖西成歸樂圖爲陳侍御德
　卿題……………………一一七五
風雲際會圖爲木齋閣老題……………………一一七六
王孟端墨竹長卷爲孫太常志
　同題……………………一一七六
題徐主事廷用所藏畫鶴時徐歸省
　長沙……………………一一七七
石城雪樵圖爲李侍郎世賢賦
　……………………一一七七
與張都憲公實話別長句……………………一一七八
畫馬二首……………………一一七八
題劉廷式所藏山水圖時廷式募
　兵寧夏還復往巡撫……………………一一七九
憶昔行贈黎參議本端……………………一一七九
王孟端竹長卷……………………一一八〇
題胡馬圖贈楊都憲應寧……………………一一八〇
畫鷹……………………一一八一

王德輝侍郎母壽八十詩時德輝奉使歸省……一一八一
鍾欽禮雲山圖爲史都憲天瑞題……一一八二
長安舊第行壽劉檢討瑞母七十其父用行終山東僉事予同年進士也……一一八二
客有談仲僉事與立賑濟鄉民事聞而義之且嘉其能與立將赴河南韻以爲贈客費子充贊善也……一一八三
林良聚禽圖爲馮御史執之題……一一八三
題趙子昂射鹿圖……一一八四
劉學士家藏贈行詩畫 有序……一一八四
張主事濳奉使闕里紀之以詩兼東衍聖公……一一八六
題衍聖公所藏畫竹因憶闕里南園之勝故篇終及之……一一八六
夏太常墨竹卷爲屠都憲元勳題……一一八七
明山草亭爲王侍郎民望題時王致仕歸……一一八七
題米元暉雲山圖卷送木齋先生致政南歸……一一八八
茅山草亭爲餘姚謝生正作 亭在汝仇湖之中，去餘姚縣五十餘里。……一一八八
贈王提學雲鳳……一一八九
錢唐江潮圖爲喬少卿希大作……一一九〇
題楊妃出遊圖……一一九〇

題湖山春曉圖……一一九一
鷺鷥圖……一一九一
鶺鴒圖……一一九一
懷郴行爲何郎中孟春作……一一九二
紫林書屋……一一九二
七駿圖……一一九三
漁舟圖……一一九三
聚禽圖……一一九四
子昂畫馬卷……一一九四
題夏珪山水圖……一一九五
太原宋生灝手刻先君字法手稿贈之以詩時生已授廣平通判矣正德五年十二月三日……一一九五
寄壽封君楊留耕先生……一一九六
題雙鳳圖爲崔甥……一一九七
東坡煎茶圖次坡韻……一一九七
墨梅一首……一一九八
題杜古狂畫壽張封君爲禮部員外繼孟作……一一九八
題蟠桃圖壽邵淑人爲國賢侍郎作……一一九九
山水圖爲魯司業題……一一九九
予莊詩……一一九九

李東陽全集卷五十六　懷麓堂詩後稿卷之四……一二〇一

五言律詩……一二〇一
種竹……一二〇一
小園即事……一二〇一
假山成戲作二首……一二〇二
次韻送衍聖公孔聞韶……一二〇二
崑山毛翁百歲詩……一二〇三
竹坡……一二〇三

次韻答方石先生二首 …… 一二〇三
山行十首 癸亥十月三日。 …… 一二〇四
太皇太后輓歌詞 …… 一二〇五
太皇太后發引鼓吹詞 …… 一二〇九
孝宗皇帝輓歌詞 …… 一二〇九
孝宗皇帝發引鼓吹詞 …… 一二一二
雪後 …… 一二一三
西莊獨詠得四首 六月二日。 …… 一二一三
題屠司寇元勳小像 …… 一二一四
題米南宮真迹卷贈邃庵太宰先生 …… 一二一五
孔氏女卒已閱歲錢郎中榮自錫山以詩來慰憶自亡兒之喪吊輓者累數十至而今僅得此悵然感之因次其韻二首以自慰 …… 一二一六
病起理髮次唐李羣玉韻二首 …… 一二一六
聞雨 …… 一二一七
種竹二首 …… 一二一七
中秋獨坐有懷邃庵太宰 …… 一二一七
九日遇雪聞邃翁見過以詩趣之 …… 一二一八
五言排律 …… 一二一八
桂巖書院爲戴給事銑題 …… 一二一八
進大明會典禮畢有述 …… 一二一九
棲翠爲刑部曹員外鏷父作 …… 一二一九

李東陽全集卷五十七　懷麓堂詩後稿卷之五 …… 一二二〇
七言律詩 …… 一二二〇
樗老詩爲蘇州楊翁仲實作 吉士

昇之父 …………………………… 一二二〇
送馬少卿宗勉得告歸吴 …… 一二二〇
送蔣編修敬之歸省 ………… 一二二一
内閣賞芍藥奉和少傅徐公韻
四首 …………………………… 一二二一
題篁墩行樂卷二首 ………… 一二二二
内閣五月蓮花盛開奉和少傅徐
公韻二首 …………………… 一二二二
又和太子太保劉公韻二首 …… 一二二三
次周吏部伯常得孫韻二首 …… 一二二三
郊壇分獻得星辰 ……………… 一二二四
候駕畢宿神樂觀 …………… 一二二四
重經西涯 …………………… 一二二四
文華紀事　弘治十一年九月初二日經筵，春坊亦開講，車駕復臨幸焉。 …………………………… 一二二五
送楊維立之南京吏部 ……… 一二二五
重經西涯 …………………… 一二二五
屠元勳侍郎奉使遼府因省母嘉興次傅禮部韻 …………… 一二二六
趙給事士賢二親壽詩 ……… 一二二六
郊壇分獻得北鎮　醫無閭。 …… 一二二七
春丁代祀孔子廟庭　弘治丁巳。 …………………………… 一二二七
送董禮部尚矩還南京 ……… 一二二七
寄陳直夫 …………………… 一二二八
寄和劉亞卿時雍二首　時劉督餉北邊。 ……………………… 一二二八
次韻答沈都憲時暘二首 …… 一二二八
寄方石先生附王存敬知府 …… 一二二九
體齋以禮部侍郎兼學士入掌詹事府以詩賀之用舊所賀韻

二首……一二二九
候送青谿先生考績南還坐間
有作……一二三〇
讀虞邵庵詩……一二三〇
讀劉静修詩……一二三〇
松崖戴司寇遣子入塾圭峰董禮
侍有詩次韻一首……一二三一
寄方石二首用所寄韻……一二三一
卜居一首柬南屏……一二三一
用韻答邃庵……一二三二
用韻答邵國賢……一二三二
用韻答吴編修克温三首……一二三二
九日盆菊盛開將出郭有作……一二三三
月下賞菊限韻柬邃庵太常
先生……一二三三
用韻與王太僕公濟……一二三三
用韻與喬希大郎中……一二三四
再用韻示兆先……一二三四
十月賞菊體齋席上限韻 與楊太
常、王太僕同會。……一二三四
寄姜用貞……一二三五
戴松崖司寇省墓饒州……一二三五
青谿先生新領留參之命奉寄
一首……一二三五
寄顧天錫二首用致仕後所寄韻
……一二三六
次韻答方石先生三首……一二三六
重經西涯……一二三七
郊壇分獻得星辰一 弘治庚申。
……一二三七
祀畢喜晴次屠吏部韻……一二三七
雪後經西涯……一二三八

成國朱公宅觀料絲燈次周司徒屠太宰韻……一二三八
白巖圖爲喬郎中題……一二三八
重經西涯……一二三九
寄陳方伯同年……一二三九
題林吏部像二首……一二三九
月林爲倫修撰父處士作……一二四〇
中秋獨坐……一二四〇
十六夜不見月與成國内弟邃庵太常并顧編修士廉陳御史德卿喬郎中希大共話用前韻……一二四〇
得兆先舟中書用所贈楊給事韻二首……一二四一
送成國内弟之留都二首……一二四一
竹逸……一二四二
重經西涯……一二四二
九日雨中作……一二四二
九月十日得兆先消息疊前韻……一二四三
再得兆先書用前韻……一二四三
與表兄殷通府話别二首……一二四三
元日試筆……一二四四
郊壇分獻再得星辰一……一二四四
分獻次青谿太宰韻　時青谿分得星辰二，是日立春。……一二四四
答體齋宗伯用前韻　時體齋分獻得北嶽，是日免賀春禮。……一二四五
慶成宴次前韻與青谿……一二四五
次韻答方石祭酒病中見憶……一二四五
蕭海釣寄蠣黄上元日出以饗客因賦一首……一二四六

次謝方石歸來園韻……一二四六
春興八首……一二四六
再次歸來園韻……一二四八
李東陽全集卷五十八　懷麓堂詩後稿卷之六……一二四九
七言律詩……一二四九
應制啓沃詩十首……一二四九
寄題姜貞庵壽藏……一二五三
病起述懷……一二五三
壽太宰尹公八十……一二五四
哭青谿倪太宰先生……一二五四
房山山房相墓道中紀事八首……一二五四
哭傅曰會郎中用體齋見慰韻二首……一二五五
東山先生有兩廣之命奉寄一首……一二五六
王古直輓詩次方石韻二首……一二五六
再哭青谿……一二五七
哭體齋傅宗伯先生　是日倪公祖奠畢，於傅公會斂。……一二五七
再哭體齋疊見慰哭子韻……一二五七
送吳學士克温之南京……一二五八
送羅司業允升之南京……一二五八
卜樹村新莊約方石先生不至次韻四首……一二五八
壽祭酒羅先生七十次所寄韻二首……一二五九
松窗屠公輓詩……一二五九
次李白洲侍郎督復西涯舊業韻二首……一二六〇
慰東山劉司馬哭子次謝祭酒韻

二首……一二六〇
張尚絅侍郎輓詩……一二六一
弘治癸亥二月四日雨中再代視牲紀事一首……一二六一
次陳德卿顧士廉喬希大韻三首……一二六一
南屏還翰林典籍白洲有詩次韻二首……一二六二
復畏吾村舊塋志感十首……一二六二
曾司空七十……一二六四
楊給事褫父母壽詩……一二六四
一舫齋詩二首……一二六四

李東陽全集卷五十九　懷麓堂詩後稿卷之七

李東陽全集卷五十九　懷麓堂詩後稿卷之七……一二六六
七言律詩……一二六六
送衍聖公聞詔襲封還闕里……一二六六
贈闕里孔聞禮 南溪聖公次子。……一二六六
方石先生祖母趙節婦没已五十年方石以禮部侍郎誥請移爲旌表爲詩紀事奉次二首……一二六七
又二首……一二六七
次李白洲六十自壽韻……一二六八
送焦守静先生使襄府……一二六八
懸車舊第卷爲竇慶謝太守公子業題次方石韻二首……一二六八
愛日樓爲錢郎中榮作……一二六九
榮壽樓爲仲僉事本作……一二六九
病中言懷八首……一二六九
郊壇分獻得夜明……一二七〇
慶成宴次焦少宰韻二首……一二七一
次李白洲留別韻二首……一二七一

奉送梓宮至土城哭而有述……一二七二
過小西門懷舊壟有作……一二七二
畏吾村先墓忽枉劉司馬見過感而有詩……一二七二
奉迎神主觀御容哭而有述是日復大風……一二七三
和方石先生留別韻二首……一二七三
倫修撰文敍頒詔安南便道省親……一二七四
正德丙寅正月二日雪……一二七四
徐侍讀穆頒詔朝鮮……一二七四
初開經筵紀事 正德元年二月二日，是日開講大學。……一二七五
親耕耤田紀事 二月十五日，時陪祀先農，且預九推之列。……一二七五
沈編修燾册封安南……一二七五
題許給事天錫駐節寧親圖……一二七六
贈闕里孔以昌……一二七六
聞劉東山司馬致仕之命是日得謝方石祭酒到家日所寄詩感而有作……一二七六
陳司空之南京例贈二首……一二七七
木齋先生將登舟以詩見寄次韻二首……一二七七
石封君徐節婦輓詩二首次沈仲律提學韻……一二七八
魯編修鐸頒詔安南……一二七八
石學士珤之任南京……一二七八
題義聲貞則二卷爲林知府世遠父母作……一二七九
儲都憲静夫在南曹時嘗取鶴鳴詩義名其園曰檀園又取杜少

陵渼陂詩義名其軒曰浄拭軒
比再入南京請各賦一首…… 一二七九
孝宗皇帝禫祭有感 ………… 一二八〇
王永嘉獻臣恩養堂王自御史謫
海南以詔例量移今職 …… 一二八〇
守静先生得曾孫席間奉賀
一首 ………………………… 一二八〇
元日看牲復命紀事一首 己巳
歲，是日有廟牲節食之賜。 …… 一二八一
郊壇分獻再得夜明 ………… 一二八一

李東陽全集卷六十　懷麓堂詩後稿

卷之八 ………………………… 一二八二
七言律詩 ……………………… 一二八二
恭進孝宗實録紀事一首正德己
巳四月二十一日時雨中霽駕
迎實録入奉天殿方陞座前此
所未有也 …………………… 一二八二
西苑焚稿紀事 五月二十五日，在
海子西岸事畢，尚膳供宴。是日入
西苑門，望南臺，登廣寒殿，過芭蕉
園而還。 …………………… 一二八三
秋日出郭崔甥有詩因次韻 …… 一二八三
哭内弟劉釗三首 ………… 一二八三
松露周太保與王端毅太師楊邃
庵都憲皆有詩贈喬希大太常
題卷一首 …………………… 一二八四
松露再召復致政將歸留話用
前韻 ………………………… 一二八四
松露壽七十再用韻一首 …… 一二八五
聞孔氏女至 ………………… 一二八五
與衍聖公夜話 ……………… 一二八五
劉太宰入閣後省墓例送一首

……一二八六
豐諭德原學掌院南京例贈一首……一二八六
泉山書院詩……一二八六
城南姚氏園餞劉太宰與諸史部晚會歸得二首……一二八七
書趙寺正式輓詩卷……一二八七
守静先生壽七十五加少師等秩例賀一首……一二八七
補壽白太夫人次卷首轆轤韻……一二八八
孟冬五日冒雪出城簡邵國賢都憲喬希大侍郎崔世興員外……一二八八
次邃庵韻二首……一二八八
出郊……一二八九
憂旱二首　正德五年齋居作，是歲有旨致齋九日。……一二八九
喜雨二首疊前韻……一二八九
哭方石先生次林待用都憲韻二首……一二九〇
聞劉東山遇赦值河西道梗未得歸次前歲所寄雪中過六盤山韻……一二九〇
此詩再閲歲久不和是日得東山公赦歸重經六盤山韻因憶元白梁州之句悵然感之再次一首……一二九一
雪月夜觀水精棋戲作……一二九一
亡女生日……一二九一
食柑邃庵宅有感……一二九二
除夕……一二九二

借得紅梅一株盆花盛開偶與邃庵太宰輩觀之漫賦一首借梅者崔甥世興…………一二九二
喬希大宗伯將赴南京借贈一首…………一二九三
諸公過西莊聯句走筆次韻…………一二九三
再次一首…………一二九三
得東山翁到家書再用前韻二首…………一二九四
益高亭爲何生子元作 亭取韓文「山益高，水益駛」之義。…………一二九四
五月初七日 正德辛未。…………一二九四
西莊遇雨…………一二九五
中秋獨坐…………一二九五
次日疊前韻柬邃庵…………一二九五
九日崔郎小會…………一二九六
生日有感…………一二九六

李東陽全集卷六十一 懷麓堂詩後稿卷之九…………一二九七
七言律詩…………一二九七
孫司徒饋雪酒與衍聖公崔郎中共酌…………一二九七
湛編修若水册封安南…………一二九七
偶夢得一詩止記末句覺而感之足成一律正德辛未十一月九日也…………一二九八
數日後再夢一劄有天兵所至罔不克捷之文疊前韻以自慰…………一二九八
地震齋居國賢侍郎以詩來自通州次韻一首…………一二九八
崔甥復借紅梅病起次舊韻

二首……………………………一二九九
喜雨疊前韻簡邃庵 ……………一二九九
邃庵以詩來訂花朝之約次韻
趣之…………………………一二九九
邃庵攜酒就梅再疊前韻 ……一三〇〇
疊前韻與崔郎…………………一三〇〇
聞邃庵自得紅梅再疊前韻……一三〇〇
近日紅梅倡和頗多當職思其外
之時有好樂無荒之戒再疊前
韻二首以識吾過并簡諸君子
……………………………………一三〇一
有菊爲醫士盛燁作 …………一三〇一
走筆次成國病中見寄韻 ……一三〇一
五月七日 正德壬申。 …………一三〇二
聞河南捷………………………一三〇二
聞狼山捷用前韻………………一三〇二
楊少卿廷儀歸省成都石齋閣老
以長卷見屬請紀其事少卿予
己未所舉士也 ………………一三〇三
易檢討舒誥歸省長沙院中例贈
……………………………………一三〇三
吳禮部克温來自南京靳充道學
士賦詩會别次會予家用韻
一首……………………………一三〇三
成國省墓北澤山奉贈一首……一三〇四
七言排律
春寒二十韻……………………一三〇四
壽鶴溪潘先生八十 …………一三〇五
聖駕視學有述…………………一三〇六
生日邃庵太宰貺以長律用韻自
述并答雅懷…………………一三〇六
邃庵太宰先生初度疊前韻奉壽
……………………………………一三〇七

李東陽全集卷六十二　懷麓堂詩後稿卷之十……一三〇八
五言絶句……一三〇八
雜畫三首……一三〇八
芙蓉……一三〇九
西園秋雨……一三〇九
後西園秋雨詩……一三一二
七言絶句……一三一四
號國夫人早朝圖……一三一四
菜……一三一四
兔……一三一四
菊花……一三一四
蓮花……一三一五
芙蓉……一三一五
梔……一三一五
水仙……一三一五
牡丹……一三一五
題褚臨蘭亭後二絶……一三一六
柯敬仲墨竹二絶……一三一六
子昂畫馬……一三一六
觀泉圖爲衍聖孔公作……一三一六
春園雜詩十四首……一三一七
木筆……一三一八
蜀葵……一三一八
黄葵……一三一八
玉簪……一三一八
春草圖二絶……一三一九
四牛圖……一三一九
王濟醫馬圖……一三二〇
黄子久山水……一三二〇
劉松年山水二首……一三二〇
刻絲牡丹二絶……一三二一

書歐陽公手帖後二絶 …… 一三二一
寒山拾得圖二絶 …… 一三二一
王孟端山水圖長卷二絶 …… 一三二二
蒙翁蒲萄次韻二首 …… 一三二二
法酒一尊奉致二泉都憲侑以小詩 …… 一三二三
使回聞欲封寄江南蓋將以爲北堂之壽再致一語情見乎詞 …… 一三二三
捕魚便面爲厚齋閣老題 …… 一三二三
饋萱邃庵太宰侑以一詩 …… 一三二三
成國內弟有憶陶鼎詩見寄次韻二首 …… 一三二三
題沈啓南畫二絶 …… 一三二四
題李伯時蓮社圖二首 …… 一三二四
恭題景陵御筆花鳥圖後二絶 …… 一三二四
題崔坲畫卷 有序 …… 一三二五
戲嬰圖 …… 一三二九
東湖圖 …… 一三二九
商山圖 …… 一三二九
遊春圖 …… 一三三〇
海日圖 …… 一三三〇

李東陽全集卷六十三至九十二

懷麓堂文後稿三十卷 …… 一三三一
李東陽全集卷六十三　懷麓堂文後稿卷之一 …… 一三三三
賦 …… 一三三三
東山草堂賦 有序 …… 一三三三
後東山草堂賦 …… 一三三五
石淙賦 …… 一三三八

奎文閣賦 有序……一三三九

李東陽全集卷六十四 懷麓堂文後稿卷之二……一三四二

序……一三四二

送耕隱徐公還宜興詩序……一三四二

送國子助教羅君致仕序……一三四四

東瀧遺稿序……一三四六

洛陽劉氏族譜序……一三四七

送太子少保南京吏部尚書倪公序……一三四九

送張兵部還南京詩序……一三五一

送倪吏部考績還南京詩序……一三五三

封右諭德静樂王先生八十壽詩序……一三五四

會試録序……一三五六

章恭毅公年譜序……一三五八

學士柏詩序……一三六〇

壽都憲閔公七十詩序……一三六一

成國太夫人壽七十詩序……一三六三

雲谷遺芳集序……一三六四

白洲詩集序……一三六五

李東陽全集卷六十五 懷麓堂文後稿卷之三……一三六八

序……一三六八

兩京同年倡和詩序……一三六八

户部尚書王公之南京詩序……一三六九

成國莊簡公輓詩序……一三七一

送都御史陳公之南京詩序……一三七二

茶陵譚氏族譜序……一三七四

壽冢宰尹公序……一三七五

益陽劉氏族譜序……一三七七

壽祭酒羅先生七十詩序……一三七九
壽舅氏劉公八十詩序……一三八〇
春雨堂稿序……一三八二
甲申十同年圖詩序……一三八四
壽工部尚書曾公七十詩序……一三八六
贈太子太保兵部尚書馬公輓詩序……一三八八
壽方石先生七十詩序……一三九〇
李東陽全集卷六十六　懷麓堂文後稿卷之四……一三九二
序……一三九二
樂平喬氏族譜序……一三九二
金谿吴氏族譜序……一三九四
羣書集事淵海後序……一三九六
壽太子太保吏部尚書王公九十詩序……一三九七
壽兵部尚書劉公七十詩序……一三九九
闕里誌序……一四〇〇
南京工部尚書陳公之任詩序……一四〇二
遷葬志序……一四〇四
篁墩文集序……一四〇五
黎文僖公集序……一四〇七
匏翁家藏集序……一四〇八
太師英國張公壽七十詩序……一四一〇
清苑傅氏家譜序……一四一一
錫山錢氏家譜序……一四一三
月橋詩序……一四一五
李東陽全集卷六十七　懷麓堂文後稿卷之五……一四一八
記……一四一八
重修瓊州府二賢祠記……一四一八

天津衛城修造記……一四二一
安平鎮減水石壩記……一四二三
重建首陽書院記……一四二五
衡山縣重建文定書院記……一四二七
重建嶽麓書院記……一四二九
梧州府重建廟學記……一四三〇
岍山書院崇經閣記……一四三三
重建正學書院記……一四三五
重建解州鹽池神祠記……一四三七
重建成都府學記……一四三九

李東陽全集卷六十八　懷麓堂文後稿卷之六……一四四一

記……一四四一
進士題名記……一四四一
重建諸葛武侯祠堂記……一四四三
山西布政司修造記……一四四五
孫家渡神祠記……一四四七
重修宿松縣廟學記……一四四九
重修季子廟記……一四五一
重建茶陵州學記……一四五三
重建深州廟學記……一四五五
金華府鄉賢祠記……一四五六
三錫堂記……一四五八
留耕軒記……一四六〇
松巖記……一四六二

李東陽全集卷六十九　懷麓堂文後稿卷之七……一四六四

記……一四六四
新修平陽府城記……一四六四
重修尼山宣聖廟記……一四六六
修建易州學記……一四六八
楚觀樓記……一四七〇

景州廟學重修記……一四七二
植本堂記……一四七四
山行記……一四七六
重建福州府學孔子廟記……一四七九
贈固原伯劉公世墓修建記……一四八一
羅氏興復磁龜舊業記……一四八三

李東陽全集卷七十　懷麓堂文後稿卷之八……一四八七

記……一四八七
蜀山蘇公祠堂記……一四八七
澹軒記……一四九〇
東湖書屋記……一四九二
寧山新阡記……一四九三
重恩堂記……一四九五
永嘉縣學奎光閣記……一四九六
進士題名記……一四九八
留福堂後記……一五〇〇
修建廣平府廟學記……一五〇二
曾祖考少傅府君誥命碑陰記……一五〇四
祖考少傅府君誥命碑陰記……一五〇五
先考贈少傅府君誥命碑陰記……一五〇六

李東陽全集卷七十一　懷麓堂文後稿卷之九……一五〇九

表　凡例……一五〇九
代襲封衍聖公謝表……一五〇九
重建闕里廟成謝表……一五一〇
代衍聖公賀登極表……一五一一
初開經筵謝宴賚表……一五一二
進歷代通鑑纂要表……一五一三
重進大明會典表……一五一五

進孝宗皇帝實録表……一五一六
歷代通鑑纂要凡例……一五一八
大明會典凡例……一五二一
闕里誌凡例……一五二五
李東陽全集卷七十二　懷麓堂文後稿卷之十……一五二八
書……一五二八
答南京吏部王公書……一五二八
與方石先生書……一五二九
奉謙齋徐先生書……一五三〇
與殷通判表兄書……一五三一
與劉東山書……一五三二
與錢與謙書……一五三三
與巡按王御史書……一五三四
與東山劉都憲書……一五三五
與闔族書……一五三五
再與闔族書……一五三六
再與闔族書……一五三七
與韓方伯書……一五三七
答楊邃庵書……一五三八
復徐都憲書……一五三九
與陳提學書……一五三九
與衍聖公書……一五四〇
復松露周先生書……一五四一
答章祭酒德懋書……一五四一
復謝方石書……一五四二
與王公守溪書……一五四三
與汪抑之書……一五四三
與吴克温學士書……一五四四
與沈亞卿書……一五四四
與東山劉先生書……一五四五
與林待用書……一五四六

與孫志同太宰書……一五四六
與陳德卿書……一五四七
與劉東山先生書……一五四七
答喬希大書……一五四八
再與喬希大宗伯書……一五四九

李東陽全集卷七十三　懷麓堂文後
稿卷之十一……一五五〇
傳……一五五〇
都城故老傳……一五五〇
姜貞庵傳……一五五四
余肅敏公傳……一五五六
蒙泉公補傳……一五六一
儲處士傳……一五六六

李東陽全集卷七十四　懷麓堂文後
稿卷之十二……一五六八
説　雜著　策問……一五六八
泉齋説……一五六八
孔氏四子字説……一五六九
移樹説……一五七一
書某節婦事……一五七二
使難贈喬太常希大……一五七三
原禮贈喬希大宗伯……一五七五
記龍生九子……一五七七
私試策問十六首……一五七八
邃庵解……一五八三
藻軒解……一五八五
冷庵對……一五八六

李東陽全集卷七十五　懷麓堂文後
稿卷之十三……一五八九
贊　題　銘　箴　題跋……一五八九
孝宗皇帝御書贊……一五八九
少傅兵部尚書馬公像贊……一五九〇

夏忠靖公小像贊……一五九〇
太子太保刑部尚書閔公像贊
……一五九一
沈學士民則像贊 有跋……一五九二
題南京工部侍郎沈公小像……一五九二
槐軒銘 有序……一五九三
長洲朱氏孝門銘 有序……一五九四
邵國賢亞硯銘……一五九五
蘆泉銘 有序……一五九五
井井亭銘 有序……一五九六
米氏故硯銘……一五九七
宣和殿硯銘……一五九八
愓庵箴……一五九八
書讀卷承恩詩後……一五九九
女孝經圖跋……一六〇〇
題宋舍人草書後……一六〇一
書賜遊西苑詩卷後……一六〇二
書杏園雅集圖卷後……一六〇三
書忠節録後……一六〇四
書五賢遺像後……一六〇六
題唐宋名賢像後……一六〇七
題宋諸賢像後……一六〇七
題元四臣像後……一六〇八

李東陽全集卷七十六　懷麓堂文後稿卷之十四……一六〇九

題跋……一六〇九
題宋理宗御筆後……一六〇九
書趙松雪十七帖後……一六一〇
書東萊先生手稿後……一六一一
書沈石田詩稿後……一六一二
書蒙翁書劉静修詩後……一六一三
書文公先生繫辭本義手稿後
……一六一三

蘇子由告身跋……一六一四
跋聚芳亭卷……一六一六
跋宋高宗御書養生論後……一六一七
跋王守溪所藏古墨林卷……一六一七
書柳誠懸處州帖後……一六一九
七賢過關圖跋……一六一九
跋米南宫墨迹卷……一六二一
屠丹山詩卷跋……一六二一
書化度寺帖……一六二二
書先府君遺墨後……一六二三
書顏魯公祭文稿後……一六二四
書陸中書所藏卷後……一六二四
書石勒聽講圖後……一六二五
書石鼎聯句圖卷後……一六二六
書范寬下蜀圖卷後……一六二七
書戴都憲手稿後……一六二七

李東陽全集卷七十七　懷麓堂文後稿卷之十五

……一六二八
祭文……一六二八
同年祭倪文毅公文……一六二八
同年祭傅文穆公文……一六二九
復畏吾村舊塋告先考墓文……一六二九
遷葬告先考文……一六三〇
將合葬告先妣文……一六三〇
合葬告先考妣文……一六三一
安葬告兆先文……一六三三
遷葬告曾祖考妣等文……一六三三
祭衍聖公孔以和文……一六三三
祭李孺人岳氏文……一六三四
葬冢婦告墓文……一六三四
祭海釣蕭先生文……一六三五
祭劉舅文……一六三六

祭曾尚書文……………………一六三六
祭葉錦衣文……………………一六三七
祭老王文………………………一六三七
孔氏女大斂告文………………一六三八
祭孔氏女文……………………一六三八
孔氏女祖奠文…………………一六三九
祠堂成告文……………………一六三九
祭方石先生文…………………一六四〇
刻字法手稿成告先考墓文……一六四一
孔氏女期年祭文………………一六四二
祭岳孝田文……………………一六四三
李東陽全集卷七十八　懷麓堂文後
稿卷之十六……………………一六四五
墓表……………………………一六四五
封中憲大夫湖廣武昌府知府秦
公墓表…………………………一六四五
鄂陽阡表………………………一六四七
翰林吴封君墓表………………一六四九
明故廣東布政司右參政戴師文
墓表……………………………一六五一
遺善處士顧公墓表……………一六五三
大明周府封丘王教授贈承德郎
户部主事李君墓表……………一六五五
明故贈翰林院編修蔣君墓表
……………………………………一六五六
明故封徵仕郎刑科給事中鍾君
墓表……………………………一六五八
毛閒翁墓表……………………一六六〇
李東陽全集卷七十九　懷麓堂文後
稿卷之十七……………………一六六三
墓表……………………………一六六三
明故南京户部郎中致仕進階中

憲大夫羅公墓表……………… 一六六三
明故江西按察司僉事馮公墓表
……………… 一六六五
贈户科給事中薛君墓表……… 一六六七
明故贈文林郎廣東道監察御史
石公墓表………………… 一六六九
翰林倫封君墓表…………… 一六七一
明故河南布政司右參政進階嘉
議大夫顧君墓表…………… 一六七三
明故刑部員外郎劉君墓表…… 一六七五
味泉錢處士墓表…………… 一六七七
贈文林郎廣西道監察御史陸君
墓表……………………… 一六七九

李東陽全集卷八十　懷麓堂文後稿卷之十八……………… 一六八二

碑銘……………………… 一六八二
明故正議大夫資治尹户部左侍
郎吴公神道碑銘…………… 一六八二
明故贈通議大夫都察院右副都
御史徐公神道碑銘………… 一六八四
明故嘉議大夫南京太常寺卿陳
公神道碑銘………………… 一六八六
大明故陝西三原縣儒學教諭致
仕贈光禄大夫柱國太子太保
禮部尚書兼武英殿大學士劉
公神道碑銘………………… 一六八九
明故贈通議大夫都察院右副都
御史何公神道碑銘………… 一六九二
大明故資政大夫南京禮部尚書
致仕贈太子少保童公神道
碑銘……………………… 一六九四
明故贈通政大夫南京刑部尚書

戴公神道碑銘……一六九七
明故資政大夫南京户部尚書致仕梁公神道碑銘……一七〇〇

李東陽全集卷八十一　懷麓堂文後稿卷之十九……一七〇四

碑銘……一七〇四
明故贈光禄大夫柱國少傅兼太子太傅禮部尚書武英殿大學士謝公神道碑銘……一七〇四
明故兵部尚書致仕進階光禄大夫贈太子太保謚襄毅項公神道碑銘……一七〇八
大明故贈光禄大夫柱國太子太保刑部尚書閔公神道碑銘……一七一二
明故贈通議大夫南京禮部右侍郎馬公神道碑銘……一七一五
明故贈通議大夫都察院右副都御史畢公神道碑銘……一七一七
大明故資政大夫都察院右都御史贈太子太保左都御史史公神道碑銘……一七一九
明故中憲大夫太常寺少卿兼翰林院侍講學士楊君墓碑銘……一七二三

李東陽全集卷八十二　懷麓堂文後稿卷之二十……一七二五

碑銘……一七二五
明故贈中憲大夫太常寺少卿兼翰林院侍讀費君墓碑銘……一七二五
明故嘉議大夫南京都察院左副都御史陳君玉汝神道碑銘……一七二八

太原王氏柳林世墓碑銘……一七三〇
明故中奉大夫廣西布政使司右布政使伍公神道碑銘……一七三二
明故湖廣布政使司左布政使劉公神道碑銘……一七三五
明故贈光禄大夫柱國太子太保吏部尚書兼武英殿大學士焦公神道碑銘……一七三七
明故光禄大夫柱國太子太傅吏部尚書致仕贈特進左柱國太師謚端毅王公神道碑銘……一七三九
明故正議大夫資治尹南京工部右侍郎徐公神道碑銘……一七四四

李東陽全集卷八十三　懷麓堂文後稿卷之二十一

……一七四八
碑碣銘……一七四八
明故陝西寧州知州贈光禄大夫柱國少傅兼太子太傅吏部尚書劉公神道碑銘……一七四八
明故資善大夫太子少保吏部尚書致仕贈太子太保許公神道碑銘……一七五一
明故通議大夫禮部右侍郎管國子監祭酒事致仕贈禮部尚書謚文肅謝公神道碑銘……一七五五
明故光禄大夫太子太保禮部尚書致仕贈特進右柱國太保謚文端周公神道碑銘……一七五八
明故贈奉直大夫尚寶司少卿崔君墓碑銘……一七六三
封翰林院編修文林郎王君墓碣銘……一七六六

李東陽全集卷八十四　懷麓堂文後稿卷之二十二……一七六八
誌銘……一七六八
明故嘉議大夫詹事府詹事兼翰林院侍讀學士贈禮部右侍郎陸公墓誌銘……一七六八
明故資德大夫正治上卿太子少保南京兵部尚書謚莊懿張公墓誌銘……一七七一
明故都察院右副都御史唐公墓誌銘……一七七三
封孺人柴母蘇氏墓誌銘……一七七六
大明故資善大夫南京户部尚書致仕贈太子少保潘公墓誌銘……一七七八
明故昭勇將軍錦衣衛指揮使劉公墓誌銘……一七八〇
明故中憲大夫雲南按察司副使致仕石公墓誌銘……一七八二
封恭人黄氏墓誌銘……一七八四
明故奉天翊衛宣力武臣特進榮禄大夫柱國宣城伯贈宣城侯謚壯勇衛公墓誌銘……一七八六
明故通議大夫兵部左侍郎兼都察院左僉都御史贈兵部尚書李公墓誌銘……一七八九
亡弟東溟壙誌銘……一七九二
李東陽全集卷八十五　懷麓堂文後稿卷之二十三……一七九四
誌銘……一七九四
大明故資善大夫太子少保禮部尚書兼翰林院學士贈資政大

夫太子少傅謚文思彭公墓誌銘……………………一七九四
明故中奉大夫浙江布政使司左布政使李君墓誌銘…………一七九七
明故贈通義大夫都察院右副都御史熊公合葬墓誌銘…………一七九九
前直隸無爲州知州楊君墓誌銘……………………一八〇〇
封孺人楊母葉氏墓誌銘…………一八〇二
封安人費母余氏墓誌銘…………一八〇四
明故光禄大夫柱國少保兼太子太傅都察院左都御史總制陝西三邊軍務贈太傅謚襄敏王公墓誌銘……………一八〇七
大明追封寧國夫人墓誌銘…………一八一〇
封太恭人劉母李氏墓誌銘…………一八一三

李東陽全集卷八十六　懷麓堂文後稿卷之二十四……………………一八一五

大明故光禄大夫柱國少師兼太子太師吏部尚書華蓋殿大學士贈特進左柱國太師謚文靖誌銘……………………一八一五
明故嘉議大夫禮部右侍郎兼翰林院學士贈禮部尚書汪公墓徐公墓誌銘……………………一八一五
明故通政使司右參議致仕進階誌銘……………………一八一九
朝列大夫趙先生墓誌銘…………一八二一
明故亞中大夫貴州布政司左參政汪君墓誌銘……………一八二四
兒子兆先墓誌銘……………………一八二六
明故資德大夫正治上卿太子少

保吏部尚書贈榮禄大夫少保謚文毅倪公墓誌銘……………… 一八二九
明故資政大夫南京工部尚書致仕蕭公墓誌銘……………… 一八三二
明故資政大夫太子少保户部尚書贈太子太保葉公墓誌銘……………… 一八三四

李東陽全集卷八十七　懷麓堂文後稿卷之二十五

……………… 一八三八
明故資政大夫南京工部尚書贈太子少保謚文僖董公墓誌銘……………… 一八三八
明故通議大夫刑部左侍郎張君墓誌銘……………… 一八四一
贈太子太保鎮遠侯顧公合葬墓誌銘……………… 一八四四
明故資善大夫禮部尚書贈太子太保謚文穆傅公墓誌銘……………… 一八四六
明故資政大夫南京刑部尚書贈太子少保翟公墓誌銘……………… 一八四九
贈通政使司左通政王公合葬墓誌銘……………… 一八五一
南京國子監監丞贈翰林院編修文林郎濮君墓誌銘……………… 一八五四
明故福建布政司使左布政使李公墓誌銘……………… 一八五五
岳孺人周氏墓誌銘……………… 一八五七

李東陽全集卷八十八　懷麓堂文後稿卷之二十六

……………… 一八五九
明故太傅兼太子太傅平江伯陳誌銘……………… 一八五九

公墓誌銘……………………一八五九
明故奉政大夫修正庶尹雲南按察司僉事致仕何公墓誌銘……………………一八六三
明故襲封衍聖公以和墓誌銘……………………一八六五
明故光禄大夫柱國太子太傅刑部尚書致仕贈特進太保謚康敏白公墓誌銘……………………一八六七
定國公墓誌銘……………………一八七〇
封孺人楊母陳氏墓誌銘……………………一八七二
封淑人吴母林氏墓誌銘……………………一八七四
岳母孺人陸氏墓誌銘……………………一八七六
李東陽全集卷八十九　懷麓堂文後稿卷之二十七……………………一八七九
誌銘……………………一八七九
明故吏部尚書致仕贈特進太保謚恭簡尹公墓誌銘……………………一八七九
河南按察司副使致仕陳君直夫墓誌銘……………………一八八二
明故贈文林郎翰林院修撰顧公墓誌銘……………………一八八四
贈中憲大夫太常寺少卿兼翰林院侍讀靳君遷葬墓誌銘……………………一八八六
贈通議大夫通政使韓公墓誌銘……………………一八八八
明故封中憲大夫太常寺少卿前陝西按察司副使劉公墓誌銘……………………一八九〇
明故資德大夫正治上卿都察院左都御史贈太子太保謚恭簡戴公墓誌銘……………………一八九二

明故福建按察司僉事致仕進階朝列大夫蕭公墓誌銘……一八九五
明故朝列大夫南京國子監祭酒羅公墓誌銘……一八九七
李東陽全集卷九十　懷麓堂文後稿卷之二十八……一九〇〇
明故工部尚書進階榮禄大夫致仕贈太子太保曾公墓誌銘……一九〇〇
明故太子太保南京兵部尚書致仕贈少保王公墓誌銘……一九〇〇
明故封徵仕郎禮科給事中李君墓誌銘……一九〇三
封太孺人趙母胡氏墓誌銘……一九〇五
明故封翰林院編修徐君墓誌銘……一九〇七
……一九〇九
封翰林院編修可閒顧翁墓誌銘……一九一一
户部郎中徐良佐墓誌銘……一九一三
封太宜人何母李氏墓誌銘……一九一五
大理左寺正趙生訓夫墓誌銘……一九一七
明故推誠宣忠翊運武臣特進光禄大夫柱國慶雲侯贈宣國公謚恭和周公墓誌銘……一九一九
李東陽全集卷九十一　懷麓堂文後稿卷之二十九……一九二三
明故通議大夫吏部左侍郎兼翰林院學士掌詹事府事張公墓誌銘……一九二三
明故錦衣衛掌衛事都指揮使贈榮禄大夫右軍都督府都督同

知葉公墓誌銘……一九二五
明故武定侯郭公墓誌銘……一九二八
明故山東萊州府知府進階亞中大夫致仕李君墓誌銘……一九三〇
封孺人彭母李氏墓誌銘……一九三三
蕭芝庵墓誌銘……一九三四
明故封奉直大夫翰林院侍講學士劉公墓誌銘……一九三六
光禄寺少卿致仕進階朝列大夫李君墓誌銘……一九三八
贈淑人孫母錢氏墓誌銘……一九四〇

李東陽全集卷九十二　懷麓堂文後稿卷之三十……一九四三

誌銘……一九四三
明故太常寺卿致仕進階榮禄大夫林公墓誌銘……一九四三
封阜國太夫人王母段氏合葬墓誌銘……一九四五
明故榮禄大夫後軍都督府都督同知郭公墓誌銘……一九四八
句容知縣劉生德機墓誌銘……一九五〇
亡女衍聖公宗婦墓誌銘……一九五二
明故資政大夫太子少保禮部尚書兼翰林院學士贈太子太保謚文裕白公墓誌銘……一九五五
封武定侯夫人郭母柏氏墓誌銘……一九五七
翰林院侍讀學士徐君舜和墓誌銘……一九五九
國子生潘元謹墓誌銘……一九六一
明故太保保國公墓誌銘……一九六三

李東陽全集卷九十三至九十四
講讀録二卷 …… 一九六七
講讀録序 …… 一九六九
李東陽全集卷九十三　講讀録一 …… 一九七一
經筵講章 …… 一九七一
中庸講章二首　孟子一首　書經二首 …… 一九七一
李東陽全集卷九十四　講讀録二 …… 一九八三
日講直解 …… 一九八三
孟子直解十九首 …… 一九八三
離婁章句下 …… 二〇〇四
李東陽全集卷九十五至九十七
東祀録三卷 …… 二〇〇七
東祀録序 …… 二〇〇九
遣祭敕文 …… 二〇一一
遣祭祝文 …… 二〇一二
李東陽全集卷九十五　東祀録 上 …… 二〇一三
請書刻御製碑題本 …… 二〇一三
代祀孔廟有述 …… 二〇一四
憂旱詞 …… 二〇一四
天津 …… 二〇一五
夜過滄州二絶 …… 二〇一五
吊顔魯公辭 …… 二〇一五
將至德州徐都憲仲山來迓是夜微雨 …… 二〇一六
次日大雨入夜喜而有作 …… 二〇一六
過安平鎮減水石壩有懷劉司馬長句 …… 二〇一七
過汶上訪思聖堂 …… 二〇一七
望闕里 …… 二〇一八

新廟 告成事也。……二〇一八
謁尼山廟有述……二〇一九
謁顔廟……二〇一九
曲阜紀事……二〇二〇
謁孔林……二〇二〇
周廟 祀周公也。……二〇二一
謁少昊墓……二〇二一
會東池有懷東莊聖公……二〇二二
過曲阜孔永道見兆先壁上詩志
痛一首……二〇二二
泛南池有懷南溪聖公……二〇二二
望嶽……二〇二三
祭尼山廟文……二〇二三
祭南溪公文……二〇二四
祭東莊公文……二〇二五
代告闕里孔子廟記……二〇二五
重建闕里孔子廟圖序……二〇二八
詩禮堂銘 有序……二〇二九
金絲堂銘 有序……二〇三〇
悼手植檜次匏庵先生韻……二〇三一
題袁僉事松壑圖卷……二〇三一
題袁僉事石田山水卷……二〇三一
題徐都憲水村竹屋卷……二〇三二
題徐都憲椒園茅屋卷……二〇三二
過天津聞京師大雨……二〇三二
灤縣祭外舅蒙泉翁文……二〇三三
歸至張家灣舟中作……二〇三三

李東陽全集卷九十六 東祀録 中

……二〇三四
復命題本……二〇三四
通達下情題本……二〇三五
自劾求退奏本……二〇三八

再乞休退奏本……二〇四〇

李東陽全集卷九十七　東祀録　下……二〇四三

紀行雜志……二〇四三

東祀録附……二〇四九

代襲封衍聖公謝恩表……二〇四九

代衍聖公謝修廟遣祭表……二〇五〇

南溪賦……二〇五一

李東陽全集卷九十八　集句録

一卷……二〇五三

集句録引……二〇五五

李東陽全集卷九十八　集句録……二〇五六

送徐學士先生之南京……二〇五六

病起飲鳴治小樓奉謝二首……二〇五六

鳴治集杜句見答因再集杜二首

師召南樓别後頗以不得詩爲憾……二〇五七

别贈杜句一首……二〇五七

鳴治得詩再集杜并緝鄙句各二

絶依例共得八首……二〇五七

曰川屢有一樽之約病起集杜句

奉諗……二〇五八

同年會不赴集句奉諸年兄二首……二〇五九

鼎儀同約止詩舉張汝弼奚元啓

舊例以隻雞斗酒爲罰料數日

後必有縛雞載酒而至者閲月

不見又不敢公言相督集唐句

以諗之不敢厚有所望得一和

章足矣二月十日……二〇五九

柬敷五侍講……二〇六〇

自鳴治外屢有投贈而和章不至試語明仲即躍然而起此非相負者集唐句以啓之……二〇六〇
明仲和章至謂不宜獨以險韻相困因索再和一首……二〇六〇
周侍講伯常聞予止詩作長句見督開戒集唐句奉答……二〇六一
送羅禋仲紹興教授 禋仲，明仲之弟，餘杭教諭之子也。……二〇六一
伯常用前韻憶亡弟以予方抱此戚因以見遺再疊一首……二〇六一
和鼎儀漫興見寄韻……二〇六二
春日答舜咨……二〇六二
亨父集句索藥奉答一首……二〇六二
清明送曰川敷五陪祀長景二陵……二〇六三
雪不止再集一首懷二公山行之苦……二〇六三
雨雪連日曰川敷五怪予詩有柳營山店之句歸途幸晴富有倡和凡贈行者皆答獨不及予再集一首奉謝并索和章……二〇六三
清明後二日與鳴治約訪王仁輔于大德觀阻雨寄鳴治……二〇六四
送涇源趙判官致仕後歸自京師……二〇六四
師召邀同鳴治小飲集句奉謝……二〇六四
聞陳考功朝用集古甚富詩以問之……二〇六四
惟我維揚先生以河南僉憲領南畿屯田事成績上京師道得微

疾乃卜居城陰慨然有終焉之志維時知先生者謂其卓特絶倫之才淵源博古之學清白自守之操而使之循資待次于銓曹之籍固非所宜先生當未衰之齒承當遷之秩而遽自引退亦非士大夫之所望者其言激切反覆而先生之意終自有未釋也東陽不才忝以契家子受門下業恩義無與爲比蓋於此有不能已焉屬以幽憂抱疾杜門經歲方屏去筆札不能輒有所述因集古句十律以代所欲言其始敍先生出處之概中述先生之志而終以鄙意自附于士大夫之論惟不鄙而終教之

幸甚……二〇六五

李東陽全集卷九十九　集句後録一卷……二〇六九

集句後録引……二〇七一

李東陽全集卷九十九　集句後録……二〇七二

病中言懷長句……二〇七二

又六首……二〇七二

柬劉東山司馬二首……二〇七三

歲暮長句……二〇七四

歲暮即事二首……二〇七四

擬古將進酒……二〇七五

春日奉懷方石先生四首……二〇七六

壽潘南屏先生六十　乙丑正月七日。……二〇七六

新春雜興……二〇七七
寄衍聖公……二〇七八
松露先生夢懷翰林舊遊有詩見寄次韻奉答……二〇七八

李東陽全集卷一〇〇 哭子録

一卷……二〇七九

李東陽全集卷一〇〇 哭子録

哭子録引……二〇八一
哭兆先次體齋傅先生韻……二〇八二
次韻答方石謝先生……二〇八二
再次體齋先生哭兆先韻……二〇八三
用兆先病中韻答方石體齋二先生……二〇八三
圭峰董司空寄扇兆先欲焚之柩前以代挂劍且侑以詩因感其義次韻奉答……二〇八四
和王古直哭兆先韻二首……二〇八四
次陳德卿御史韻八首……二〇八五
次顧士廉編修韻六首……二〇八七
次韻答蕭海釣二首……二〇八八
李白洲侍郎屠元勳都憲有詩吊兆先次韻奉答……二〇八八
次錢與謙修撰韻 兆先嘗從學與謙。……二〇八九
次韻答邵國賢提學五首……二〇八九
次何員外子元韻二首……二〇九一
又一首……二〇九一
次王主事叔武韻五首……二〇九一
次石檢討邦彦韻三首……二〇九二

李東陽全集卷一〇一至一〇三……二〇九五
求退録三卷
求退録序……二〇九七
李東陽全集卷一〇一　求退録　一
……二〇九九
奏……二〇九九
奏爲辭免重任事……二〇九九
題爲回天心以弭災變事……二一〇〇
奏爲乞恩休致事……二一〇一
奏爲陳情乞恩休致事……二一〇二
奏爲陳情乞恩懇祈休致事……二一〇三
奏爲辭免加陞事……二一〇五
奏爲自劾求退以謝天譴事……二一〇六
奏爲再乞休退以謝天譴事……二一〇八
奏爲陳情乞恩致仕事……二一一〇
奏爲陳情乞恩再求休致事……二一一一
奏爲久病陳情乞恩懇求休致事……二一一三
奏爲辭免恩命事……二一一四
奏爲自劾失職辭避重任事……二一一五
奏爲自劾失職懇辭重任事……二一一七
奏爲陳情懇乞休致事……二一二〇
李東陽全集卷一〇二　求退録　二
……二一二三
奏……二一二三
奏爲陳情乞恩致仕事……二一二三
奏爲陳情懇乞休致事……二一二四
奏爲患病陳情懇乞休致事……二一二五
奏爲久病陳情辭免任職事……二一二六
奏爲久病陳情懇辭加職事……二一二七
奏爲衰病不職懇乞休之事……二一二八
奏爲再陳衰病乞休退事……二一二九

奏爲衰病陳情辭免恩命懇祈休退事……二一三〇
奏爲衰病陳情乞恩休退事……二一三一
奏爲再陳衰病乞恩休退事……二一三二
奏爲陳情乞恩致仕事……二一三三
奏爲辭免恩命事……二一三四
奏爲自陳休致事……二一三五
奏爲陳情乞恩休致事……二一三六
李東陽全集卷一〇三　求退録　三……二一三八
奏……二一三八
奏爲陳情乞恩懇祈休致事……二一三八
奏爲辭免恩命事……二一三九
奏爲陳情乞恩懇求休致事……二一四一
奏爲陳情乞恩再求休致等事……二一四二
奏爲陳情懇乞休致以全晚節事……二一四三
奏爲陳情懇乞休致以終晚節事……二一四五
奏爲老病乞恩休致事……二一四六
奏爲老病陳情懇乞休致事……二一四七
奏爲老病陳情仰祈天鑒懇乞休致事……二一四九
奏爲辭免恩命事……二一五一
奏爲陳情懇辭恩命事……二一五二
奏爲老病乞休事……二一五四
奏爲老病不職懇求休退事……二一五五
奏爲老病不職懇求休致事……二一五六
奏爲老病不職懇求休致事……二一五七
奏爲辭免恩命懇求休致事……二一五八
奏爲衰病不能任事懇乞致仕以

終晚節事……二一六〇
奏爲積衰久病不能任事懇乞致仕以終晚節事……二一六一
奏爲辭免恩命事……二一六二
奏爲懇辭恩廕事……二一六三
奏爲懇切辭免恩廕事……二一六四
奏爲陳情懇乞辭免恩廕事……二一六五
奏爲懇乞辭免恩廕事……二一六六
奏爲陳情懇乞辭免恩廕事……二一六七
奏爲辭免兼俸事……二一六八
奏爲老病乞休事……二一六九
奏爲老病懇乞休致事……二一七〇
奏爲謝恩事……二一七一
奏爲謝恩事……二一七二
奏爲謝恩事……二一七三

李東陽全集卷一〇四至一一一

懷麓堂詩續稿八卷……二一七五

李東陽全集卷一〇四　懷麓堂詩

續稿卷之一……二一七七
致仕命下喜而有述……二一七七
邃庵先生以杜古狂思男所著者英圖鉅軸索題長句予以休致未遂每一構思輒太息而止得請後乘興爲之率爾而就還此宿逋如釋重負矣邃庵其爲我和之……二一七七
壽潘南屏先生二首……二一七九
寄木齋先生用留别韻二首……二一七九
寄東山先生用話别韻二首……二一八〇
見雪……二一八〇

步日…………二一八〇
慶成宴蒙特旨頒賜酒饌紀事
一首…………二一八一
湖上瞻雲圖爲夏參議題…………二一八一
石齋閣老贈梅二本春半無花用
舊韻遣興一首…………二一八一
崔塄復借紅梅花朝二日始開復
用舊韻…………二一八二
清明日西莊作…………二一八二
又一首…………二一八二
惠崇沙鳥圖爲邃庵題…………二一八三
喜雨…………二一八三
訟風…………二一八四
邃庵饋天鵝雛雁兼致兩詩次韻
奉答…………二一八四
題畫四首…………二一八四
題宋徽宗春禽圖卷…………二一八五
城西省墓歸過趙生園池二首
…………二一八六
一齋詩壽張貳守七十…………二一八六
聞四川捷用前韻…………二一八七
瞻雲圖爲劉郎中克柔作時克柔
奉使沈藩其父友桂封君居江
陰，年七十五矣…………二一八七
一醉二首…………二一八八
致仕後以朝衣二襲與延蕃仍示
以詩…………二一八八
以象笏與崔塄時外孫子良在側
…………二一八八
以玉佩與崔氏女…………二一八九
五月七日…………二一八九
克温少宗伯攜酒見過名曰古樸

限韻索詩走筆一首……二一八九
次答汪器之韻……二一九〇
獨酌二首時顧士廉饋松江酒……二一九〇
和汪抑之舟中見懷韻……二一九一
盧溝行爲松庵劉二老作劉年八十三……二一九一
題松溪隱居圖……二一九二
今我樂矣宿崔甥也謝政家居甥適在告間往視之經日乃返以非恒會不可以不紀也……二一九二
次三閣老賀李司空六十七生子聯句韻三首……二一九三
一舫齋次新安王封君韻二首……二一九四
北潭大宗伯將歸談雞泉别業之勝病暑强起走筆爲長句情見乎詞蓋予之於北潭有鄉郡場屋之舊幾三十年矣……二一九四
疊聯句韻柬白洲都憲二汪太史二首……二一九五
次羅池計封君韻郎中宗道之父……二一九五
葉氏榮壽堂爲給事溥作……二一九五
奉寄鶴溪先生詩……二一九六
孔林楷木杖 木乃孔子葬時子貢所植也。……二一九六

李東陽全集卷一〇五　懷麓堂詩續稿卷之二

稿卷之二……二一九七
追和東坡贈鄧聖求韻……二一九七
次答曹憲副時中見寄韻曹予己丑所舉士今年八十二矣……二一九九

雨中再疊前韻答白洲二首…………二二九九
九峰書院爲孫户部志同賦時孫
已致政矣…………………二三〇〇
中元日西莊作……………………二三〇〇
崔甥誦過海子詩次韻志感………二三〇一
再次前韻與汪抑之時汪在告
……………………………二三〇一
題李龍眠臨衛協高士圖…………二三〇一
聽松庵爲李副使麟作也李氏世
墓有虞伯生二大字庵以是名
……………………………二三〇二
畫龍………………………………二三〇二
畫虎………………………………二三〇二
中秋夜崔甥與兩郎同奉東園之
會漫興一首……………………二三〇二
十六夜與克温諸客會東園疊
前韻……………………………二三〇三
十八夜與抑之兄弟諸客會東園
再疊前韻………………………二三〇三
郊行二首柬張遂逸親家…………二三〇三
正德癸酉八月二十八日老母麻
太夫人壽八十疊席間聯句韻
四首……………………………二三〇四
九日登高不果與趙生……………二三〇四
望前一日西莊觀稼次前韻………二三〇五
再汎趙生園次前韻………………二三〇五
晚過衍聖公再次前韻……………二三〇五
石邦彦少宰告别席間用所賦壽
詩韻以贈………………………二三〇六
邦彦將宿乃兄邦秀少司馬留之
不得再贈一首…………………二三〇六
題上饒鄭氏雙節堂卷參議毅之

祖母母再世守節故名……二二〇六
雙檜亭爲張大經侍郎作……二二〇七
次韻寄答泉山林先生二首……二二〇七
白樓行贈吳南夫祭酒南夫新作白樓樓成而去毛憲清學士居之毛嘗號白齋喬希大宗伯號白巖因此并寄……二二〇八
酒半續得一首兼簡南都諸翰林……二二〇八
正德癸酉十月四日夜歸夢觀先父畫像痛而有述……二二〇九
雙溪草堂歌贈汪器之司業汪新築鳶山居兩溪之間堂成而北上今復之南都其兄抑之留京師每共談雙溪之勝故作是歌……二二〇九
冬夜與劉宗伯仁仲蔣敬之李希賢吳克温三亞卿會酌各出韻請賦走筆一首……二二一〇
會别汪器之司業疊聯句……二二一〇
白洲都憲七十一生子有詩見報次韻二首……二二一〇
重遊慈恩寺走筆三首……二二一一
戚黨有九十翁甚健常攜一藤杖久而厭其煩持以見贈賦詩爲識不必寄翁……二二一一
次日翁持一軸請爲九十壽詩不意其好事乃爾爲賦一律并以前作贈之……二二一二
邃庵先生六十初度用前所賦者英圖歌韻爲壽蓋予初度時先生嘗用此韻不敢不以此爲答

先生方柄用顯施爲時達尊而
乃以山林之韻相倡和非知先
生之深其謬不至此也正德八
年十二月六日…………二三一二
克温少宗伯有舟不施彩飾名曰
白小蓋取杜詩魚名爲喻自賦
一詩席間次韻…………二三一四
冬夜克温少宗伯敬之少宰同會
論文劇飲二君限韻索詩醉中
走筆一首…………二三一四
再疊韻贈二君…………二三一四
三疊韻奉懷邃庵太宰…………二三一五
四疊韻贈敬之…………二三一五
客散後醉不能寐五疊韻贈克温
…………二三一六
六疊韻自述…………二三一六
七疊韻…………二三一六
八疊韻再贈克温…………二三一七
九疊韻再贈敬之…………二三一七
十疊韻再贈二客…………二三一七
海錯圖四絶…………二三一八
次白沙歸思韻二首…………二三一八
外孫崔子良以畫馬乞題漫示
一首…………二三一九
疊聯句韻答石齋 是日聞四川賊已獲盡。…………二三一九
再疊韻答厚齋…………二三一九
三疊韻答湖東…………二三二〇
是日靳充道不至四疊韻索
和章…………二三二〇
白洲送葛根云是葛洪井上物有
詩次韻奉謝…………二三二〇

以葛分贈崔甥仍用前韻……二三二一
次白洲留別韻……二三二一
守歲……二三二二

李東陽全集卷一〇六　懷麓堂詩續稿卷之三……二三二三

步日次去歲韻……二三二三
觀黃源續編修舊卷次前韻立春後一日……二三二三
西莊借前韻贈同遊者……二三二四
赭亭茶一首謝費湖東閣老……二三二四
見雪次去歲韻……二三二五
看雪次前韻……二三二五
雪不止再次一首……二三二五
黃筌花鳥圖二絶……二三二六
正月晦前一日夜會崔甥醉示外孫子良……二三二六
鎮江林知府魁以詩爲贄次韻答之……二三二六
林復求白石草堂詩因疊前韻……二三二七
題畫錦春暉圖卷爲白千户堎作……二三二七
兒輩於東園新構一亭落成之日林待用都憲寄詩一絶因用其韻得二首……二三二七
寄題林待用臨滄亭用前韻二首……二三二八
崔甥以例借梅殘春始花用前歲韻一首二月晦日是日大風……二三二八
李宗易編修送樹十株絶句三首……二三二八

雙湖書屋爲謝僉憲廷柱題……二三二九
俞給事國昌送紅梅一株花已開
盡用前歲韻答之……二三二九
叢桂堂詩爲陳子雨學士作……二三二九
守溪閣老歸隱洞庭東山五年矣
今年壽六十有五八月十八日
爲初度之辰其婿翰林編修徐
縉子容奉使江南得杜堇畢男
山斗圖持歸爲壽請予賦之
……二三三〇
重過趙生芍藥園……二三三〇
邵節夫持紙求書信筆二絶節夫
名天和文敬太守子也以給事
中起廢爲夷陵判官……二三三一
題畫二絶……二三三一
題張大經敬亭覽勝卷張本寧國
人其祖墓在敬亭山下比以使
事得歸展掃爲作是詩……二三三一
張大經談疊嶂樓之勝請予寄題
一首樓蓋謝朓所作在郡治北
初名北樓後獨孤霖改今名
……二三三二
陟望堂詩爲何生孟春作……二三三二
樹色……二三三三
花香……二三三三
鳥聲……二三三三
鶴舞……二三三四
秋日感懷回文二首……二三三四
燕泉行爲何子元作……二三三四
觀顧士廉學士與盧師邵御史久
雨壁壞隔牆送酒之作予家鄰
壁亦壞而詩與酒皆不至憮然

感之戲次其韻韻蓋用牆頭過濁醪五字也…………二三三五
師邵御史與曹司務時信攜酒冒雨過園亭再次前韻向時車馬客多以雨爲辭未有冒雨而至者惟何子元參政攜酒先至留與共酌酒半雨益甚屋漏入杯中衣盡沾濕劇飲而罷是日士廉不至且有後約云…………二三三六
天趣圖卷爲蕭主事韶題王守溪有記…………二三三七
苦雨 甲戌七月…………二三三八
十四夜東園對月用去歲舊韻坐客各占一字爲句首甲戌八月…………二三三九
十五夜用前韻倒用起字…………二三三九
待喬希大久不至再疊一首…………二三三九
再疊韻一首戲用八音爲起字…………二三四〇
十六夜次邃庵韻二首…………二三四〇
次夜對月客有謂兩年無十七夜詩者仍用前韻…………二三四〇
十九夜與客飲不見月而罷仍用前例疊韻一首…………二三四一
費編修寀求詩壽母補寄一首…………二三四一
石庵毛公八十壽詩…………二三四二
滇南毛公之壽八十也其子黄門君玉嘗請予爲詩比公以覃恩封南京吏科給事中因再賦一首…………二三四二

李東陽全集卷一〇七　懷麓堂詩續稿卷之四……二二四三
遮陽詩……二二四三
饋生胡桃百個於閣中諸老引歐陽公謝梅聖俞鴨脚百個鵝毛千里詩爲例石齋厚齋以詩見答次韻謝之……二二四四
松泉詩追次吴匏庵韻爲鄭知縣瑛作瑛居都城别業西山有松與泉因以自號而京都十景有所謂玉泉垂虹者兹泉其别派也……二二四五
重慶歌爲户部劉主事彭年賦彭年贈翰林學士應乾之孫禮部尚書仁仲之子以使事省其大母於家仁仲昔嘗歸省予有郡名重慶與堂同之句兹復以此起興云……二二四五
次邃庵先生園居十絶……二二四六
無錫通天筆自邵國賢户侍攜入京師制法圓健甚宜大書近吴克温禮侍以詩見饋謂未經題品兼索和章次韻一首……二二四八
克温再和復疊前韻答之……二二四八
希大宗伯南來文宗嚴太僕適至小會東園醉後得一首　九月七日……二二四九
八日希大宗嚴會西莊次前韻……二二四九
克温以詩致蟹糕次韻以答……二二四九
克温再和復疊前韻……二二五〇
舊爲希大題瑞蓮神芝圖二詩比

希大得子喜而次韻併録於此……二二五〇
希大會東園疊前韻 九月十七日……二二五〇
賀希大生子疊前韻……二二五一
是夜有月下吹笛者再疊前韻……二二五一
士廉學士送假山石適與客飲酒闌有贈……二二五一
瀟湘八景圖……二二五二
石齋閣老送假山石奉謝一首……二二五二
題雪洲卷……二二五二
白巖行爲喬希大席上作其兄本大居前峰……二二五三
陳德卿侍郎六十……二二五四
生日邵國賢侍郎以詩寄壽次韻答之……二二五四
夢野臺詩爲魯振之司業席上作仍疊前韻振之時省墓湖南有旨趣其早還亦異數也……二二五四
重遊慈恩寺用舊韻四首……二二五五
曹憲副時中以中秋生日其弟司務時信請予爲詩壽之因用中秋韻得二首……二二五六
假山成充道閣學德卿亞卿偶過趣予爲詩因疊謝石前韻二首并簡石齋閣老士廉學士……二二五六
克温敬之二亞卿來看假山再索二首仍用前韻……二二五七
燈下看菊二首……二二五七
倪元鎮山水圖爲胡中書頣題次

元鎮畫中韻……二三五八
芙蓉書舍爲王思獻祭酒題卷……二三五八
題畫……二三五九
奉題蒙翁山水圖……二三五九
玉岡卷爲黔國沐公琨題……二三五九
十一月對菊疊前韻二首……二三六〇
銀燭朝天圖爲董給事鏊題……二三六〇
夢雪……二三六一
薦恩光壟卷爲吴御史漳賦吴以
進士知胙城縣以賢能被旌，贈
父如其官敕未下以恩例改贈
御史以爲奇遇故賦之……二三六一
崆峒圖壽邃庵先生仍用耆英
會韻……二三六一
漁舟圖……二三六二
山水圖……二三六三
畫鷹……二三六三
戲作兩爐行……二三六三
聞雪枕上作……二三六四
雲後看假山疊前韻……二三六四
待曙樓爲俞給事國昌作……二三六四
東平王手執槍歌有序……二三六五
石齋送香圓奉謝一首……二三六六
牧牛圖……二三六六
足痛……二三六七
耳痛……二三六七
李廣射石圖……二三六七
追次陶韻答木齋四首……二三六七
山居雜興四首次木齋韻……二三六八
夏仲昭墨竹三首爲毛憲清少宰
席上作……二三六九

守歲五平五側二首……………………一二六九
挽石庵毛封君……………………一二七〇
湘皋書屋爲蔣敬所閣學先生題
……………………………一二七〇

李東陽全集卷一〇八　懷麓堂詩續稿卷之五……………………一二七一

壽南屏先生七十四首……………………一二七一
師儉堂爲充道閣學題……………………一二七二
題藏錢紀瑞卷……………………一二七二
茶陵顔知州翀迎母就養請詩爲
　壽顔戒庵門人也……………………一二七三
作詩苦……………………一二七三
作詩樂……………………一二七三
上元前一夕客罷一首……………………一二七四
上元夜客罷用前韻……………………一二七四
十六夜舜舉都憲見過大經亞卿
　適歸自湖南席上用前韻……………………一二七四
十七夜無客自疊前韻……………………一二七五
十八夜集崔甥再疊前韻……………………一二七五
春日感懷回文二首……………………一二七五
春暉曲壽劉中允舜卿母恭人
　六十……………………一二七六
次韻答劉野亭閣老……………………一二七六
東江學士所藏花鳥圖上有袁海
　叟王青城詩因題其後……………………一二七七
黄河篇壽賈學士鳴和父九十
……………………………一二七八
崔甥借梅留客不得自詠一首
……………………………一二七八
花朝約邃翁看梅不至有詩次韻
　奉答……………………一二七九
薄暮邃庵攜酒見過席間再疊

前韻……二三七九
緑萼梅盛開公儀憲長過我言別
再疊前歲韻一首……二三七九
再疊一首贈二楊……二三八〇
迎春花用梅韻……二三八〇
迎春與梅並開總賦一首……二三八〇
毛憲清侍郎來看二花索用前韻
仍限八字爲句首……二三八一
李宗易編修索用前韻亦限八字
爲句首……二三八一
盧師邵御史索用前韻仍限律文
八字爲句首以准皆各其及
即若……二三八一
邃庵先生省墓雲南嘗贈詩三首
其子中書舍人紹芳亦有是行
過我告別因用舊韻以道今昔
情見乎詞……二三八二
種樹……二三八三
承家中書再來告別時盆梅尚未
落仍疊前韻一首 二月念六日……二三八三
王體民驗封以詩來勸止作詩作
字次韻答之……二三八三
體民聞父病引疾歸請詩爲壽因
用前韻以道其情……二三八四
王都憲希文父半隱翁輓詩……二三八四
雨後東園得數句適充道至遂足
成之……二三八四
芍藥始萌爲鶴所啄戲成三絶
……二三八五
夏日西莊二首……二三八五
晚過趙生園看牡丹重入西濠汎

舟二首……………………二二八五
題孫檢討汝宗母壽意圖……二二八六
成國送牡丹四枝次來韻二絶
……………………………二二八六
赤壁圖……………………二二八七
洴澼莊詩 有序……………二二八七
王給事存約賦詩壽母八十請予
次韻席間一首……………二二八八
芍藥得一花留客遇雨遂發小興
……………………………二二八八
何子元太僕將巡北畿過此告别
漫賦一首…………………二二八八
張大經借芍藥盆花盛開與客同
看疊前韻…………………二二八九
園亭雨坐克温少宗伯誦邀子充
閣老宜興山莊避暑詩二首索
予和韻寄子充時子充亦欲卜
居宜興不果而去…………二二八九
病起遊西莊時何生送肩輿遂發
小興………………………二二九〇
至西莊疊前韻……………二二九〇
晚過陳氏園有芍藥數叢趙生攜
酒共酌不見主而還再疊二首
……………………………二二九〇
大經送石耳舊所未見以二絶句
謝之偶觀梅聖俞集有石蘚詩
味其語意殆是物也………二二九一
題子昂畫馬圖卷上有馮海粟詩
因次其韻…………………二二九一
夢竹爲朱御史昇作朱舉進士爲
行人夢其叔祖迪彝授以畫竹
上有清風苦節字遂被臺選蓋

迪彝嘗以進士爲御史鄉人異之……二三九一
椿桂堂詩 有序……二三九二
李東陽全集卷一〇九　懷麓堂詩續稿卷之六……二三九三
延兒得男湯餅喜而有作……二三九三
湯餅後喬員外宗何中書景明同過酒間再賦……二三九三
借水三絶城西南有沙窩水甚甘洌喬生好事者日買一石予居稍遠不時致偶有佳客輒往借之以爲清事亦一新題也……二三九四
寄題黄鶴樓柬秦國聲都憲……二三九四
南村草堂爲華亭劉鳳章作……二三九五
屠司寇元勳以詩寄壽時元勳致仕歸平湖八年年七十矣因次來韻答之……二三九五
是日有爲予寫真者壽詩適至再次前韻并寄元勳……二三九六
觀寫真戲作二首……二三九六
斷酒……二三九六
紅白酒……二三九六
石壁阡詩爲豐諭德原學作原學葬其父於東錢湖石壁潭阡是以名……二三九七
味泉圖爲無錫錢㯹題㯹父孟浚號味泉久已即世㯹爲此圖以識不忘請予賦之……二三九七
漫興三十首……二三九八
遊城南李氏莊遇雨……二三〇〇
張秀卿檢討擢按察副使提學湖南來告别因語及迎養事席間

一首……………………………… 一二三〇一
書朱孟辨小篆潮州韓文公廟碑卷…………………………… 一二三〇一
題實庵諒僧録扇…………………… 一二三〇一
希賢李宗伯將赴南都小亭話別因談及焚黄省母事識之以詩…………………………… 一二三〇二
平山草堂爲高少卿潁之作……… 一二三〇二
劉給事濟聘吾女孫間來謁見禮部張郎中繼孟劉員外文焕及吾甥崔尚寶傑實議姻事請詩紀之限韻二首…………… 一二三〇三
春桂圖詩爲尚寶劉克柔父封君友桂翁作……………… 一二三〇三
成國家藏其外舅隆平侯所畫梅請題其上…………………… 一二三〇四
新寧譚太傅壽七十……………… 一二三〇四
次韻答木齋………………………… 一二三〇五
用韻答佩之提學………………… 一二三〇五
獨坐二首…………………………… 一二三〇五
採決明子與崔甥………………… 一二三〇六
西郊觀稼…………………………… 一二三〇六
銅盆歎……………………………… 一二三〇六
抱甕亭爲寧庵…………………… 一二三〇七
牆面軒爲寧庵…………………… 一二三〇七
恒軒爲姑蘇盧伯常賦………… 一二三〇八
曹孚若復求其兄定庵壽詩仍疊前韻惟第二句改三字爲四字蓋將爲歲例也………………… 一二三〇八
陳侍御獻可求書舊詩誤寫二字因湊成一律……………………… 一二三〇八
邃翁與客享胙有詩聞之

次韻……二三〇九
盧師邵訪何子元聯句二章攜以過我坐間次韻……二三〇九
蕭院判中立屢來問疾張少卿爲索一詩因用芍藥舊韻……二三〇九
李司空夫人壽七十其子主事繼先乞詩爲壽時司空公壽六十九矣……二三一〇

李東陽全集卷一一〇　懷麓堂詩續稿卷之七

……二三一一
十三夜邃翁見過疊前歲韻……二三一一
十四夜盧師邵御史攜酒見過疊前韻……二三一一
是日孫思行御史制東坡巾見贈顧士廉學士謂不可無作因疊前韻……二三一二
何子元少卿以新意制一巾用全幅帛摺成四面摺處皆作山形予名爲小山巾并疊前韻……二三一二
中秋夜園亭小會疊前韻……二三一二
即席贈張大經亞卿疊前韻……二三一三
劉汝忠尚寶出枸杞酒疊前韻……二三一三
十六夜無客疊前韻……二三一三
十七夜顧士廉學士攜酒見過疊前韻……二三一四
是日有送牡丹二株者崔郎爲種於書室之後疊前韻謝之……二三一四
來鶴樓詩……二三一四
壽東山劉先生八十用者英圖詩韻爲壽詩本爲邃庵楊先生作者中間語及東山蓋予三人者

皆黎文僖公門下士情志氣分古所謂異姓兄弟者比嘗壽邃庵六十亦疊此韻是故有不能已云……二三一五
長沙酒不入京師黄都憲廷用附族子嘉敬味頗清苦顧學士士廉謂不可無作因識以詩……二三一六
次曹盧二侍御奕棋賦詩韻……二三一六
席上次諸客假山聯句韻……二三一七
吴寧庵將有使命毛礪齋石熊峰皆自遠至與蔣敬所同會因用舊韻紀事一首適有送牡丹者故及之……二三一七
雙鵲圖爲陳侍御獻可題……二三一七
暮秋西莊作……二三一八
是日盧侍御遠致詩酒次韻答之……二三一八
後庭蓼花一株盛開戲成一絶……二三一八
方塘草亭爲魏太守廷楫題……二三一九
秋夜與盧師邵侍御輩飲惠泉酒次聯句韻二首……二三一九
西千草堂奉同守溪王公爲師邵侍御作……二三一九
雙壽圖爲周中書令題……二三二〇
何生送菊攜酒有詩次韻二首……二三二〇
九日集崔甥用杜牧之韻……二三二一
我家二首……二三二一
與衍聖公會別顧士廉學士汪抑之侍讀何子元少卿王叔武參政聯席偶坐皆予所取士限韻

一首……二三二一
贈衍聖公二首疊前韻……二三二二
贈士廉疊前韻……二三二三
贈喬本大疊前韻……二三二三
贈趙爾錫疊前韻……二三二三
松棚歌……二三二三
題明皇演樂圖……二三二四
柏堂雨露卷爲曹汝學侍御題……二三二四
弭節寧親卷爲陳獻可侍御……二三二五
馮子佩光禄攜酒見過與顧學士
士廉任通政廷瓚王太僕天宇
何太僕子元馬光禄文明同會
皆予禮部所校士也席間限韻
各賦一詩予得四首……二三二五
題朱給事鳴陽二親壽圖……二三二六
題文與可墨竹……二三二七
次韻答喬希大……二三二七
與張大經夜話用衍聖公韻……二三二七
瓊林醉歸圖爲張編修璧題……二三二八
菰菜粥……二三二八
薏苡粥……二三二八
橙糕……二三二九
不寐……二三二九
成國送赤壁圖酬以二絶……二三三〇
管夫人墨竹卷爲張汝立題卷後
有管書數百字皆趙體也……二三三〇
壽蕭御史子邕母茅孺人詩……二三三〇
尋春圖……二三三一
冬日西莊作……二三三一
蝶戀花四首次盧師邵韻……二三三一
風入松二闋壽邃庵先生……二三三二

雨中花題花二闋……二三三三
買炭……二三三三
畫貓……二三三三
次木齋先生與馮雪湖提學聯句見懷韻……二三三四
臘月江梅盛開與崔㟓用舊韻……二三三四
崔㟓每歲爲予借梅今歲爲予養梅用韻吟謝……二三三四
此梅乃蕭院判中立所贈亦用韻謝之……二三三五
張御史汝立提學南畿花下會别借韻一首……二三三五
約齋爲周子庚作……二三三五

李東陽全集卷一一一　懷麓堂詩續稿卷之八……二三三七

元日試筆……二三三七
紅梅兩株並開詩興落莫又復斷飲客謂連歲借梅不乏觴詠今自有梅不可虚負仍用前韻一首……二三三七
賞梅之會聞希大生子仍用前韻……二三三八
上元日厚齋先生借梅分致一樹用韻自笑一首……二三三八
是日夜會令用各姓依序爲起字仍押前韻聯句正倒各一首予亦戲作……二三三八
崔㟓席上賞繚絲燈次邃庵先生韻二首……二三三九
病起西莊感事二首時亡弟溟以子兆延貴贈中書舍人亡兒兆先之女夫劉給事濟是日墓見故有是作……二三三九

又和從婿張指揮楫韻一首……一二三四〇
恭題景陵御筆後二首……一二三四〇
恭題茂陵御筆畫牛後……一二三四〇
正月晦日夢爲人題畫竹一律記第三聯因續成之……一二三四一
甘泉書屋爲胡主事永齡作泉本名甘井今改名……一二三四一
嘗鱘魚羹有作……一二三四一
蟠桃行壽劉中允母……一二三四二
山水圖爲劉司馬世衡作……一二三四三
曹孚若司務以疾在告不預賞梅之會以詩致意次韻答之……一二三四三
與席上諸客借前韻……一二三四三
與棋士范洪次邃翁韻 寧波人……一二三四四
十峰書屋爲曹司務時信作 曹九峰僉憲，定庵憲副之弟也。……一二三四四
竹澗爲潘太僕仲魯作 時潘赴南京。……一二三四四
清明日西莊作……一二三四五
术山書屋爲嚴同知時泰作……一二三四五
襄陵酒柬邃庵……一二三四五
謝安圍棋圖……一二三四六
去歲安汝礪黄門送盆榴一株花期已過栽於園地秋月忽開數十花今年花當益盛而汝礪得告南歸漫賦一首……一二三四七
偶問實庵笑而不答歲加一齡載吟兩偈亦以代翁答耳……一二三四七
城西陳氏莊牡丹盛開崔坳與客共賞蕃兒馳報速我一行戲作二首……一二三四八

崔甥連失一女二女孫情不能釋
慰之以詩……一三四八
得雨……一三四八
題太湖分趣卷曹太僕汝學嘗爲
假山以是名請賦之……一三四九
再過趙生園池二首……一三四九
又疊前韻二首……一三五〇
張指揮莊看花……一三五〇
恩養堂爲建安楊主事易作……一三五〇
與楊遜夫小坐東園望雨不至感
而有作……一三五一
又一首……一三五一
德卿家有古鏡徑可八九寸背有
雙魚形制甚朴蓋其母夫人奩
具今六十餘年矣間以視予請
賦之……一三五二
西盤書屋……一三五二
柳屏精舍……一三五二
大觀草亭……一三五三
尚友山堂……一三五三
白峰書屋爲孫參政禎作……一三五三
菊泉題户部羅主事乃翁遺卷
……一三五四
五月七日……一三五四
敬亭張亞卿西莊有作五月五日
……一三五四
河邊二古柳各二十圍相傳爲百
年前物感而賦之……一三五五
族子嘉敬初命爲兵部司務見於
畏吾村世墓感而有作……一三五五
壽筵喜雨詩一首初度前十日癸
丑門生以詩酒相慶是夜雨明

日己未門生繼至復雨久旱得此蓋自是雨不絶感而賦之……二三五五
七十自壽三首……二三五六
石鼓歌……二三五六

李東陽全集卷一一二至一一三

懷麓堂文續稿十二卷……二三五九

李東陽全集卷一一二　懷麓堂文續稿卷之一……二三六一
記八首……二三六一
常州府修城記……二三六一
鐵柯記……二三六四
忠誠堂記……二三六五
京江靳氏祠堂記……二三六七
費氏孝友堂記……二三七〇
浣玉齋記……二三七二
重建黟縣知縣董君生祠記……二三七三
羅池書屋記……二三七五

李東陽全集卷一一三　懷麓堂文續稿卷之二……二三七七
記七首……二三七七
遺善堂記……二三七七
周氏孝友堂記……二三七九
兖州府鄉賢名宦祠記……二三八一
光霽樓記……二三八二
修改鉅野縣城池記……二三八五
景州重建董子書院記……二三八七
竹巖記……二三八九

李東陽全集卷一一四　懷麓堂文續稿卷之三……二三九〇
敍引十二首……二三九〇

呆齋先生文集序……一二三九〇
孝友堂詩序……一二三九二
周氏手澤引……一二三九四
白洲詩集序……一二三九五
瓜涇集序……一二三九七
雲谷遺芳集序……一二三九八
贈禮部尚書沈君輓詩序……一二三九九
燕對録序……一二四〇一
蓉溪書屋詩序……一二四〇二
會別聯句詩引……一二四〇三
屏山別業詩引……一二四〇四
董文僖公集序……一二四〇五
李東陽全集卷一一五　懷麓堂文續
稿卷之四……一二四〇七
序十首……一二四〇七
括囊稿序……一二四〇七
都氏節義編序……一二四〇八
劉文和公集序……一二四〇九
湯陰李氏族譜序……一二四一一
太子太保工部尚書李公雙壽
詩序……一二四一三
倪文毅公集序……一二四一五
屠氏家乘録序……一二四一七
聯封並壽詩序……一二四一八
童封君雙壽詩序……一二四二〇
張東海集序……一二四二一
李東陽全集卷一一六　懷麓堂文續
稿卷之五……一二四二四
銘箴十一首　賦二首　雜著三首
……一二四二四
鼎硯銘……一二四二四
方池硯銘有序……一二四二五

楊元性初字箴……二四二五
芝秀堂銘 有序……二四二六
蒙翁手制竹節硯銘……二四二六
硯銘……二四二七
太師英國公像贊……二四二七
延春堂銘 有序……二四二八
郴州何氏鐵鐘銘 有序……二四二九
嚴時泰應階字箴……二四三〇
友恭堂銘 有序……二四三一
待隱園賦……二四三一
荆溪賦……二四三四
政首贈何子元參政……二四三六
師儉堂訓……二四三八
信難贈户部邵國賢……二四四〇

李東陽全集卷一一七　懷麓堂文續

稿卷之六……二四四二
書祭文十九首……二四四二
答劉東山書……二四四二
答謝木齋書……二四四三
與晦庵先生書……二四四四
答喬希大書……二四四四
與貞庵姜太守書……二四四五
答邵國賢書……二四四六
答陳都憲書……二四四六
復羅允升少卿書……二四四七
答楊志仁都憲書……二四四七
復泉山林先生書……二四四八
復張宗伯書……二四四九
與熊都憲汝明書……二四四九
與鄧都憲宗周書……二四五〇
與夏參議簡……二四五〇
與鄒布政時鳴書……二四五一
祭楊夫人喻氏文……二四五一
致仕後告墓文……二四五二

祭封少保楊公文……………………二四五三
祭外姑朱夫人文…………………二四五四

李東陽全集卷一一八　懷麓堂文續稿卷之七……………………二四五五
墓誌銘　神道碑七首………………二四五五
封翰林院編修魯君墓誌銘……二四五五
明故資善大夫禮部尚書贈太子太保謚文穆傅公神道碑銘……………………二四五八
明故封明威將軍錦衣衛指揮僉事沈公墓碑銘……………………二四六〇
明故通議大夫順天府尹藺君墓誌銘……………………二四六二
懷遠將軍大河衛指揮同知王侯墓碣銘……………………二四六四
明故通議大夫南京太常寺卿致仕吕君神道碑銘……………………二四六六
明故中憲大夫雲南按察司副使致仕朱君墓碑銘……………………二四六八

李東陽全集卷一一九　懷麓堂文續稿卷之八……………………二四七二
神道碑　壽葬　墓表　墓誌十一首……………………二四七二
明故資德大夫正治上卿都察院左都御史致仕贈太子少保謚簡肅張公神道碑銘……………………二四七二
明故光禄大夫柱國太子太傅吏部尚書兼都察院左都御史致仕進階特進榮禄大夫贈太保屠公神道碑銘……………………二四七六
桃花嶺壽鄉銘……………………二四七九
翰林修撰錢與謙墓表……………………二四八一

婺源處士胡君墓誌銘……二四八三
明故江西布政司左參政趙君孟希墓誌銘……二四八五
樂耕陳翁墓表……二四八七
仲弟東山墓誌銘……二四八九
户科都給事中韓君墓表……二四九一
明故資善大夫南京户部尚書致仕贈太子少保高公墓表……二四九三
明故通議大夫刑部右侍郎魏君神道碑銘……二四九六

李東陽全集卷一二〇 懷麓堂文續稿卷之九……二四九八

墓誌 神道碑十首……二四九八
明故寧陽縣學教諭致仕封户部主事成君誌銘……二四九八
明故户部尚書致仕進階榮禄大夫侶公神道碑銘……二五〇〇
明故通議大夫工部左侍郎夏君墓誌銘……二五〇三
贈光禄大夫柱國太子太保兵部尚書何公神道碑銘……二五〇五
喬夫人董氏墓誌銘……二五〇七
明故户部右侍郎何公神道碑銘……二五〇九
明故嘉議大夫工部右侍郎王翁墓碑銘……二五一一
資政大夫南京都察院右都御史贈刑部尚書劉公墓誌……二五一三
明故南京吏部尚書致仕贈太子少保楊公神道碑銘……二五一六
明故封通議大夫禮部右侍郎吴公神道碑銘……二五一八

李東陽全集卷一二一　懷麓堂文續稿卷之十……………………一二五二三
墓表　神道碑　墓誌十一首……一二五二三
寧府建安王教授封奉直大夫右春坊右諭德豐君墓表………一二五二三
蘇州衛指揮使鄒侯墓表…………一二五二四
贈户部主事魏君墓表……………一二五二六
明故封光禄大夫柱國少保兼太子太保户部尚書文淵閣大學士楊公神道碑銘…………一二五二八
明故中順大夫太僕寺少卿致仕紀君墓誌銘…………………一二五三二
封奉政大夫通政使司右參議任君墓誌銘……………………一二五三四
封成國夫人朱母胡氏墓誌銘……………………………………一二五三六
處士盧君墓表…………………一二五三九
福建興化知府潘公琴墓碑……一二五四〇
京衛武學訓導贈承德郎刑部主事陳君墓誌銘………………一二五四二
敕封潘孺人趙氏墓誌銘………一二五四四
李東陽全集卷一二二　懷麓堂文續稿卷之十一……………………一二五四七
墓碑　神道碑　碑傳七首……一二五四七
明故河東陝西都轉運使致仕進階中大夫張君墓碑銘………一二五四七
明故贈資政大夫禮部尚書劉公神道碑銘…………………………一二五五〇
明故太子太保鎮遠侯謚襄恪顧公神道碑銘……………………一二五五二
錦衣葉氏世墓碑………………一二五五五
重修通州新城碑………………一二五五七

孟氏三節婦傳……二五五九
毛氏兩節婦傳……二五六一
李東陽全集卷一二三　懷麓堂文續稿卷之十二……二五六三
題跋十八首……二五六三
題九歌圖卷後……二五六三
題宋元遺墨卷後……二五六四
題馬遠山水卷後……二五六四
書慈谿姚氏遺文後……二五六四
習隱詩卷前後題……二五六五
跋虞道園遺墨卷……二五六六
書馬遠畫少陵詩意卷後……二五六七
七十二候圖跋……二五六八
書邢氏手澤後……二五六九
清明上河圖後記……二五七〇
書王泰州小像卷後……二五七二
書林氏世德圖後……二五七二
跋虞伯生所書元復初碑銘石刻後……二五七三
書虞世南墨迹後……二五七四
書米元章墨迹後……二五七五
書篆刻千字文後……二五七五
書石鼓文礬本後……二五七六
跋三世通家卷後……二五七六
李東陽全集卷一二四　燕對録一卷……二五七七
燕對録序……二五七九
李東陽全集卷一二四　燕對録……二五八〇

李東陽全集卷一二五　聯句録
一卷 …………………………… 二六〇九
聯句録序 ……………………… 二六一一
李東陽全集卷一二五　聯句録 …… 二六一三
齋居　羅璟明仲、計禮汝和、謝鐸鳴治、劉淳尚質、劉大夏時雍、張泰亨父、彭教敷五、吴釴鼎儀、倪岳舜咨、李東陽賓之。成化乙酉正月。 ……… 二六一三
齋居寄答鼎儀　丙戌正月，在翰林西廡作。 ……………… 二六一四
出塞行　焦芳孟陽、程敏政克勤同飲敷五宅，喜官軍將征迤北而作。丙戌十月。 ……………… 二六一四
春陰　在鼎儀宅作。丙戌三月。 …… 二六一五
鳴治崇澹軒小飲 ………… 二六一五
海榴　在鼎儀宅作。 ………… 二六一六
郊齋夜坐　吴希賢汝賢、陳音師召、宋應奎爾章，會中朝房作。正月。 ……………… 二六一七
西湖 ……………………… 二六一七
送周德淵同年　在舜咨宅，聞德淵將赴南京户部而作。戊子三月。 ……………… 二六一七
對菊有作　在予家作。戊子九月。 ……………… 二六一八
訪陳公父於神樂觀不值馬上作 ……………… 二六一九
待羅明仲不至　在城東馬上作。己亥二月。 ……………… 二六一九
郊齋夜坐　傅瀚曰川會中朝房作。己亥正月。 ……………… 二六一九
夜窗話别　潘辰、時用會予家作，時

予將歸長沙。壬辰正月。……二六二〇
寄李賓之 時予在長沙。壬辰三月。……二六二〇
與劉時雍夜話寄張亨父 在鳴治宅作。壬辰九月。……二六二一
訪姜用貞小酌 時用貞滿行人司副。壬辰十月。……二六二一
雨坐 在鼎儀宅作，時邀明仲不至。癸巳四月。……二六二一
詠雪 在鼎儀宅作。……二六二二
郊祀齋居 在中朝房作。正月。……二六二三
春餅 □夕予家饋春餅作，是夕亨父已去，未竟，予續成之。……二六二三
博山爐 在曰川宅作，時明仲未及竟而去。……二六二四
賜慶成宴有述 吴寬原博聯席於丹墀左方作。甲午正月。……二六二五
賀蕭文明給事 席上作。……二六二五
郊祀畢承天門候駕……二六二五
午窗小飲 在予家作。丙申十月。……二六二六
訪彭敷五李賓之病 馬上作。丙申十一月。……二六二六
夜坐與李士常話别 在予家作，時士常將歸宣府。丙申十一月。……二六二六
會合 用韓、孟、張聯句韻，在予家雪中作，時予在告。丙申十二月。……二六二六
遊大德觀答陸鼎儀 時約鼎儀同行，不果，以一句見贈。丁酉閏……二六二七

二月。……………………………… 二六二八
飲鼎儀宅歸馬上作三首　丁酉閏二月。……………………… 二六二八
飲傅曰川宅席上二十韻　丁酉三月。……………………… 二六二九
陳師召邀飲適得家報生孫衆客歡甚題壁二首　時敷五獨晏至，不及，罰和二首。丁酉三月。…… 二六三〇
題計汝和蘭竹圖送蕭儀鳳還山海和韻　儀鳳，文明給事仲子也，在文明席上作。丁酉三月。…… 二六三〇
飲鳴治清風樓　丁酉三月。…… 二六三一
曰川盆荷未花以詩促之　丁酉五月。……………………… 二六三一
再飲鳴治南樓　是日遇雨，邀曰川同會。丁酉五月。………… 二六三二
與姜用貞話舊　時用貞自南京刑部考績至京師，在予家作。丁酉五月。…………………………… 二六三二
與用貞小酌　丁酉五月。……… 二六三二
與用貞宿鳴治南樓話别　丁酉六月　……………………… 二六三三
是夜予與用貞宿樓上鳴治宿樓下枕上倡和復得一首　…… 二六三三
酷暑篇　在師召北樓作。丁酉六月。………………………… 二六三四
和邵文敬户部韻四首　蕭顯文明、吴瑆元玉，在予家作。丁酉四月。……………………………… 二六三五
五平五側體　在鳴治宅，明仲出酒令作。丁酉十二月。………… 二六三六
題文永嘉宗儒陟屺卷　在予家作。

戊戌正月。……………… 二六三六
與倪舜咨話别　在鳴治宅，明仲出新令，擲骰子以數，當飲者續句而成，遍席無弗及者。戊戌正月。……………… 二六三七
送蕭文明給事使唐府　在予家作。戊戌四月。……………… 二六三八
送李士儀歸宣府　士儀，士常兄也，視其弟于京師。時士常舉進士，入翰林爲庶吉士，要予二人作詩送之。在予家作。戊戌四月。……… 二六三八
步出西華　道中作。戊戌六月。……………… 二六三九
寄劉時雍　時雍居憂華容。在内書館作。戊戌六月。……………… 二六三九
寄姜用貞　用貞時官南京。在内書館作。戊戌六月。……………… 二六四〇
寄汪時用　時用時罷官歸山陰，因過其故宅，馬上作。戊戌七月。……… 二六四〇
雪　在鳴治宅作。十一月。……… 二六四〇
鼾睡戲贈明仲曰川　在齋居作。正月。……………… 二六四一
題海子東許大詔百户壁　林瀚亨大。戊戌八月。……………… 二六四一
題計汝和紅菊　時汝和已物故，在曰川宅作。戊戌九月。……… 二六四一
夜酌　沈鍾仲律、陳璚玉汝，在鳴治宅作。戊戌十月。……………… 二六四二
待曰川師召不至各柬一首　是夜作。……………… 二六四三
夜坐呈仲律二首　是夜作。……… 二六四三
戲贈王仁輔二首　是夜作。仁輔，鳴治鄉人也。……………… 二六四四

詠石香童 是夜作。……………… 二六四四
馬上懷仲律 自内直出作。戊戌十月。……………… 二六四四
陶鼎 陶鼎者，摶泥爲小釜，釜有蓋，承以尾墟，墟有足，出湖湘間。予得以饗客，摽爲今名。在鳴治宅作。戊戌十月也。……………… 二六四五
題蘆雁圖 在曰川宅作。戊戌十月。……………… 二六四六
聽雨亭 李仁傑士英，在汝賢宅作。汝賢種荷盆池，取昌黎詩意名亭。戊戌十月。……………… 二六四七
夜酌 李士實若虚在予家作。戊戌十月。……………… 二六四八
夜酌 在師召宅作。戊戌十月。……………… 二六四九
仲律赴宿曰川值出飲旁舍再宿鳴治宅却柬曰川 戊戌十月。……………… 二六四九
夜酌 是夜作。……………… 二六四九
直爐夜話 在刑部朝房作。戊戌十月。……………… 二六五〇
候送林蒙庵 李傑士實，在月河寺作。戊戌十月。……………… 二六五一
晚酌鼎儀宅 是日作。……………… 二六五一
送顧天錫使浙江 在予家作。戊戌十一月。……………… 二六五一
夜酌 在李若虚宅作。戊戌十一月。……………… 二六五二
宿别仲律 在予家作，時仲律將還任山西提學。戊戌十一月。……………… 二六五三
曉起口占别仲律 翌日作。…… 二六五四

郊齋柬明仲 在朝房作，時明仲爲洗馬。己亥正月。已下共得八首。……二六五四
柬亨父鼎儀 時二君俱在院署，招予，不赴。……二六五四
柬敷五 時敷五在告。……二六五五
柬孟陽 時孟陽在鄰室獨宿。……二六五五
懷舜咨 時舜咨歸省南京。……二六五五
柬士常 時士常爲庶吉士，在院署。……二六五六
柬南齋諸同官 林亨大、王世賞、李士英、謝于喬、曾士美、楊維之、曾文甫。……二六五六
齋夜聞雪禁體 枕上作。……二六五六
賜慶成宴有述 在中左門席上作。戊戌正月。……二六五七
答賓之見邀不赴二首 時吴玉元、王仁輔在予家，鼎儀在鳴治宅，席上作。己亥正月。……二六五七
次韻答鳴治鼎儀不赴之作 時時用適至，席上作。……二六五八
齋夜有感兼柬院署九寅長 在中朝房作。戊戌正月。今附此。……二六五八
士常席上送乃兄士儀三首 己亥二月。……二六五九
再會士常宅四首 周庚、元基。己亥二月。……二六六〇
無題……二六六一
即席贈士常 時士常在告新出戒，不作詩。……二六六一
會玉汝元基席上再送士儀二首

己亥三月。……二六六一
即席懷鳴治二首　時鳴治不至。……二六六二
飲鳴治宅待亨父鼎儀不至各柬一首　己亥二月。……二六六二
寄姜用貞　己亥三月，在内直作。……二六六三
哭羅應魁　在内直作。己亥三月。……二六六三
飲歸聞文明得孫馬上奉和二首　己亥二月。……二六六四
文明邀飲預以時報不赴蒙索二首是日各在内直退食聯步奉寄　己亥三月。……二六六四
將赴文明馬上迭前韻　己亥三月。……二六六五
文明得孫湯餅席上五首　在内直作。己亥三月。……二六六五
寄沈仲律四首　在内直作。己亥三月。……二六六六
遊廣恩寺十首　張昇啓昭。己亥三月。……二六六七
遊慈恩寺五首……二六六九
東湖　東觀舊名□湖，長洲陳玉汝所居，其兄號此。在玉汝宅作。己亥四月。……二六七〇
宿別顧天錫　時天錫自刑部郎中謫永州同知，馮蘭佩之、屠勳元勳、朱守孚中孚、楊光溥文卿在予家作。己亥七月。……二六七一
夜坐長律一首　顧福天錫。是夜作。……二六七三
翌日大雨四首……二六七三

避雨鳴治宅期曰川辭疾不至奉柬二首 七月。…………二六七四
曰川宅賞蓮四首 吴原道本、王臣世賞。己亥十月。…………二六七五
屠元勳席上餞別天錫四首 柳琰邦用、馬紹榮宗勉。七月。……二六七六
馮佩之席上作 陳洵匯之、謝遷于喬、洪鍾宣之。己亥七月。……二六七七
是日天錫不至即席奉寄……二六七七
李若虛席上餞別天錫六首 奚昊時亨。己亥八月。…………二六七七
次天錫席上留別韻…………二六七九
即席懷方石…………二六七九
月河寺會餞天錫却入朝陽門訪慈恩寺暮抵予家共得十三首 己亥八月。…………二六八〇
遊慈恩寺七首 己亥五月五日。…………二六八二
題王舜耕山水圖 在汝賢席上作。己亥八月。…………二六八四
苔石 是日作。…………二六八四
賀士常生子 蔣廷貴元用。士常席上作。己亥八月。…………二六八五
過陳玉汝新第有作 己亥九月十四日，文明以晚直先歸。……二六八六
九日遊慈恩寺暮復抵予家四首 己亥歲。…………二六八六
奚時亨退食窩夜酌 己亥九月。…………二六八七
即席懷天錫…………二六八八
即席懷仲律…………二六八八
與鳴治時雍小飲若虛元勳繼至

遂發小興二首　己亥十月。…………………………二六八九
嗚治時雍皆先歸席上奉憶各一首……………………二六八九
夜坐二十四韻　己亥十月。……………………二六九〇
夜坐懷佩之　己亥九月。……………二六九一
時雍初至小酌　時以父艱服闋，在嗚治宅作。己亥九月。…………二六九一
用貞擢守漳州聞已離南京奉寄二首　己亥十月。………………二六九二
送周梁石還任廣德　在内直作。己亥閏十月。…………………二六九二
内直大寒留官醞小酌　己亥閏十月。………………………二六九三
聞仲律僉憲乞侍親不許奉寄二首　在内直作。己亥十一月。………二六九三
夜飲原博復過廉伯明日再飲文明聯句甚富今存二首　陸簡廉伯。己亥十一月。…………二六九三
雪後過西苑　内直道中作。己亥十一月。…………………………二六九四
寄丘蘇州時雍二首　時雍罷官居饒州。在文明席上作。己亥十二月。……………………二六九四
永光寺送周大參子建三首　己亥十二月立春前一日。…………二六九五
與時雍仁輔小酌嗚治宅予賦未竟復赴吴道本燕三君續成二首　己亥十二月。………………二六九六
送栝蒼金生祺自遼東還　祺，前御史尚義之子。時尚義謫戍於遼，祺以省親還。在内直作。己亥十

一月。……二六九六
再會鳴治宅 王汶允達。己亥十一月。……二六九七
送柳邦用判廣平府 在曰川席上作。己亥十二月。……二六九七
酌别邦用去後有懷并發小興三首……二六九八
王成憲飲歸馬上作 己亥十二月。……二六九八
寄送戴廷節太守 廷珍憲副之兄也。在内直作。己亥十二月。……二六九九
寄陳直夫 在内直作。己亥十二月。……二六九九
再寄汪時用 在内直作。己亥十二月。……二六九九
書聯句録後……二七〇〇

李東陽全集卷一二六 玉堂聯句一卷……二七〇一
懷麓堂原序……二七〇三

李東陽全集卷一二六 玉堂聯句……二七〇五
西山七十韻……二七〇五
月夜……二七〇七
憶莊孔暘……二七〇八
憶江上竹有懷戴侍御謝太守……二七〇八
苦熱……二七〇八
端溪硯……二七〇九
扇……二七〇九
贈柳邦用……二七〇九

苦雨……二七一〇
十月一日……二七一一
北風……二七一一
醉後……二七一一
夕望……二七一二
搔首……二七一二
冬日……二七一二
夜寒……二七一三
冬雨……二七一三
晚歲……二七一三
祀竈……二七一四
除夕……二七一四
夜坐……二七一四
遣悶……二七一五
夜話……二七一五
對客……二七一五
春深……二七一六
睡起……二七一六
薄暮……二七一六
踏青……二七一七
春寒……二七一七
冬至……二七一七
塵……二七一八
春雪……二七一八
霧……二七一八
浮雲……二七一九
霾……二七一九
春雨……二七一九
骨牌……二七二〇
古鏡……二七二〇
方竹杖……二七二〇
孤雁……二七二一

梧桐子……二七二二
柑子……二七二二
蟹……二七二二
橄欖……二七二二
蓮花燈……二七二三
走馬燈……二七二三
漢高……二七二三
秦始皇……二七二三
項羽……二七二四
讀李盱江集……二七二四
讀蘇東坡集……二七二四
慈恩寺……二七二五
西山……二七二五
響閘……二七二五
鐘鼓樓……二七二六
廣福觀……二七二六
楊柳灣……二七二六
桔槔亭……二七二七
菜圃 時爲中官所奪。……二七二七
京都十景……二七二七
瀟湘八景……二七三一
詠雪……二七三三
與潘時用夜宿聯句……二七三四

李東陽全集卷一二七 麓堂詩話

一卷……二七三七
麓堂詩話序……二七三九

李東陽全集卷一二七 麓堂詩話

……二七四一

李東陽全集卷一二八至一二九

佚詩二卷……二七八七

李東陽全集卷一二八　佚詩卷之一……二七八九

題高文簡山村隱居圖卷後……二七八九
輓刑科給事中鮑輝 鮑譜……二七九〇
題林和靖二帖……二七九〇
送姚用章父質庵封君還嘉興……二七九一
題宋文信國慈幼堂卷後……二七九一
次邵國賢留別韻……二七九二
昨日雨中戲疊前韻聊啓一粲……二七九二
送何喬新……二七九三
下陵與李學士賓之聯句……二七九四
成化癸卯冬至謁陵與李賓之學士聯句二十首……二七九四
二月二日成憲宅讌飲聯句二首……二八〇一
三月十七日原博諭德餞玉汝給事於玉延亭會者賓之學士于喬諭德濟之世賢侍講曰川校書道亨編修暨予得聯句四章時黃薔薇盛開復移尊於海月庵酹花酌別又得三章予亦將有餞約而觴玉汝者多刻日有次第不能奪也手録此以致繾綣不已之意……二八〇二
萬福寺送文明與倪舜咨李賓之二學士傅曰川吳原博謝於喬三諭德林亨大修撰陳玉汝給事李士常侍御聯句二首……二八〇四

涯翁約過相與聯句爲希大贈屬予選事方冗不得赴因各起句令吏人遞傳相續共得八首并得五言長句一首通録贈之……二八〇五
五言聯句……二八〇六
蘋蔞乃北方佳果按飲膳正要作平坡未知孰是近有饋者因賦謝此詩交木公與木公交久矣試一評之……二八〇七
宗儒寺丞考最奏引之暇飲我翦春園誦早朝佳什即席奉和奏滿之日兩沾盛服故頸聯及之……二八〇八
南園別意聯句……二八〇八
次邵文敬留別韻……二八〇八
病中無聊奉和三先生聯句韻二首……二八〇九
和葉載道醫士韻 葉嘗與兆先讀書朝房，時卧病。……二八一〇
次許啓東給事韻……二八一〇

李東陽全集卷一二九 佚詩卷之二……二八一一

和顧氏詠思録詩……二八一一
履庵先生謫官鎮寧詩以送之（二首）……二八一二
海釣謫官鎮寧述懷……二八一三
海釣蕭公輓詩……二八一三
送秦武昌廷韶……二八一三
送中齋秦先生載任建昌……二八一四
與邵文敬聯句四首……二八一四
辱與東曹聯句見貺依韵奉答三

首方惜目力東曹不及另書幸
爲傳致同加郢正病中草草
…………二八一六
和邵東曹…………二八一七
題寄寄亭…………二八一七
題米南宫湘西詩帖…………二八一八
題何宇新孝子廬墓詩卷…………二八一八
茅山…………二八一八
送卜使君釗…………二八一九
賈島墓…………二八一九
輓簡介齋詩…………二八二〇
七寶山…………二八二〇
題東溟一覽卷…………二八二〇
永感堂…………二八二一
與高惟清復竹茶爐詩和韻
一首…………二八二二
盛舜臣新製竹茶爐詩和韻
一首…………二八二二
社飲堂詩…………二八二三
采芳艇…………二八二三
送高涼林知縣廷瓛之永嘉…………二八二三
東皋 爲處士黄鈺題。…………二八二四
送商素庵歸淳安…………二八二四
贈御史謝元吉謫南陵…………二八二五
次韵蕭顯宿普利驛感懷詩…………二八二五
得月亭…………二八二五
與秦廷韶潘時用聯句…………二八二六
題徐幼文龍塢春雲圖並題畫
…………二八二七
題梅老秋江獨釣圖…………二八二七
題張東海遺墨卷二首 有跋…………二八二八
東作莊…………二八二八

説夢戲答陳愧齋……二八二九
題貞節堂……二八二九
跋歐陽修灼艾帖後二絶……二八二九
跋蘇軾洞庭春色賦中山松醪賦卷二首……二八三〇
環水八詠……二八三一
送方司訓之贛州……二八三三

李東陽全集卷一三〇至一四〇

佚文十一卷……二八三五

李東陽全集卷一三〇　佚文卷之一……二八三七

送刑部尚書何公歸盱江序……二八三七
襪線集序……二八三九
許州志序……二八四〇
擬古樂府引……二八四二
章丘縣志後序……二八四三
龍溪書屋圖序……二八四五
簡襄子默齋詩序……二八四六
壽海釣蕭公七十詩序……二八四七

李東陽全集卷一三一　佚文卷之二……二八五〇

顧侯祠記……二八五〇
修孔子廟記……二八五二
信陽州修造記……二八五四
重修永嘉縣學記……二八五五
門侯水利記……二八五七
鄒公祠碑記略……二八五九
可貞堂記……二八六三
雙壽堂記……二八六四
三樂堂記……二八六六
門尚書祠堂記……二八六七

鄧壽椿龜鶴軒記……二八六九
李東陽全集卷一三二　佚文卷之三……二八七一
西江清景樓記……二八七一
余忠宣公祠堂記……二八七二
重建褒忠祠記……二八七四
重修山海衛學記……二八七六
永寧縣重修廟學記……二八七八
大名府重修廟學記……二八八〇
撫寧縣重修廟學記……二八八二
重修山陰學文廟記……二八八四
寧津縣重修廟學記……二八八五
博平縣儒學科舉題名記……二八八七
李東陽全集卷一三三　佚文卷之四……二八九〇
徙陽江縣學記……二八九〇
修建孔子廟記……二八九二
衢州府守佐記……二八九四
河間府守佐題名記……二八九五
歲貢題名記……二八九七
達縣石城記……二八九八
邯鄲縣筑堤改渠記略……二九〇〇
保定府重建天水橋記……二九〇一
桂枝嶺塔記……二九〇三
敕賜弘恩寺碑……二九〇四
創建興善禪寺碑記……二九〇七
重修漢壽亭侯關公廟碑……二九〇八
敕賜衍法寺碑……二九一〇
李東陽全集卷一三四　佚文卷之五……二九一三
洪性傳……二九一三
王君澄家傳……二九一四

嚴氏二節婦傳……二九一六
尚書陳公傳……二九一七
王文肅公傳……二九二〇

李東陽全集卷一三五　佚文卷之六

……二九二三
奏爲早朝事……二九二四
議爲龜山從祀事……二九二四
奏爲崇王入朝事……二九二六
奏爲占城國乞差大臣事……二九二七
奏爲三清樂章事……二九二九
奏爲視朝事……二九三一
奏爲勤講學親儒臣遠邪佞事……二九三二
奏爲早日裁決奏章事……二九三四
奏爲修省求言弭災新政事……二九三五
奏爲李廣祠額祭葬事……二九三七
奏爲因言求退事……二九三七
奏爲釋放監生江瑢事……二九三九
奏爲程敏政漏題目事……二九四〇
奏爲内閣文書事……二九四〇
奏爲撤去宫内番壇斥出胡僧事……二九四二
奏爲恢復朝參奏事舊規事……二九四三
奏爲邊關禦寇事……二九四四
奏爲遣官祀社稷事……二九四四
奏爲視朝稍遲事……二九四五
奏爲節蓄財用事……二九四五
奏爲收回武當山修設齋醮之命事……二九四七
奏爲勿停講貞觀政要事……二九四八
奏爲陞賞軍功事……二九四九
奏爲釋伽嚈塔像御製贊辭事

……二九四九
奏爲勤政事……二九五一
奏爲批行各衙門題本事……二九五二
奏爲早賜裁決各項章奏事……二九五三
奏爲聖體違和事……二九五五
奏爲乞假合葬考妣事……二九五六
奏爲編纂通鑑纂要事……二九五七
奏爲纂修本草事……二九五八
奏爲遠佛老鬼神事……二九五九
奏爲停建塔寺事……二九六一
奏爲緩頒誥命停頒封號給真人杜永祺事……二九六三
奏爲禦虜安邊事……二九六四

李東陽全集卷一三六　佚文卷之七

……二九六七
奏爲新政當行要務事……二九六七
奏爲舉行日講事……二九六九
奏爲革罷祭祀金闕銀闕二真君事……二九七〇
奏爲裁割冗濫事……二九七二
奏爲經筵日講事……二九七三
奏爲皇莊收銀事……二九七四
奏爲陳鹽軍刑選四法皆不可事……二九七四
奏爲日勤講學事……二九七七
奏爲閹人濫賞事……二九七八
奏爲續修玉牒事……二九七八
奏爲榮王之國事……二九七九
奏爲災變修省事……二九七九
奏爲當戒者要語事……二九八一
奏爲恢復講讀事……二九八一
奏爲視朝太遲事……二九八二

奏爲深夜遊樂事……二九八三
奏爲照舊講讀事……二九八四
奏爲鹽法織造事……二九八五
奏爲仍舊日講事……二九八六
奏爲刑律事……二九八七
奏爲處決重囚事……二九八八
奏爲赦免歷代通鑑纂要謄録人員事……二九八九
奏爲釋放因匿名文簿被拘官員事……二九九〇
奏爲威令事……二九九〇
奏爲廢后吴氏喪禮事……二九九一
奏爲四夷館教師事……二九九二
奏爲内閣等衙門日給酒飯事……二九九二
奏爲從輕處置各類罪犯事……二九九三
奏爲儲嗣事……二九九四
奏爲停止豹房添蓋房屋等工程事……二九九五
奏爲經筵日講事……二九九七
奏爲回天意結民心事……二九九八
奏爲太監谷大用事……二九九九
奏爲京邊官軍兑調操習事……三〇〇〇

李東陽全集卷一三七　佚文卷之八

……三〇〇二
與陸鼎儀書九首……三〇〇二
與楊邃庵書五通……三〇〇六
與石邦彦書……三〇〇八
論篆額……三〇〇九
題林緯乾深慰帖……三〇〇九
題龍眠蓮社圖……三〇一〇
題趙仲穆工筆人物畫……三〇一〇

題蘇文忠公乞居常州奏狀卷……三〇一一
題朱文公上時宰二劄真迹卷後……三〇一一
題劉原父書南華秋水篇後……三〇一二
題薛道祖雲頂山詩卷後……三〇一二
題虞邵庵南豐曾氏新建文定公祠堂記……三〇一三
題任詢行書韓愈秋懷詩卷後……三〇一四
書介庵王公奏稿後……三〇一四
跋朱熹城南唱和詩後……三〇一五
題懷素自序帖後……三〇一六
跋夏忠靖公集……三〇一七
春園雜詩題後……三〇一八
跋趙孟頫煙江疊嶂圖詩卷……三〇一八
自書一醉二首詩後……三〇一八
題種竹詩卷……三〇一九

李東陽全集卷一三八　佚文卷之九

……三〇二一
志於道據　四句……三〇二一
欲罷不能　一節……三〇二二
舜有天下　一節……三〇二三
有德此有　四句……三〇二五
知所以修……俟也……三〇二六
所謂故國　全章……三〇二七
惻隱之心……智也……三〇二八
由堯舜至　三節……三〇二九

李東陽全集卷一三九　佚文卷之十

……三〇三一
贈文林郎廣西道監察御史陸君墓表……三〇三一

明故淶水縣儒學教諭文先生墓表……三〇三三
陝西布政使司左參議致仕進階中順大夫王先生墓表……三〇三五
明故太中大夫浙江布政司右參政陸君墓表……三〇三七
明故荆州府同知李公墓表……三〇四〇
明故中憲大夫湖廣襄陽府知府封通政使司右通政王公墓表……三〇四一
謝孝子墓表……三〇四三
南耕王公墓表……三〇四六
寶慶府知府謝公墓表……三〇四八
御用監太監趙公倫墓表……三〇五〇
鴻臚寺主簿與瞻公墓表……三〇五一
潘夫人林氏墓表……三〇五三
感樓賀君墓表……三〇五五
聽竹華處士墓表……三〇五七
用齋華君守器墓表……三〇五九
太子少保工部尚書賈公墓碑……三〇六一

李東陽全集卷一四〇　佚文卷之十一……三〇六三

明故資善大夫禮部尚書兼翰林院學士掌詹事府事贈太子太保謚文定吴公墓誌銘……三〇六三
明故封文林郎廣東道監察御史王君墓碣銘……三〇六六
明故奉政大夫太醫院院使仲君墓誌銘……三〇六八
右通政仲維馨墓誌銘……三〇七一
前文林郎南京中軍都督府都事

龍君墓誌銘……三〇七三
明贈徵士郎中書舍人柳公合葬墓誌銘……三〇七五
明故中書舍人徐君墓誌銘……三〇七七
副都御史謝公墓誌銘……三〇八〇
明故都察院左都御史前南京户部尚書黄公神道碑銘……三〇八三
潘母金宜人墓誌銘……三〇八五
明故封淑人趙母張氏合葬墓誌銘……三〇八八
明故昭勇將軍驍騎右衛指揮使致仕尹公墓誌銘……三〇九〇
中府左都督范氏先墓碑……三〇九一
承事郎劉君合葬墓誌銘……三〇九三
明故昭勇將軍都指揮僉事薛公合葬墓誌銘……三〇九五
明故封中憲大夫太常寺少卿前陝西按察司副使劉公墓誌銘……三〇九七
明故司禮監太監高公摹誌銘……三〇九九
明故尚膳監太監傅公墓誌銘……三一〇二
吴胄墓銘……三一〇四

附録……三一〇五
一　碑傳序跋……三一〇七
特進光禄大夫左柱國少師兼太子太師吏部尚書華蓋殿大學士贈太師謚文正李公東陽墓

誌銘（楊一清）……三一〇七
李東陽傳（明武宗實録）……三一一二
李東陽傳（明史稿）……三一一四
懷麓堂稿序（楊一清）……三一一九
懷麓堂文集後序（靳貴）……三一二一
李文正公麓堂續稿序（邵寶）……三一二三
二　年譜……三一二五
新訂李東陽年譜（錢振民）……三一二五

李東陽全集卷一至二十

懷麓堂詩稿一—十卷

李東陽全集卷一

懷麓堂詩稿卷之一

古樂府

申生怨

十日進一胙，君食不得嘗。讒言豈無端，兒罪誠有名。兒心有如地，地墳中自傷。兒心不如犬，犬得死君傍。潘云：「使晉侯聞之，未必不憮然自失。」天地豈不廣？日月豈不光？悲哉復何言，一死以自明。謝云：「説得此生心透。」潘云：「聲氣俱盡，更著不得一語。」

綿山怨

五蛇上天一蛇蟄，綿山經月火不滅。君王恩重翻爲仇，不如放作山中囚。君王有臣一非少，貪天之徒但自保。臣心見母不見君〔一〕，誰言母死非君恩？潘云：「其委曲至此。」今辰何辰夕何夕，留與千年作寒食。

【校勘記】

〔一〕「不見君」，原作「不見母」，據嘉靖本擬古樂府正之。

屠兵來

兒勿啼，屠兵來，趙宗一綫何危哉！千金賣兒兒不死，真兒却在深山裏，妾今有夫夫有子。死兵易，立孤難，九原下報無慚顔。趙家此客還此友，穿何故亡盾何走？潘云：「客不負趙，趙乃負晉，此意亦甚警切。」誰言趙客非晉臣，當時嬰杵爲何人？

築城怨

築城苦，築城苦，城上丁夫死城下。長號一聲天爲怒，長城忽崩復爲土。長城崩，婦休哭，丁夫往日勞寸築。謝云：「當與崩城操争長。」

避火行

夫人避火，避火不可。婦人不下堂，下堂羞殺我。夫人避火，避火不可。我身有傅還有姆，傅姆不來心獨苦。潘云：「只用本色語，律協意足。他篇多類此。」君不見宋姬一卒春秋悲，文姜辱死南山詩。

挂劍曲

長劍許烈士，寸心報知己。死者豈必知，我心元不死。潘云：「意不近名。」平生讓國心，耿耿方在此。

漸臺水

漸臺水，深幾許。使者來，誰遣汝？潘云：「只一『誰』字意便是。」不見君王符，空傳君王語。漸臺水，行宮不可度。妾死猶首丘，謝云：「顛沛必於是。」君行在何處？潘云：「死不忘君，更見忠厚，非徒死者。」平生委質身爲君，此時重信輕妾身。潘云：「又是一意。」君不還，妾當死，臺高高，水瀰瀰。謝云：「結尤灑落。」潘云：「斬絶之後，轉覺含蓄。作手，作手！」

卜相篇

家貧思賢妻，國亂思良臣。薦成成不知，告璜璜不嗔。克也與國論，此國尚有人。能令汝卜相，誰使汝爲君？東周一失馭，全晉遂三分。但知晉國亂，不念周家貧。史官謹初命，千載傷彝倫。潘云：「卜相事，史家以爲美談。提出『誰使汝爲君』一句，大義方明白。晉亂周貧，此意更警切。」

國士行

漆爲癘，炭爲啞，彼國士，何爲者？趙家飲器智家頭，一日事作千年仇。報君仇，爲君死，斬仇之衣仇魄褫，臣身則亡心已矣。謝云：「義者不以存亡易心，故如此。非身有之不能道。」

昌國君

齊城下，即墨守。燕將代，昌國走。卑辭累使招不歸，臣心上有先王知。潘云：「只一句道盡。」先王知，心獨苦，義君臣，邦父母。當時誓死却齊封，更忍還兵向燕土，終不似信要劉、胥報楚。謝云：「説得樂毅心出。」

樹中餓

山深雪寒路坎坷，兩死何如一生可？桃才自信不如哀，君若有功何必我？潘云：「若已有之。」楚王好士得燕才，燕家未築黄金臺，當時周室何爲哉！吁差乎〔一〕，樹中餓死安足惜，潘云：「必如此，方見賢者之過。」何似西山林採食〔二〕！

【校勘記】

〔一〕「差」，嘉靖本擬古樂府作「嗟」。

〔二〕「林採食」，嘉靖本擬古樂府作「採薇食」。

邯鄲賈

邯鄲奇貨千金抵，陽翟賈兒雙睥睨。掌珠飛墮華陽宮，宮中老蚌光如虹。關門不開玉符剖，秦人河山趙人手。邯鄲種玉玉不死，移向宮中生玉子。長安寶氣横九州，賈兒身貴封爲侯。匹夫懷璧尚不可，何怪貪兒死奇貨？潘云：「通篇比興中敍事曲盡，似此絶少。」

易水行

田光刎頭如拔毛，於期血射秦雲高。潘云：「起得突兀。」道旁灑淚沾白袍，易水日落風悲號。督亢圖窮見寶刀，秦皇繞殿嘑且逃。力脱虎口争秋毫，荆卿倚柱笑不咷。身就斧鑕甘腴膏，報韓有客氣益豪。十日大索徒爲勞，荆卿荆卿嗟爾曹！謝云：「匹夫不及智士，信哉！」潘云：「只合如此。」

鴻門高

鴻門高，高屹屹。日光蕩，雲霧塞。雙舞劍，三示玦。壯士入，目眦拆。謀臣怒，玉斗裂。網彌天，龍有翼。龍一去，難再得。謝云：「滎陽之網，龍幾再困，危乎殆哉！」潘云：「句短意壯。長者可學，短者不可到，雖舊格亦罕見此。」

新豐行

長安風土殊不惡，太公但念東歸樂。漢皇真有縮地功，能使新豐爲故豐。人民不異山川同，公不思歸樂關中。漢家四海一太公，俎上之對何匆匆？當時幸不烹若翁。潘云：「句意渾古，無一字不合，作結更有力。」

淮陰歎

營門晝開齊犬吠，蒯生相人先相背。古來鳥盡良弓藏，近時刎頸陳與張。功成四海身無地，歸楚楚疑歸漢忌。極知猶豫成禍胎，時乎時乎不再來。君王恩深辯士走，淮陰胸中血一斗。婦人手執生殺機，赤族不待君王歸。君王歸，神爲惻，獨不念秋毫皆信力。舍人一嗾彭王殂，淮陰之辭真有無？噫吁嚱，淮陰之辭真有無！謝云：「漢高於此，真少恩哉！千載之恨，殆有甚於此者，猶幸不出於婦人耳。三復此作，爲之扼腕。」潘云：「千載疑獄，非老吏不能判此。引呂后嗾告彭越事爲證，非拘成案者。」

臣不如

劉氏盟，吕氏争，臣不如陵；吕氏獗，劉氏絶，臣不如勃。平乎平乎智有餘，胡爲甘此兩不如？潘云：「撮掇數字出，便分曉。」兹言非智還非愚，平乎竟爾爲身圖。謝云：「説得平透。」

殿上戲

殿上戲，丞相嗔，丞相勿嗔吾弄臣。臣可弄，不可狎，節使不來臣已殺。君王有道臣職遂，細柳營中親按轡。謝云：「意勝詞。」潘云：「此意故不可少。」

宜陽引

宜陽小兒身姓竇，弟爲傭，姊爲后。山中岸崩壓不殺，自言相有封侯法。朝上書，夕召見，生不記家猶記縣。眼前喜極翻作悲，一朝富貴從天來。左圖書，右賓友，兄弟賢名世希有。古來寵禄易驕奢，今人尚憶貧時否？潘云：「據事直述，亦可以觀矣。」

潁水濁

魏其侯家客醉舞，一語不回丞相怒。相家貴人半膝席，斬首穴胸那復惜？籍郎按項項不俯，潁川諸豪同日捕。魏其眦裂東朝東，首鼠不決轅駒窮。潁川水濁灌滅宗，誰令併殺老禿翁？相門白日嘯二鬼，越明年春武安死。誰言死速不如遲，幸未淮南語泄時。謝云：「其紆曲乃耳。」潘云：「組織史傳以成樂章，可誦可戒。」

數奇歎

匈奴七十戰，戰戰不得當。一當遂失道，憤激摧肝腸。君恩念數奇，將令抑不揚。白頭恥下獄，飲泣横干將。敢也報父讎，寧爲刺客死路傍。隴西世節氣，此志亦可傷。陵乎爾誠才，潘云：「婉辭之責，甚於戟指。」胡爲辱死天一方？

文成死

文成封，五利封，神仙只在東海東。文成死，五利死，天下神仙皆妄耳。潘云：「只此六句，何必費辭？」漢家武皇帝者英，昔何懵矣今何明？君不見百年身，萬年計，前秦皇，後唐帝。

牧羝曲

嗟汝陵，咄汝律，羝可乳，節不可屈。咄汝律，嗟汝陵，寧爲我死，不作汝曹生。潘云：「句音律兀，甚稱題目，臨江節士，辭恐不及。」生入朝，身已老，有淚猶沾茂陵草。潘云：「意極忠愛。」天遣生還入畫圖，不然誰識冰霜貌。潘云：「結亦新意，然佳處却不在此，可與知者道耳。」

問喘詞

少陽用事春猶淺，道傍死人春不管，丞相停車問牛喘。君不見陳平辯，周勃免，誰曾問春淺深，牛近遠？謝云：「差强人意。」潘云：「音節自會。」

馮婕妤

圈門晝開熊不守，婕妤當前衆嬪走。荷君光寵捍君危，不然安用賤妾爲？君身如山妾如葉，君有不虞安置妾？潘云：「體貼得實意出。」亦知倉卒非賈恩，恩多妒深翻在睫。馮婕妤，昔非勇，今非怯，掖庭佞兒何喋喋？潘云：「用事自活。」

明妃怨

莫倚朱顔好，妍媸無定形。莫惜黄金貴，能爲身重輕。潘云：「反意激語，下四句更激。」一生不識君王面，不是丹青誰引薦？謝云：「説得宛曲，怨而不傷。」空將豔質惱君懷，何似當時不相見？君王幸顧苦不早，不及春風與秋草。却羡蘇郎男子身，猶能仗節長安道。休翻胡語入漢宫，謝云：「又生一意。」祇恐伶人如畫工。形貌尚可改〔一〕，何況依稀曲調中？潘云：「古今詠明妃甚多，殆無復措手處。此篇新意疊出，恨不使前人見之。」

【校勘記】

〔一〕此句「形貌」前，嘉靖本擬古樂府有「畫工」二字。

九折阪

九折阪，七尺身，回車爲孝子，叱馭爲忠臣。孝子身爲親，忠臣身爲君。七尺身，九折道，潘云：「又此一轉，便覺精神。」叱馭歸來人未老。回頭試問回車翁，何曾得葬瑯琊草？

尚方劍

中書勢重儒臣輕，天下善類皆爲朋。漢家賢傅生負氣，死不再逢刀筆吏。君王奮怒威莫當，宫掖纔容免冠地。謝云：「『纔』字妙。」漢家佞臣多戴頭，借劍不報蕭公仇，當時只問安昌侯。潘云：「千載慨然。」

四知歎

故人知君，君不知故人。下有厚地兮上有蒼旻，縱不吾知兮吾心有神。潘云：「此用原語點化説『我知』二字，尤切。」金獨何爲兮至吾門，吾閉吾門兮省吾身。潘云：「此二句直從意外生意，又進一步。使關西聞此，未必不愯然而起也。」

美新歎

昭陽禍水噴火滅，賊莽勢熾哀平折。宫中臘日椒酒芳，金縢策秘符命昌。漢家老婦不姓吕，潘云：「用事極有斟酌。」猶握漢符爲漢主。遺民獨有龔勝存，餓死不入新都門。美新大夫那肯死？元是五侯門下史。謝云：「亦豈所謂自污者乎？」潘云：「拈出此語，更逃不得。」

兩虎鬭

中原野龍鬭未休，兩虎私鬭真龍憂。雌虎哮風雄虎避，龍顔一開天爲霽。潘云：「句好。」君不見邯鄲虎鬭龍不知，關中祖龍不敢欺，當時豈復争雄雌？

嚴陵山

劉文叔，加我足。侯君房，瞋我目。平生若遺吾喪我，有目如盲足如跛。安能城市復山林，朝往暮還無不可？潘云：「説出『士得己焉』之意，甚快活。」君不見嚴陵山水高復深，誰哉更識先生心？

弄潮怨

莫弄潮，潮水深殺人；莫射潮，中有孝女魂。潘云：「展轉痛恨。」魂來父與遊，魂去父與沉。潮能殺人身，不能溺人心。潮水有盈縮，人心無古今。謝云：「理到之言。」

斷絃曲

晨聽焦桐聲，夜聞斷絃音。阿女有父資，家學在一琴。生書五經石，死給十吏札。阿女有父能，八分乃遺法。司徒坐上歎，胡雛别時哭。阿女有父情，情鍾爲誰篤？潘云：「比事精甚。」有書何必教，有女翻爲辱。君看荀爽女，一死萬事足。潘云：「結更精緊。」

縛虎行

布將騎，公將步，天下紛紛可横騖。卿爲客，我爲虜，卿爲一言無不可。下邳城南繩縛虎，曹公不怒劉公怒。董卓丁原在何處，布乎布乎嗟汝布。潘云：「句意天成。」

鸚鵡曲

大兒孔文舉，小兒楊德祖，餘子碌碌不足數。身著岑牟前擊鼓，禰生狂呼老瞞沮。我辱衡，衡辱我，我欲殺之猶雀鼠。一投荆〔一〕，再送楚，黄鶴磯頭賦鸚鵡。鸚鵡才多爲舌誤，潘云：「偶託一物，意自可人。」舉世何人不相妒？生莫逢，仇主簿。

【校勘記】

〔一〕「投」，原作「技」，據史實及嘉靖本擬古樂府正之。

漢壽侯

漢壽侯，義且武。冠三軍，振華夏。斬仇將，報知者。身不可留臣有主，潘云：「伸此以抑彼耳，彼陸與吕何爲者哉？」老瞞不追猶有度。誰其仇者吴陸吕，歲十二月侯出走。吴人縛侯生縛虎，生縛虎，死猶怒，髯如虬，眼如炬。吁嗟漢乎天不祚，有馬不踐中原土，侯身雖亡神萬古。

五丈原

五丈原頭動地鼓，魏人畏蜀如畏虎。營門不開呼者怒，揮戈指天天宇漏。將心墮空化爲土，煉石心勞竟何補？侯歸上天多舊伍，羽爲前驅飛後拒。忠魂不逐降王車，長衛英孫朝烈祖。潘云：「表出北地王風節，恨孔明不及爲之佐耳。千古之恨，何時消得？」

東門嘯

上東門東羯雛嘯，寧馨王郎識奇兆。單車快馬追不還，寧知夜死排墻間。當時預恐亂天下，天下蒼生竟誰誤？一家三窟本身圖，潘云：「結正衍罪。」青州非羯還非胡。何須更歎東門雛。謝云：「蕭墻之禍，往往如此。」

南風歎

夕陽亭前車不發，南風吹塵暗城闕。凌雲醉客噤不言，蛙聲亂起華林園。城頭篦車走轆轆，洛陽少年美如玉。宫中夜半牝雞啼，千門萬户皆翻覆。金墉城，城近遠，朝來暮去誰能免〔一〕？九原若見楊家姑，應問婦來何太晚。謝云：「奸險相圖，往往如此，豈復顧其後哉？」潘云：「『晚』字極有含蓄。」

【校勘記】

〔一〕「誰」，原作「離」，據嘉靖本擬古樂府正之。

聞雞行

城頭雞鳴聲不惡，祖生夜舞司州墓。南來擊楫向中流，殺氣横秋盡幽朔。手提一劍馴兩龍，潘云：「豪俊可人。」黄河以南無戰鋒。十州父老皆部曲，誰遣吴兒作都督？中原未清壯士死，遺恨吴江半江水。

晉之東

西晉盛，南風競，二十四友皆爲佞。北師來，東海追，四十八王皆不歸。前奉觴，後執蓋，忠臣灑淚翻就害。萬里中原士馬空，銅駝尚在宫門外。宋家二帝俱入金，神州陸沉古猶今。黄旗紫蓋渡江水，碧嵩清洛愁人心。晉之東，非失據；宋之南，竟何處？潘云：「感慨古今。」

伯仁怨

呼伯仁，百口累卿卿不聞。伯仁出，醉叱羣奴殺諸賊。卿負我，我負公，軍中應對聲如鐘。三言不答二賢死，義未滅親先殺士。潘云：「辭嚴義正。」君不見王彬哭友不拜兄，幽冥未必無知已。

氏帶箭

秦鞭斷江江逆流，八公草木皆爲仇。山頭鶴唳争回首，城南老氏帶箭走。雄兵百萬如倒山，三十年來一翻手。君不見捫蝨翁，遺言莫遣西師東。婦人孺子徒爲忠，燕山飢鷹思弄風，潘云：「句與事稱，往復見之。」歸來但哭陽平公。

五斗粟

五斗粟，不屈人。五株柳，不出門。舉世不我容，上作羲皇民。羲皇夢不見，一枕三千春。潘云：「古意黯然，似不欲更道一語。」

燕巢林

胡馬來，飲淮浦。春燕歸，巢江樹。潘云：「託興慨然。」石頭城，立不住。狼居胥，在何處？耕問奴，織問婢，誰遣書生論兵事。萬里長城元自棄，生不逢，檀道濟。

㲜狗歎

石頭城中鎮將死，父忠臣，兒孝子。袁家小兒匿不住，乳母怒，門生喜，殺郎君，要賊利，天地鬼神須鑒汝。鬬場開，㲜狗戲，狗噬狂生如噬豕〔一〕。狗亦有知能報主，齊朝司空空姓褚。潘云：「非此異事，不能發此奇語。」

【校勘記】

〔一〕「豕」，嘉靖本擬古樂府作「矢」。

鮮卑兒

鮮卑胡，漢兒是汝奴。夫爲汝耕，婦爲汝謝云：「添此二字，便覺峥嶸。」織纑。使汝温飽相歌呼，胡爲虐彼無寧居？漢士著，鮮卑汝客作。一匹絹，一斛粟，爲汝擊賊使汝樂，胡爲疾彼同剽掠？潘云：「用事協律，每出天成，乃知恒言常事無不可被絃歌者。」高丞相，三軍主，能胡言，能漢語，潘云：「二句結括得更精神。」胡爲爪牙漢肝腑。姦雄桀驁不足數，猶能虎視中原土。君不見鮮卑小兒難共事，河南行臺徵不至。

高涼洗

刺史召，君勿行，妾不知兵，能知刺史情。刺史反，君勿戰，妾先請戰，歸與君相見。潘云：「作婦人語便是。」吁嗟乎！高涼娶婦得婦力，不見刺史但見賊。太原亦有娘子軍，誰道軍中無婦人？潘云：「意更好。」

涼風臺

涼風堂前池水赤，赤星射空虹貫日。斛律美人生抉抉，死向青天待明月。潘云：「古意精語。」君不見晉陽書中臨絶語，曾爲樂陵求樂處。百年無罪君莫冤，濟南何在是誰言？不須更問華林園。

歸母怨

母告兒，飢不得汝食，寒不得女衣，汝身榮盛吾何爲？兒告母，寒不見母寒，暑不見母暑，死若有知應得睹。齊使還，周兵起，天遣來，來送死，洛陽不死長安死。殿前一殺數十人，母身在否無兒存，丁寧莫遣齊師聞。潘云：「與鮮卑兒同評。」

晉州急

晉州告急君莫歸〔一〕，勸君更爲殺一圍。晉州城陷君莫拔，閣裏濃裝待時發〔二〕。晉州城敗君莫退，馬上著褘猶按轡。琵琶絃絶爲何人，啼聲嗚嗚春向晨〔三〕。當時同生願同死，各向長安作胡鬼。潘云：「亦是本色。」

【校勘記】

〔一〕「歸」，原作「婦」，據嘉靖本擬古樂府正之。

〔二〕「裝」，嘉靖本擬古樂府作「粧」。

〔三〕「嗚嗚」，原作「鳴鳴」，據嘉靖本擬古樂府正之。

和士開

五雜組，二美女。往復來，和士開。不得已，出刺史。五雜組，一簾珠。往復來，侍中廬。不得已，降詔書。五雜組，叓領軍。往復來，賂餘珍。不得已，出國門。潘云：「用古體入新事，别是一格。」

吴老公

吴老公，薄心腸。夕河南，旦貞陽。詐書實報恩作殃，一身非魏還非梁。彼窮歸義棄不祥，公心不薄爾可忘？梁家養客如養狼，狼入彼室壞彼堂。當時許媾惟朱張，溧陽公主誰家郎？樂遊絲竹令人傷。潘云：「老公地下聞此，其愚亦少瘳乎？」

長江險

長江險，天可恃。齊三來，周再至。隋兵强，竟何事？兵入城，吾有計。樓高入天井入地，生同歡娱死同避。國有二嬪無一士，潘云：「名言，名言！」回首長江如屣棄。君不見古來人和方地利，天爲吴王還魏帝。潘云：「亦差强人意耳。」

姦老革

姦老革，天下寧有多許賊？潼關以東大有人，悔不盡殺江都民。民不欲多多即亂，安得龍舟數千夫八萬？君不見江都城外人圖儂，那能更到丹陽宫？潘云：「蒙蔽之禍，可爲永監，言不必盡意耳。」

李東陽全集卷二

懷麓堂詩稿卷之二

古樂府

太白行

太白經天照城闕，甲光侵肌冷如鐵，秦王袍沾息王血。潘云：「七字殆不忍讀，校之『薛王沉醉壽王醒』，不得不少露矣。」龍攀鳳附不自由，何乃棄君來事讎？危言逆耳誰爲謀？古來天子不觀史，飾詞佞筆徒爲耳。胡不自修爲謗弭？

譽樹行

莫愛庭前樹，一愛百譽隨。潘云：「曲盡世態。」向非諫臣言，不知佞者誰。不知尚自可，不去安用知？潘云：「句句緊切。」甘言終幸憐，逆耳先防辱。那將君王樹，不及大尉足。潘云：「又進一步説。」

亡賴賊

亡賴賊，逢人殺；難當賊，不平殺；爲佳賊，臨陣殺；爲大將，見賊殺。潘云：「又别是一格。」少年作賊不愛身，逢時幸作干城臣。宫中一言後宫易，終負先朝爲國賊。謝云：「脱不得此一字。」

机上肉

李唐天下猶有主，兒欲與韋母欲武。潘云：「拈出便是。」武家廟食唐爲周，唐宗骨肉皆仇讎。周廷酷吏開告密，白頭司空反是實。司空不死唐不亡，天意豈在廬陵王？中興功業回天地，盡是司空門下吏。二凶雖除五王族，痛恨當年存机肉。謝云：

「禍生于不足畏，往往如此，況明在所可畏者哉！」

韓休知

内家伎樂喧歌酒，外庭宰相還知否？語罷封章驚在手。潘云：「觸景指事，無不可寫。」君王對鏡念蒼生，一身甘爲韓休瘦。嗚呼！曲江以後無此賢，梨園羯鼓聲震天，謝云：「説得好，説得好！」何由再見開元年。

卿勿言

卿勿言，朕自思，南詔覆師君不知。卿勿憂，朕自保，范陽弄兵苦不早。卿邪誰邪高與楊，非姚非宋還非張。有言如此尚不用，豈有藥石鍼膏肓？君不見咸陽老人能直諫，何曾得睹君王面？謝云：「噬臍何及？」潘云：「曲盡事理。」

腹中劍

腹中劍，中自操，一日不試中怒號。構仇結怨身焉逃，一夜十徙甘爲勞。主無遺憂死餘恨，謝云：「添一『恨』字，即精神十倍。」恨不作七十二冢藏山坳。謝云：「究極奸狀。」潘云：

「謝公評後，更覺精神百倍矣。」

青巖山

青巖山，甄郎高風不可攀，禄山使者封刀還。入東京，見黄蓋，帝敕僞官階下拜。鄭虔貶死王維生，故人獨有蘇源明。君不見舞象悲啼樂工哭，賊斫工屍分象肉。潘云：「工象雖死〔一〕，亦流芳千古矣。此語更激。」

【校勘記】

〔一〕「工」，原作「一」，據嘉靖本擬古樂府正之。

馬嵬曲

唐家國破君不守，獨載蛾眉棄城走。金甌器重不自持，玉環墮地猶回首。前星夜入紫微垣，王風浄掃長安壇。上皇卷甲三川外，父老含悲長慶前。世間萬事多反覆，自古歡娱不爲福。君不見西宫露劍迎，何如坡下屯兵宿？潘云：「此用唐體詠唐事〔一〕。」

【校勘記】

〔一〕「詠」，原作「脉」，據嘉靖本擬古樂府正之。

曳落河

曳落河雖多，如我劉秩何？幕中擊劍笑且歌。回紇意已輕唐家，朔風捲火隨塵沙。牛車載甲空倒戈，義軍四萬同日死，野老痛哭陳濤斜。陳濤斜，爲誰哭，明日上書甘放逐。潘云：「責備賢者。」

睢陽歎

將軍有齒嚼欲碎，將軍有眦血成淚。生爲將星死爲厲，盡是山川不平氣。二人同心金不利，天與一城爲國蔽。强兵坐擁瞋相視，孝子忠臣竟誰是？千載公名亦天意，君不見河南節度三日至。潘云：「死中求活，亦不經人道語。」

河陽戰

裨將退，元帥怒，先取廷玉後僕固。牙旗颭地高掣空，將軍號令如雷風。逆賊夜散潼關東，元功獨冠中興中。營蠅斐錦難爲忠，空令憤死田神功。潘云：「語壯而激。」

令公來

令公死，回紇至。令公來，葛羅拜。後却三軍前一騎，回紇盟，吐蕃退，令公度量包天地。君不見長安城章敬寺，眼中那有軍容使？謝云：「千載之憤，安得此公？」潘云：「證得單騎事，更好看。」

司農笏

司農手中無寸鐵，奪笏擊賊賊腦裂，潘云：「七側句惟老杜能之，近來似此者絶少。」賊雖未死氣已折。奉天天子雙淚横，十年棄卿真負卿。臣身區區勞記憶，平原太守曾未識。潘云：「委曲規諷，正自動人。」

養兒行

朝廷養公公養兒，兒爲心腹股肱誰？當時意氣各相許，兒不負公公負主。養兒至死心不易，寧不爲兒不爲賊？潘云：「能道石郎意中事。」君不見入朝告變歸殺身，此兒非養寧非真？養兒身死名不腐，唯有真兒心獨苦。潘云：「并李郎心事亦道出。」

問中使

問中使，幾日發長安？老臣當死死不難。中使答，言從大梁至，大梁賊耳胡稱使？君不見吐蕃使者中道亡，相臣節度死鳳翔。老姦有貌幸不揚，潘云：「『幸』字妙。」三年飽食居廟堂，澧州客死非人殃。

侍中走

平涼壇西鼓聲吼，伏兵大呼侍中走。君王正喜邊兵休，武將盡賀書生憂。邠寧飛書夜半至，西平老臣先掩涕。君心多猜謀不足，平涼不伏長安伏，枉伐大安園上竹。潘云：「亦『守在四夷』意。」

永貞歎

王郎索飯黄扉裏，鄭州相公呼不起。六街鬼魅夜攫人，公門白日成官市。紛紛逐客不足嗟，河東司馬文章家。謝云：「文章弊正在此。」江湖浪客河間婦，潘云：「就用文章家語。」世事榮枯一翻手。詩翁莫賦永貞年，後來何代無此賢？潘云：「説得是。」

鄭畋後

鄭畋後，登臺司，國事去，嗟何爲？唐之衰，風不競，天下紛紛非一鄭。君不見宋家養士得士力，無數忠賢海中溺。謝云：「緊能自知，不可盡貶。」潘云：「唐之無人，一至于此，亦可以風矣。」

白馬河

白馬河，河水深可投，清邪濁邪同一流。萬古不滌衣冠羞，人生到此紛鴻毛。紛鴻毛，竟何益，唐之亡，非此日。潘云：「更不必著議論語。」

王凝妻

妾生愛身如愛玉，玉可玷，身不可辱。生不逢，魯男子，潘云：「用事好。」彼氓何知妾爲恥。揮刀斷臂不自謀，已看此臂爲妾仇。謝云：「意勝詞。」潘云：「詞亦甚稱。」不恨妾身出無主，但恨妾身爲婦女。君不見中原將相誇男兒，朝梁暮周皆逆旅。謝云：「説得長樂翁出。」

十六州

契丹助晉兵，一號三十萬。晉家報契丹，一數一匹絹。三十萬絹未足惜，一十六州空棄擲。遂令宋統成偏安，中原以北無幽燕。金元相承二百載，慟哭衣冠化兜鎧。至今五鎮接三邊，不備西陲備東海。潘云：「可爲作俑者戒。」

鎖繼恩

小事糊塗大事不糊塗，繼恩一鎖成鴻圖。太宗雄鑒絶代無，武功刎頸秦王殂。當時趙相非吕徒，誰復糊塗如此乎！潘云：「因此識彼。」宗乎善矣爲孫謀。

急流退

吕丞相，眼欲穿。錢樞密，興已翩。君有輕士心，臣有制命權。命在我，不在天，明日拂衣遊華山。謝云：「有激之言，不覺至此。」潘云：「讀至此，亦可翩然而起矣。」

城下盟

澶州城南見黄蓋，澶州城北胡兵退。南朝相公方鼾睡，讒言後出功臣猜。城下一盟成禍胎，孤注之説何危哉！城下盟，君不辱，猶勝金陵與西蜀。謝云：「説得是，做得是。」當時若恥城下盟，縱寇不追真大錯。潘云：「如此做便是。」

金陵問

王安石，還聖人，熙寧天子空稱神。程夫子，真聖徒，一言非訐還非諛，世更有人如此無？古來君相關氣運，河南不問金陵問。一時言，千載恨。謝云：「可恨尚不止此。」潘云：「此恨故自不小。」

崑崙戰

崑崙關頭戰骨枯，龍衣裹血紅模糊。軍中喧言老儂死，不是彼儂安有此？將軍貴實不尚功，世上安有將軍忠。君不見漢皇一赦雲中守，武將紛紛皆藉口。潘云：「信然，信然。」

安石工

端禮門，金石刻，丞相手書姦黨籍。長安役者安石工，不識人賢愚，但識司馬公。卑疏不敢預國事，幸免刻名爲後累。匹夫憤泣天爲悲，黄門夜半來毁碑。碑可毁，亦可建，蓋棺事，久乃見。不見姦黨碑，但見姦臣傳。謝云：「暗中摸索亦可識。」潘云：「此篇音節頓挫，意氣激烈，殆不可及。結句聞爲方石再駁乃得此，無遺憾矣。」

夾攻誤

夷狄自相圖，古稱中國利。遼亡金已猖，金滅元愈猘。如何夾攻策，竟蹈前車弊？惜哉鷸蚌功，誤爲唇齒累。一誤國不支，再誤國不祀。咄哉宋君臣，千載傷失計。潘云：「亦是名言。」

奇才歎

奇才復奇才，二聖一語孤臣哀。孤臣哀，淚如雨，衆欲殺臣臣有主，不然安得夢中身天上語？潘云：「悲喜萬狀，於一二語盡之。蘇公有知，不能不爲一賞也。」

兀朮走

金山廟前鼓聲起，江頭走却四太子。緋袍玉帶墜復跳，華人頓足胡兒喜。潘云：「畫得出。」君不見和尚原頭走禿胡，天爲中原留逆雛。謝云：「節節寫出。」他時再作江南圖，韓公吴公還有無？

兩太師

和議是塞外，蒙塵走天子。和議非軍前，函首送太師。議和生，議戰死，生國讎，死國恥。兩太師，竟誰是？潘云：「畢竟無一是者。」

金字牌

金字牌，從天來。將軍慟哭班師回，士氣鬱怒聲如雷。聲如雷，震三陲，幽薊已復無江淮。讎虜和，壯士死，潘云：「六字盡之矣。此外雖萬言，亦不能盡。」天下事，安有此？潘云：「此六字亦不可少。」國之亡，嗟晚矣！

三字獄

朋黨謫，天下惜，惜不惜，貶李迪。三字獄，天下服，服不服，殺武穆。潘云：「抉出鬼膽。」姦臣敗國不畏天，區區物論真無權。崖州一死差快意，遺恨施郎馬前刺。

參謀來

新將代，舊將去。參謀來，軍有主。受命犒，不受戰，參謀行，真獨斷。宋家養兵二百秋，大功竟屬書生收，翻令愧死劉揚州。潘云：「揚州非真愧者，借此表見參謀功烈耳〔一〕。」君不見陜西歸來笏畫地，遺恨他年六州棄。

【校勘記】

〔一〕「功」，原作「力」，據嘉靖本擬古樂府正之。

千金贈

相門深深夜半扃，百年恩重千金輕。二人辭受本同情，君王但賞辭金名。潘云：

「如此難敍事，敍出便别。」嗚呼！一檜死，一檜生，君王孤立臣爲朋，誰哉更問胡邦衡。謝云：「振古如兹。」

濟陽怨

宫中快行過巷門，巷中皇子心如焚。相臣引入舊班裏，我胡爲，猶在此？殿頭燭影坐者誰？殿帥捽頭聽詔詞。君爲臣，臣就國，潘云：「此六字亦盡。」父子幽明不相白。湖州義兵翻作殃，身死猶貽諫官謫。濟陽冤，冤不極。

金大將

汝何官，金大將。汝何名，陳和尚。好男子，明白死。生金人，死金鬼。潘云：「頭頭是道。」脛可折，吻可裂，七尺身軀一腔血。金人憤泣元人誇，争願再生來我家。吁嗟乎！衣冠左衽尚不恥，夷狄之臣乃如此。

戚里婿

戚里婿，城貴妃，社内侍。董丞相，無私交，難共事。臺兵不待章奏批，丞相出城君不知。丞相出，天下惑。君不知，竟何國！潘云：「結亦痛快。」

木綿庵

多寶閣中歡不足，木綿庵前新鬼哭。裂膚拉脅安足論，天下蒼生已無肉。君王不誅監押誅，父讎國憤一時攄。監押死，死不滅，元城使者空嘔血。潘云：「往往於比屬處見精神。」

冬青行

高家陵，孝家陵，鱗骨盡蜕龍無靈。唐義士，林義士，野史傳疑定誰是？玉魚金粟俱塵沙，何須更問冬青花？徽欽不歸梓宫復，二百年來空朽木。穆陵遺骼君莫悲，得葬江南一抔足。潘云：「恨中有恨。」

趙承旨

趙承旨，誰家子？王維詩畫鍾繇書，潘云：「用事切。」不獨行藏兩相似。文山令子燕京臣，臨川貢士官成均。謝云：「千古誰復雪得？」名家大儒亦如此，雪樓之徒安足齒？

潘云：「是是。」

劉平妻

誰謂虎力猛，赤手亦可屠。誰謂妾無身，妾身雖在不如夫。妾身與夫争虎口，生同道塗死川藪。呼兒拔刀兒不怖，厲聲摧山虎爲沮。攜夫夜歸車下宿，薦食趨程烹虎肉。潘云：「壯哉！」夫身有死死不孤，生當爲君西擊胡。謝云：「見成語自是用得好。」潘云：「往見四烈婦詩，音韻鏗鏘，氣格高古，以爲奇作。後始見全本〔一〕，首首奇絶。昔人謂一人不數篇者，殆不可以概天下士也，具眼者當自知之。」

【校勘記】

〔一〕「全」，原作「人」，據嘉靖本擬古樂府正之。

尊經閣

尊經閣，閣高不可攀。前有文宣宫〔一〕，後有鍾陵山。潘云：「似不盡意。」

【校勘記】

〔一〕「宫」，原作「官」，據嘉靖本擬古樂府正之。

花將軍歌

花將軍，身長八尺勇絶倫。從龍渡江江水渾，提劍躍馬走平陸，敵兵不能逼，主將不敢嗔。殺人如麻滿川谷，遍體無一刀槍痕。太平城中三千人，楚賊十萬勢欲吞。將軍怒呼縛盡絶，罵賊如狗狗不狺。潘云：「奇句險語。」檣頭萬箭集如蝟，將軍願死不願生作他人臣。郜夫人，赴水死，有妻不辱將軍門。將軍侍婢身姓孫，潘云：「長短緩急，妙得節會。」收屍葬母抱兒走，爲賊俘虜隨風塵。寄兒漁家屬漁姥，死生已分歸蒼旻。賊平身歸竊兒去，夜宿陶穴如生墳。亂兵争舟不得渡，墮水不死如有神。浮槎爲舟蓮爲食，潘云：「只此數語，寫出許多事，如在目前。」空中老父能知津。孫來抱兒達行在，哭聲上徹天能聞。帝呼花雲兒，風骨如花雲。潘云：「疊出『花雲』二字，倒押韻，妙極，妙極！」手摩膝置泣復歎，雲汝不死猶兒存。兒年十五官萬户，九原再拜君王恩。忠臣節婦古稀有，嬰杵尚是男兒身。潘云：「又是一意。」英靈在世竟不朽，下可爲河嶽，上可爲星辰。君不見金華文章石室史，嗟我欲賦豈有筆力回千鈞！潘云：「此篇卓詭奇絶，而圓活流動，如珠走盤，非心得手應，斷不至此。木蘭辭後何可多見？司馬遷每以奇事試筆力，予於此亦云。」

李東陽全集卷三

懷麓堂詩稿卷之三

長短句

清樂詩爲天台楊允昌作

台之山，石孱孱，我登其巘，可以振我衣。台之水，石齒齒，我行其沚，可以洗我耳。山水之區，我田我廬。朝樵暮漁，式嘯以遊。天壤之間，有鳶有魚。我樂我清，匪物與謀。悠悠化機，動靜無舍。我清我樂，誰知我者？有懷若人，莫招爾來。欲往從之，室是遠而。我歌此詩，知者和之。

捕魚圖歌

貧家捕魚多用罾，富家捕魚多用網。貧家不如富家利，一網得魚長數丈。江花夾岸江水深，此時尺魚如寸金。岸高罾小扳不足，漁歌哀咽愁人心。家家賣魚向江浦，大船小船不知數。大船魚好多得錢，小船悠悠竟朝暮。長沙遊子思故鄉，安得生觀江水傍？買魚沽酒對明月，我雖不飲强舉觴。我家海子橋西住，中使饋魚長比箸。居民未識忍獨嘗，自倚闌干放教去。吾生有興不在魚，披圖見畫已有餘。無家無業豈足問，但願四海赤子同鮮腴。

答羅明仲草書歌

草書之妙誰絶倫？我欲從之羞效顰。平生兩手硬如鐵，空有苦思淩風雲。羅夫子，君不聞，草書在意不在文。十年摹寫未必似，偶然落筆還通神。人道張顛看劍舞，公孫大娘出誰門？始知驊騮别有骨，世上豈復曹將軍。羅夫子，君不見，陳士謙，温元善。芙蓉顔色楊柳姿，能使市上黄金賤。今人好尚乃如此，有眼何須辨真贋。羅夫子，眼如電，生來四十年，閲遍圖書五千卷。向來得我書，贈我一匹錦繡段。吾觀少陵有詩史，看君之詩宛相似。包羅鉅細成大家，上窮伏羲下元季。秋薑冬桂老愈辣，翠竹青松寒不死。君詩在格不在辭，肯與時人鬭紅紫？吾觀草書亦如此。羅夫子，君莫疑，眼中磊落非君誰？紫陽之書冠今古，其大如斗小者卮。蟲書鳥迹不復識，見此再拜真吾師。君今長驅我戈倒〔一〕，縮手不搏生蛟螭。長安城西紙貴賤？吾欲買斷防君嗤。

【校勘記】

〔一〕「戈」，原作「弋」，顯以形近而訛，抄本即作「戈」，因據正。

題丁御史同年墨竹走筆長句〔一〕

浙江之東縣新昌，乃在千巖萬壑之中央。側身重足恐無路，五步一澗十步岡。君家茅堂此卜築，白石叢拖青篔簹。西接林薄南通塘，低者出地高出墻。江南此物賤如草，買種不費鍤與筐。野生石迸小如指，一夜風吹還尺强。煙鋤雨櫛歲屢改，舊葉换盡新梢長。青苔白石浄如掃，吴紵越羅生雪霜。脱巾箕踞坐其下，野叟林夫相與狂。吹洞簫，飛羽觴，鳴玉琴，舞霓裳。陰風颯颯左右至，耳熱不受秋山涼。醉中恍惚無定所，顛倒萬籟隨宫商。忽如壯士入沙場，鐵騎夜蹙陰山疆。不聞鼓角動，但見矛戟森開張。忽如仙人來帝傍，翠環金節聲鏘鏘。不聞鸞鶴叫，但見雲中雙鳳凰。蛟龍起舞鬼陸梁，復如扁舟渡瀟湘。九疑山前鷓鴣泣，二女聞之雙斷腸。是時騷人醉半醒，孤棹萬里回滄浪。十年宦遊隔江海，此興落落何由償？深知良工心獨苦，愛畫不減青琳瑯〔二〕。往時王孟端，近者夏太常，二公之畫世所藏。此物胡爲在君堂？君心自有百煉剛，見此意氣俱飛揚。烏臺退食宴佳客，看竹不礙肩輿郎。我當攜琴載雙鶴，坐子林間青石牀。

【校勘記】

〔一〕「同年」，原作「固年」，顯以形近而訛。李東陽爲明天順八年甲申科進士，查該科進士名録，丁姓者僅一人，名「川」，浙江新昌人（參見明清進士題名碑録索引），與本詩首句合，抄本即作「同年」，因據正。「長」，原作「畏」，顯以形近而訛，抄本即作「長」，因據正。

〔二〕「減」，原作「咸」，顯以形近而訛，抄本即作「減」，因據正。

怡雲樓歌爲樂清鮑翁作

登高樓，飛甍畫棟參差浮。上摩青空入倒景，下瞰鉅壑通長流。浮雲何悠悠，層巖列岫散復收。隨風冉冉不盈寸，頃刻變幻不可求。蕩胸引步却回首，日夕坐卧可以忘君憂。雲來不作西郊雨，君亦長居東海陬。人生幾何時，胡爲滯此山之幽？世事恍惚無定所，白衣蒼狗誰爲謀？感兹遁迹向巖窟，少年有意今白頭。浮雲兮歸來，與爾散漫終林丘。

題程亞卿所藏劉進畫魚

劉生亦是丹青豪，近來作畫無此曹。平明退直呼濁醪，半酣脱却宫錦袍。戲將秃筆作鱗介，已覺四壁生風濤。風濤洶涌向何處？岸闊江空起煙霧。東風一夜吹水渾，翠鬣紅鬐不知數。桃花柳絮時吐吞，輕蘩亂荇交繽紛。圓光倒射日成西，滅影下没天無痕。羣嬉若共衆芳狎，遠逝忽與洪波奔。千形萬態極幻化，倉卒逢之安可論？就中鉅者稱赤鱓，卓犖頗似鯨與鯤。仰窺河漢若咫尺，俯視江海如甖盆。巖巒變，風雨作，走天吴，驅海若。流雲掣電同揮霍，噴沫浮漚滿寥廓。鋒鏑參差見齟齬，劍戟峥嶸露頭角。直遣飛騰動鬼神，寧誇震撼傾山嶽。若非溟渤即洞庭，不然豈得通幽靈？幽靈汗漫入恍惚，始信丹青有奇骨。劉生劉生良已工，誰其愛者司徒公。華堂錦軸粲盈丈，髣髴坐我龍門中。龍門高，高幾許？葉公畫龍龍出走，此物胡爲在庭宇？知公自是人中龍，會向人間作霖雨。玉如意，金叵羅，激高堂，揚練波。文王在沼民共樂，君子有酒吾當歌。我生解詩不解畫，潦倒不覺雙顔酡。吁嗟乎，吾當奈爾丹青何！

送張修撰養正擢僉都御史北巡

君不見居庸山高石磊磊，西來太行走東海。誰遣重城疊嶂居其間，萬古神功荷真宰。南則龍樓鳳闕高巑岏，北則諸州列鎮相鈎環。胡沙舊路通龍門，馬營獨石俱藩垣。聖朝疆域過前古，俯視朔漠之地皆中原。坐開明堂撫寰宇，帝遣良臣鎮兹土。滿朝冠蓋瞻風雲，出塞旌旗擁貔虎。張君能文復能武，胸中武庫森戈矛〔一〕，筆下詞鋒走風雨。平生恥學儒生酸，氣作虹霓向空吐。朝遊玉堂暮烏府，平步青雲若廷廡。手持媧皇五色之瓊瑶，仰睇高天爲天補。豸冠白簡凌秋霜，都城滿路生輝光。共道臺臣出中秘，不比御史尚書郎。衣冠此事亦希有，先朝以來重紀綱。北門鎖鑰付公等，城塹萬仞同金湯。東關野胡尚未降，狼煙羽檄遥相望〔二〕。地接雲中入河外，猛士夜起提干將。當令關城三百六十里，亭障雖有道路無豺狼。吁嗟乎！居庸其險不可當，雄才逸氣直與山頡頏。諸侯有道四夷服，聖德浩蕩被八荒。麒麟高閣摩空蒼，巖廊屹立中昂藏，金書鐵券何輝煌。君乎早歸來，毋爲滯此天一方！

【校勘記】

〔一〕「矛」，原作「才」，顯以形近而訛。陸遊送張野夫寺丞牧滁州詩有「論兵辯舌森戈矛」句（陸遊集，中華書局一九七六年版），盧亘送侍講學士鄧善之辭官還錢塘詩有「翰林子元子，武庫森戈矛」句（顧嗣立，元詩選三集，中華書局一九八七年版）。抄本即作「矛」，因據正。

〔二〕「遥」，原作「筵」，顯以形近而訛。抄本即作「遥」，因據正。

壽豈堂歌

泰和羅悦善先生以餘杭教諭致仕，年七十，其子璧爲紹興教授，從子明仲洗馬索是詩。

羅先生，晚翠之子，德安之孫，清談玉雪顔春温。文貞公，學行世所尊。先生年二十，遊其門。兩家子姓諸弟昆，衣冠器業朴且敦，嗟哉典刑今尚存。先生六經飫千古，中年作官向吴楚。當時弟子數百人，三十年來半臺府。先生朝投章，暮解組，箕裘之子能繼武，吾復何爲走塵土。有田可耕，有溪可漁。先生之廬，左琴右書。豈徒玩風月，亦以忘形軀。北堂老嫗頭總白，筋力矍鑠不與兒童殊。向來東遊復西客，夢寐得返山林居。山中之樂樂只且，人皆不足我有餘，嗟此不飲將何如？登廟廊，望江海，誰其作歌歌壽豈，先生諸郎我寮寀。尊前桂酒緑正濃，籬下菊花黄可采。方當再拜祝眉壽，不得登堂共斑綵。願同七十還歸來，門外竹林青未改。

蔣御醫黄頭月桂圖

一月一花開，開時月常好。黄頭少年何翩翩，每見花開被花惱。紅顔繡羽紛葳蕤，暖風吹春春力微。芳心豔影莫相妒，共保春光在遲暮。君不見江花欲落江水深，憑仗黄頭過江去。

三星圖歌壽致仕馬太守 給事中中錫之父。

三星何光華，回光下燭黄門家。精靈在天光在地，化作人形與人類。福星雍容豐且都，翩然騎鶴乘紫虚。禄星高冠盛華裾，浮雲爲馭鸞爲車。壽星古貌長骨顱，渥丹爲顔雪鬢鬚。金縢玉軸藏秘符，下主人壽無沉痾。森然萬象中，見此三丈夫。天高路遠不可呼，三星三星真有無？仙翁皎皎人中星，福禄而壽身康寧，儼如星辰在丹青。問翁福，開金罍，坐華屋，兒孫紛紛如立竹。問翁禄，象簡緋袍佩雙玉，人生五馬貴亦足，況有天書照林谷。問翁壽，今幾何？筋力强健頭雙皤，人生七十古未多，翁今況是一紀過。三星在天，一星在堂。四星煌煌，爲國之光。下有文昌星，炳然居其傍。冠裳偉風度，云是黄門郎。紫微垣高天咫尺，下照后土成禎祥。聖明在位世壽昌，翁百千歲長無疆。年年願授長生簡，寫我玉蕤青琳琅。

送王公濟歸武昌歌

武昌何雄哉！高藩巨鎮天爲開。舜遺神功下疏鑿，始見長江大漢衮衮從空來。連山崩騰若奔馬，三十六磯水如瀉。平川渺渺原茫茫，瞥視孤城如一瓦。英雄割據三千年，聖代乾坤盡陶冶。翬飛井絡周沓乎其間，不獨帆檣往來者。吾嘗南遊吴，西入楚，登胭脂，望鸚鵡。夜月山横赤壁坡，晴沙日射黄金浦。是時懷故鄉，吊前古。吴周黄，晉陶庾，姦如曹瞞猥黄祖，餘子碌碌安足數？方今修文復偃武，家詩書，士冠組。地靈人傑真快睹，予獨無能愧鄉土。王君磊落人中豪，十年書劍隨遊遨。撫揮七絃動流水，點染萬象歸秋毫。有時縱筆作詞賦，出入經史窺風騷。豈徒文思比唐勃，應遣頌聲如漢褒。南宫四舉不一薦，駿馬未脱鹽車勞。君今拂衣去京闕，瀛海浩蕩蓬山高。高歌向空空宇闊，白日鼓枻凌風濤。昔作鳳朝陽，今爲鶴鳴皋。攜手欲止之，江流正滔滔。丈夫離别各有志，不學世上兒女聲嗷嗷。贈君明月爲鈎虹作綫，歸向江頭掣巨鰲。

滄海謡壽秦廷贊秋官母七十

東南何所有？海與天河通。天河散作億萬派，下界九土分衡從。江淮河濟作四瀆，長流赴海皆朝宗。尾閭泄氣石沃水，其下無底歸虚空。上來磅礴接混沌，周環八方此其東。東乃扶桑出日之所在，金烏三蹠浴影乎其中。蜃氣朝浮萬家市，鰲背夜戴三山峰。千年老魚化爲龍，層波疊浪藏龍宫。鮫綃織窗霧氣白，蚌甲吐月珠光紅。黿鼉喧呼鰍鱔舞，復有三百六十鱗朋羽族紛追從。咸陽西來男女童，有船不進遭回風。王母西池不盈勺，敢以淺眼窺方蓬。霞冠雲帔不可以髣髴，俯視寰宇空塵蒙。玉山老嬰年七十，家居近海圓丘同。挹瓢爲漿釀爲酒，海水照見雙青瞳。烹魚炮鱉薦芳錯，蛟涎香霧瓢蒙茸〔一〕。世人有眼不得見，但見琅函寶軸名姓照耀金泥封。西曹郎君美風度，皎若出海珊瑚叢。攬衣望海欲東邁，誰與鞭石成長虹？三神之山不老之藥倘可得，願教一粒千歲歲歲無終窮。

【校勘記】

〔一〕「涎」，原作「誕」，顯以形近而訛。抄本即作「涎」，因據正。

滄浪吟

滄浪水，清且閒。朝持長竿去，暮踏輕舟還。江湖悠悠厭奔走，獨挂漁罾向溪口。水面遊魚不避人，江間白浪空回首。細草平沙帶緑蘋，微風不動波粼粼。忽如青絲颭紅鱗，低頭坐睡了不聞。亦知在興不在物，江村水市徒紛紛。滄浪水，清不濁，耳可洗，纓可濯。江南風景殊不惡，耕田不如捕魚樂。我家住在瀟湘東，長向滄浪憶釣翁。借問磯頭舊江水，春來幾度桃花風？

謝謝方石惠石棋子

天台山高東走海，結爲方巖石磊磊。仙人巨斧劈石碎，斲出象棋三十二。猶恐世人不識雲篆書，刻作西京後來字。朱填墨寫部類分，坐開兩壘成三軍。裹藏尚帶煙雲氣，變化或驚蛇鳥羣。仙人白頭朝帝閽，持以贈我同瑶琨。空堂無人石枰響，病骨先秋覺蕭爽。杜陵畫紙那可著，夫餘冷玉差能彷。君不見越山老樵枯木柯，看時渾少別時多。世間成敗等局戲，何必燕然刻石高嵯峨。不如坐共一枰晚，仙人不留將奈何？吁嗟乎！仙人不留將奈何。

送邵國賢還治許州

許州太守西南來，五馬雙旌何壯哉！入門長揖向座主，元是南畿選擢之英才。憶從醉下瓊林宴，獨向中原領州縣。使節宣恩處處周，停軺問俗村村遍。州當要路多舟車，居民十室九已虛。亦知聽訟事非急，任道催科政不如。我方閉門讀古書，聞渠此語重欷歔。名途利徑人競趨，誰復有心如此歟！京城六月淫雨餘，漂没禾稼傾民廬。坐令神州赤子百萬輩，啼饑忍凍塞路衢。翰林儒官不涉事，飽食端居豈吾意？萬間廣厦何必論，我屋沮洳恐無地。吾聞杞憂天嫠輟，緯抱牟心揮賈涕。敢言民社非我圖，耐有閒情爲君計。大河南北多荒田，三年水旱相纏綿。江流轉徙無定所，直指梁汴窺藩垣。誰將隻手障百川，向來議者塞與遷。問君此策竟安出，自言地疏官小有口不敢如河懸。兹州自古無水患，亦有平原沃壤遥相連。古稱苛政猛於虎，或者有患如水然。息争止暴是君事，百姓方賴太守賢。賜金贈秩豈足爲子望，望子不在文章傳。

平湖十詠爲過郎中太僕作

武湖春色

春來武湖緑，春去武湖深。清波帶碧草，幽鳥啼芳林。寧獨知春來與春去，長在武湖湖上住。

案山曉翠

遠山青，青玉案，氣漫漫，開爽旦。君不見樂遊原上易黄昏，夕陽雖好空魂斷。

三寺雨鐘

朝鐘晴，昏鐘雨。朝鐘滿空山，昏鐘遥遥不知處。山僧報客客不來，又逐溪風過溪去。

六橋晴市

六橋東西南北水，橋爲村，水爲市。昨日雨多今日晴，高樓翠幔紛縱横。摇湖船，卧明月，歸來夢作杭州客。

東田社鼓

日之出，東田東。鼓填填，走社翁。刲肥羊，擊壯豕。舞復歌，社神喜。但願年年好風雨，儂衣有桑食有黍，長迎社神擊社鼓。

西浦漁罾

儂家住西浦，兒童識罾罟。罾高岸闊秋水深，湖上魚鰕賤如土。待我他時歸挂罾，功成自買扁舟去。

南村書堆 村舊住張氏。

南村書屋書滿車，南村書聲聲滿家。讀書不作村學究，身爲郎官印如斗。如今衹合稱書鄉，不獨書堆人姓張。

北原牧唱

北原草青牛正肥，牧兒唱歌牛載歸。兒家在原牛在坂，歌聲漸低人更遠。山蒼茫，水清淺。

霍氏行祠

霍將軍，誰遺汝，廟食吴山下。揚靈旗，耀靈馬，神遊四方適余野。霍將軍，武且神，驅逐厲鬼鞭風雲。生能安邦死能福吾民，壯哉將軍死猶存！

魯公古墓

荒荒高原，鬱鬱古墓，誰其葬之侯姓魯。君看佩銅章繫青組，有酒誰澆墓傍土。彼獨何人？民亦何心？嗟哉魯侯名至今。

山水圖爲曰會中書題送體齋先生

洪都山高章水深，五湖爲帶江爲襟。臨江郡城瞰空碧，上有玉笥凌千尋。下有渝川一道清徹底，雕甍畫棟光沉沉。誰其居之傅巖後，天遣山川毓靈秀。四山幽鳥啼深春，萬點濃花亂晴晝。吾嘗挹羣芳，披衆皺，躡雲根，覘天竇。書聲出谷秋籟鳴，璧綵穿林夜光漏。樵童牧豎不敢溷迹乎其間，獨有仙風振長袖。仙乎仙乎飛絶塵，一住京華三十春。蓬山弱水豈不樂，望裏鄉關天外身。鸞書驛騎隨車輪，倏忽只尺如有神。謫仙夢寐本爲幻，季卿圖畫元非真。何如錦袍金帶佩雙玉，解使中原識鳳麟。君家兄弟如兩謝，猶有惠連居鳳舍。天涯去住各關情，跬步江山不相借。借君彩筆賦君詩，仙乎早和凌雲詞。瓊林玉樹遠在萬里外，誰道弟寒兄不知？

孤鴻怨題東吴張節婦卷張自云飛鴻且不再匹況於人乎

翩翩天上鴻，一死不再匹。今人鳥不如，有匹奚但一？生爲比翼死獨棲，寧忍孤飛過别枝？養雛成翮老相似，猶憶當年初奠時。妾心獨知人不識，仰視飛鴻指白日。

熨帛圖

熨帛復熨帛，一日能幾匹。貧家日短富日長，同是一般辛苦力。貧家莫歎熨帛勞，猶勝家貧無帛熨。

李東陽全集卷四

懷麓堂詩稿卷之四

五言古詩

貞則堂詩

黄巖謝編修鳴治大母趙氏有貞德，其媵嚴閏兒從之終身。

憶昔歸夫君，君家妾鄉邑。所期在偕老，中道百憂集。男孤二女弱，妾年未三十。飢寒幸相保，生死在呼吸。衡門畏宵啓，行露被田隰。危言動盈路，俯仰身岌岌。揮刀斷我髮，解橐散我粒。本圖絶窺覦，亦用拯窮急。肝腸向人盡，磊魂不自戢。曒若天日晶，幽聞鬼神泣。平生舊箕帚，忍棄不再執？圭玷尚可磨，衣敝尚可緝。委質自當年，君門豈輕入？一婢老相從，白首供爨汲。艱難備萬狀，不離肩與屐。此曹豈解事，居處視所習。感激自不移，疇能强維縶？民彝本同賦，貴賤無等級。男兒失所事，俯首忍羞澀。衣冠乃傾頹，於此望何及。天台中峰秀，偃蹇衆山立。節婦孝子家，高風遠相揖。請歌柏舟篇，以繼蓼莪什。

答陸鼎儀誨言

少年被纓冠，側身羣賢後。狂悖寡自持，多言衆所咎。繁辭劇無益，欲制已出口。有時雜詼諧，觸冒遭詆詬。雖言不爲虐，於德實云疚。三復白圭篇，令人重顔厚。愧無請益辭，負我直諒友。陸君多雅懷，指我以瑕垢。翻然爲起敬，竦立斂雙肘。退之喜嘲狎，籍諫終不受。才高使之然，嗟我實未有。書紳古人戒，敢不佩左右？感子期重陳，終焉愧瓊玖。

題賀克恭給事家墨竹時賀謝病居遼

野竹生高原，青青不受寒。歲暮雪霜苦，芳心寧獨憐。但恐朔風至，孤根詎能安？移來舊茅屋，僻遠意自閒。護以十丈籬，繚以三重垣。秀色長可保，逍遙任吾年。永懷不得見，書札若爲傳。相逢畫圖裏，一笑已無言。

贈彭民望三首

莊子作詩苦，飢腸無停迴。胸中錦繡字，字字不輕裁。君詩驚滿座，氣與滄溟開。酒酣疾伸紙，下筆無嫌猜。莊子壯君志，君亦愛其才。我居二子間，形穢不自哀。願從雙飛翼，聊與相徘徊。

其二

我屋雖蕭條，欣與子同居。嘉辰與永夕，觴詠得相俱。而胡好出遊，十日九跨驢？明月照萬里，停雲在庭除。入門坐我牀，探我囊中書。讀之莞爾笑，謂我與有餘。我詩世不好，見者擲道隅。君情倘相契，贈比雙明珠。

其三

我家水西涯，性本愛幽僻。與君數攜手，興至忘所適。溪行緣縈紆，野酌散愁寂。倦來倚樹坐，舉目見山色。山色忽已改，離別復幾載。移居在城南，咫尺隔江夜來春風至，芳意思共採。道逢舊鄰人，茅堂復何在。

再贈三首用前韻

吾愛李太白，金鑾供奉回。釣船坐明月，宫錦賜新裁。騎鯨忽不見，懷抱向誰開？舉杯問青天，恐被浮雲猜。明月千載恨，謫仙千古才。古風坐掃地，此事亦堪哀。我非能詩者，君意莫徘徊。

其二

吾憐賈浪仙，寂寂長安居。藜羹與糲飯〔一〕，婢僕日相俱。出門寡儔侶，獨跨短尾驢。年年祭詩卷，忽忽歲仍除。濁醪不過墻，故人但空書。粱肉者誰子？斯人食無餘。古來風流士，棄置天一隅。荆山有抱玉，滄海有遺珠。

其三

吾憐孟東野，詩思老愈僻。一吟雙眉皺，見者意不適。偶逢韓昌黎，傾倒慰孤寂。君才不須猜，而我有愧色。我詩調屢改，清苦近一載。君詩十年前，散落滿湖海。永懷苦雨夕，聯句意可採。三復鬪雞篇，斯人今安在！

【校勘記】

〔一〕「羹」，原作「美」，顯以形近而訛。抄本即作「羹」，因據正。

與劉時雍

客從方巖來，戒我作詩疾。君來索我詩，謂我意所適。深言中奇病，二子皆我益。還從適處得，便向疾中釋。而我亦何心，悠悠自朝夕。

與姜用貞二首

叢蘭絶低小，隱約幽巖姿。崇岡有高松，下影迴薄之。小大固異質，託交乃其宜。君本老成人，我生良已遲。情親若兄弟，年數兩相遺。相逢即傾蓋，久矣不復疑。我歌貧交行，試問和者誰？

其二

節過人事簡，駕言適我廬。一茶啜未終，童僕促迴車。攬之不肯住，答我有所趨。十朝不一見，爲我惜須臾。昨夜夢君來，相見但躊躇。翻思夢中言，展轉一字無。

春至

兒女喜春至，競爲桃李顔。主人坐中堂，對食不能餐。寡妻問何爲，良久方出言。東鄰不衣褐，西舍無炊煙。農家望春麥，麥種不在田。流離遍郊野，骨肉不成憐。嘉辰忽不見，城市轉蕭然。高樓雜絃管，此事十年前。

讀書

新歲草木茂，去陳茁其初。人生天地間，而與此類殊。生年日已長，問學日已疏。扣之無所有，安用七尺軀？劉公笑歐九，軾輩當何如？況我所得者，滄溟之一盂。躬行聖所貴，記誦乃繁蕪。自古識字人，嗟嗟揚子雲。

土室

土室暗無光，重關閉深壁。客來語始辨，坐久自生白。語畢各自還，誰能問形迹？竭來中宵夢，坐我羲皇側。大羹及玄酒，此味久已識。古人戒屋漏，所貴無愧色。我心非槁木，豈不念朝夕？默默方自知，多言竟何益！

題陶知州所藏萱花圖

歲晏風雪至，叢萱不能芳。餘馨不盈把，繫在羅襦裳。縈迴寸草心，婉孌愛日光。豈不念舊鄉？關山各異方。少壯遠遊子，此憂安可忘？

九日東敷五

九日忽相過，胡不駕我車？幽懷屬有託，苦無故人書。林壑費躋厲，城市多湫淤。世事屢不適，吾心恒鬱紆。城西有精舍，曠野臨通衢。茂林對修竹，足以寧形軀。君行倘未遂，匹馬不相呼。

畫禽二首

濯濯隴山鳥，雕籠雙翠襟。欲以懷春意，報此主人心。哀哉寡儔和，寂寂飲孤音！

鸜鵒爾何煩，形巧不及舌。吾方怪其煩，有喙莫敢説。雝雝在何樹？此鳥衆所悦。

十一月二十七日夜夢樓居風雨中得句云卷簾看風樹時亡妻亦在側覺而有感續成一章

高樓坐連牀，遥碧俯平渚。卷簾看風樹，葉落沙上雨。飄飖輕襟散，披歷層軒舉。寤寐平生歡，咫尺得晤語。相逢隔晨暮，倏忽無定所。積雪遍中庭，鍾情徒延佇。

送李士常

岧岧居庸關，北望上谷城。道路阻且長，送子百里行。肅肅朔風厲，悠悠暮川平。宵裝櫪馬秣，午飯村雞鳴。男兒志弧矢，萍梗空縱横。懷哉父母邦，況此骨肉情？相贈無長劍，低頭愧友生。

其二

古人重友道，君子愼其微。難交乃終好，苟合生禍機。與君夙傾蓋，意氣兩不違。但覺多畏憚，愧無受益資。終然出肺腑，久矣不復疑。我生寡知識，視友如嚴師。君今豈易得？棄我忽若遺。往哲諒可作，來日猶當追。與君各黽勉，白首以爲期。

其三

蒙翁棄人世，斯文似中絶。雖無老成人，典刑在羣哲。吾宗本奇士，少小負高節。勢傾三軍前，慷慨氣不折。昂然借前驅，逸駕誰敢掣？側足風塵間，長途畏中跌。所居亦孔遠，覯止復言别。從之不可得，回首肝肺熱。

其四

聖賢日益遠，載籍亦多門。漢儒事訓詁，字義舛且繁。考亭得眞秘，辭達意已傳。躚躚場屋士，戰訟爭紛紜。遺言已糟粕，況復揚其塵？設科重經術，此弊尚虛文。誰能斡元化，吹醨使其醇？知君學古者，肯效諸生顰？雖居文藝場，實究道義根。斯人捨我去，吾道竟誰論？

其五

民彝日淪喪，此事古所傷。悲哉賈太傅，舉世笑其狂。聖人重名教，始自室與堂。吾儒尚蔑棄，況彼聲利場？遙遙關塞隅，見此鄒魯鄉。閨庭足禮範，伯仲同馨芳。詩書起庠校，戎馬壯邊疆。由來忠孝門，永耀竹帛光。聖朝富勳業，科聘須賢良。願子出努力，毋爲久淹藏。

吳原博修撰醫俗亭

吳君天下士，愛竹比良友。平生益者交，意豈在杯酒？亭居衆鞅絶，林卧清風久。十年別江南，吟諷常在口。嗟吾寡留玩，性本厭塵垢。願招肩輿郎，徑造羲皇叟。此物生已遐，斯人亦希有。託君多病軀，藉此針石手。茲意予所投，君當報瓊玖。

大雨有感

積雨盈我庭，流水入我屋。移牀就墻東，豈爲避煩溽？瓶罌互雜遝，出入泥汩汩。我病不得眠，喧呼惱童僕。弱抱增百憂，端居繭雙足。所思室豈遠，只尺限谿谷。高歌寡酬和，曲罷意轉促。窗紙風蕭蕭，虚簷度鳴竹。柴門晚當閉，日入坐秉燭。

曲江韶石題廣東黄瑛卷

曲江通長谿，鉅石平若掌。浮雲蕩空寥，野望豁疏莽。峻嶒見孤高，尋丈得餘廣。迹非禹鑿後，代出秦封上。虞皇昔南巡，旌旆息兹壤[一]。乾坤來清風，絲竹振遺響。鳳儀方炳焕，龍化驚惚恍。江山無推遷，人世同俯仰。黄生好古流，少小慕通儻。窮幽極遐方，況乃接鄉黨？竭來幽燕客，尚結江湖想。文章藉流傳，此志吾所賞。平生懷古心，踔厲非技癢。高歌未終曲，深夜神獨往。送子天東南，何時税歸鞅？

【校勘記】

[一]「旆」，原作「姉」，顯以形近而訛，抄本即作「旆」，因據正。

送朱博士還考亭得業字 文公十世孫也。

紫陽足苗裔，乃在閩與歙。建寧見諸孫，歷世方十葉。名從東曹薦，譜自前朝牒。温然大雅姿，欲語還若怯。士林羨翱翔，再拜斂冠袷。先公百世師，高步不可躡。後生亦何知，頌美不容喋。平生慕道心，望海愁寸涉。典刑在雲仍，既覯中所愜。翻然愧相從，内顧赬我頰。崇儒實令典，主器非浪攝。榮名恐難居，世美不自挾。勖哉有明訓，無廢六經業！

送顧天錫員外審刑山西

聖人作元命，所憂在黎元。唯刑弼予教，刑措教乃醇。彤廷降明敕，天語如春温。謀謨内朝佐，簡命諸曹臣。巡行遍幽側，書簿窮紛紜。吾儕江東彦，奉使山西藩。夙興念委託，夕惕懷艱辛。豈不羡甄擇？負重難爲身。人情與世故，出入茫無端。由來生死機，乃在筆削間。勖哉古人訓，明察生哀憐。罪疑戒惟重，觀過斯知仁。況奉欽恤詔，正當蠲滌辰？坐令日月光，可以照覆盆。鋤禾去稂莠，慎勿傷其根。一夫或失平，上與和氣干。周家衍靈運，于氏興高門。爾心諒勿貳，孰謂天道惛？平生重名義，一飯皆君恩。王事誠靡盬，賢人羞素餐。區區友朋誼，感激傾肺肝。軺車有期返，離別安足論？

予病中頗愛作詩舜咨以詩來戒者再未應也偶誦陶淵明止酒詩自笑與此癖相近因追和其韻斷自今日爲始成化丁酉春正月十日

平生抱詩癖，雖病不能止。還同嗜酒客，枕藉糟丘裏。作銘示深戒，厚意勤數子。蕭然百玩餘，此技差獨喜。如以酒醒酒，愈醉不得起。今將詩止詩，無乃非物理？應酬與吟詠，何必分彼己？雖無役志勞，有玩斯喪矣。狂瀾去莫追，來者方無涘。擬學賈浪仙，焚詩以爲祀。

入春絶不作詩清明後三日與鳴治師召遊大德觀爲二公所督甚苦得聯句四首已而悔之因用止詩韻以自咎先是諸同年皆有和章爲説不一鳴治獨持兩可之説至是竟爲所沮云〔一〕

淵明愛酒翁，晚歲方暫止。始知山水興，不在壺觴裏。後來不飲人，效顰乃蘇子。吾詩亦何解，似獨有深喜。一戒逾七旬，此念灰不起。羣公各雄辨，未究同異理。三占從兩卜，頗覺吾喪己。惜哉九仞功，一簣今已矣。陶蘇雖止酒，所止皆有涘。擇例偶不精，遺蹤愧前祀。

【校勘記】

〔一〕「春」，原作「來」，本卷目録與抄本皆作「春」，因據正。

時用得詩見和似怪予破戒者用韻奉答

幽居觀物化，有始終必止。人生亦氣類，出入樞機裏。偶落簪組間，誰是巢居子？筆札常繞身，豈獨性所喜？願爲委地葉，更逐狂飈起。一攘本何心，百步乃其理。多言衹害道，爲仁竟由己。紳書亦徒然，臍噬嗟晚矣。吾生尚多闕，萬壑此其涘。勿厭箴規言，雞壇有明祀。

初予止詩鼎儀有約同止予援張汝弼故事以隻雞斗酒爲罰鼎儀固未嘗止及予破戒乃和韻見索再疊前韻并雞酒答之

與君同止詩，拙者最先止。至今雞酒券，尚在詩筒裏。吟聲日不絶，負約常在子。病中未遽往，顧券每自喜。君方掩耳卧，十撼九不起。三緘偶一吷，乃輒相料理。多言竟無益，寧使人負己。我雞固當攜，我馬今秣矣〔一〕。明晨自公出，遲予金明涘。願託鶴林翁，清風播來祀。

【校勘記】

〔一〕「秣」，原作「秼」，顯以形近而訛，據抄本正之。

予破戒時頗念鼎儀之約嗚治師召許爲代罰既有成約再用韻邀三公同赴

人皆止我詩，君意方止止。詞鋒苦相督，置我重圍裏。平生雞酒期，吾愧金閨子。鼎儀號金閨逸然〔一〕。君同觀棋法，勝敗俱可喜。門前索雞吏，堅坐訶不起。其辭雖未直，頗亦持一理。釁機自君發，安得終彼己？前言亦戲之，吾意今決矣。買雞南市柵，沽酒西橋涘。且復醉兹辰，是非付千祀。

【校勘記】

〔一〕「然」，抄本作「吏」，當據正。

曰川會諸同年用韓昌黎園林窮勝事鍾鼓樂清時二句分韻得時字因效韓體

念我三同友，夙多豪俊資。南宫同甲第，翰署同文詞。功業復同志，希皋慕龍夔。官曹有燕會，亦以存箴規。唯君與張子，前後傷分睽。歸衢振天翮，鵷鳳已滿池。爾來又十載，欻見星霜馳。維春暮三月，和風蕩如飴。高堂敞楹戺，列案堆盤匜。觥籌遞交錯，墨卷開淋漓。坐席各有序，酒行不用辭。中披見肝膽，外枿無藩籬。我懷久屈鬱，如以結就鸍。如鷹掣絲旋，如驥辭銜羈。又若萬里冰，流飈蕩空澌。經冬抱深癖，不得窺簷楣。咫尺乃如此，況居天一涯？開圖見諸老，云是先朝遺。三楊二王輩，風采猶當時。我初斂容立，已乃再拜之。感今復懷舊，歡樂無易茲。君生在單閼，我歲一紀差。佳兒勝冠帶，字畫解倔奇。人言頗類我，我書詎宜師？渠自有父風，外人那得知？爾曹已少壯，我豈猶童兒？從此老鉛槧，虛名竟何施！不如且飲酒，我飲不滿卮。初心抱虛譽，筋力當及斯。前賢勿復道，恐爲爾輩嗤。

經筵聞講中庸有述呈諸寅長

是日王學士講戒謹恐懼章。

龍飛御八極，虎殿開羣經。禮樂煥明制，冠裳粲充庭。大哉中庸理，純粹復至精。微言盡幽眇，至治通神靈。內存戒懼功，外有位育能。宋儒闡名義，孔學昭儀刑。煌煌精一傳，千歲如日星。默契入玄化，冲居澹聰明。聖心仰熙緝，吾道方施行。微官竊臣從，列侍隨公卿。恭聞聖賢訓，內顧惕若驚。天顏不盈丈，帝鑒無留形。雖無獻納權，恐有玷辱情。古來致君術，感格須至誠。庶幾涓埃力，或使海嶽增。作詩戒同志，敢謂此地榮？

五月十三日山弟忌辰夜間不寐哭而有詩〔一〕

今日復何日，日永夜亦長。夜長不得寐，起坐心彷徨。去年今歲間，倏忽異存亡。生同爲兄弟，死獨歸山岡。呢呢笑語聲，隱隱燈燭光。開緘得遺稿，理篋見故裳。此物久已塵，誰遺在我傍？我病人廢食，萬外中攢戕。老親不汝悲，悲即恐我傷。汝婦不敢啼，嗚嗚咽空房。我亦念衰老，含悲茹肝腸。誰無骨肉親，而獨此禍殃！三年四衰絰，行路爲酸傷。難將百丈繩，繫此白日光。白日有明滅，我哀那可忘！

【校勘記】

〔一〕「忌」，原作「忘」，本卷目録與抄本皆作「忌」，因據正。

鼎儀宅分韻送其兄武儀還崑山得倪字

君家好兄弟，恩義兩不睽。豈惟舉止似，語笑皆天倪。我本通家友，三年負招攜。留歡極酣樂，飽德無嫌懠。涼秋入庭樹，風露忽已淒。昔作鳳和鳴，今爲雁分棲。悠悠滄江上，道路阻莫躋。到門見桑梓，登堂頌黃鯢。人生重骨肉，至樂諒不齊。送君東城去，蔓草青萋萋。

擬古出塞七首

平明集帥府，有令事西征。官軍二萬衆，列騎分團營。我身雖短小，名次當先行。征南競投籍，征北多埋名。男兒在節義，臨難敢偷生？本圖報恩私，功名何重輕。

總戎戒行旅，器仗貴堅完。典衣買刀劍，胡地多苦寒。公家例頒與，私債復相干。兒出貧尚可，親老無盤餐。燈前背面啼，强語達夜闌。雞鳴鼓角動，上馬各據鞍。

潛行始出境，面別情實難。逢人語妻孥，堂上有舅姑。軍行視旗旐，聞向黃河曲。相顧問姓名，同伴爲骨肉。星分良鄉爨，月傍井陘宿。民貧苦供給，縣官告不足。掾吏飽肥羊，馬飢奴無粟。營門號令肅，雞狗不敢搰。起居有常節，幸得免笞辱。

河曲二千里，外險中廣夷。胡兒十萬騎，倏忽路無歧。邊軍戒輕入，壯士氣不持。帷幄計深密，功成在何時？糧儲日不繼，淹留懼愆期。邊疆古有患，上將重興師。吾知荷戈役，生死長相隨。

邏騎朝出塞，胡來屢衝突。我軍摧其鋒，殺氣滿川窟。將驕聞裹瘡，戰勝多白骨。兵家貴萬全，豈足較毫髮？十金買首功，百金紀勳伐。京軍得先陞，邊卒長獨沒。卑情思上達，疏賤不得謁。日暮獨無言，岧嶢見宫闕。

休營息軍士，嗚角卧清曉。傳聞遣麾下，獻捷雲臺表。朝廷屢西顧，此事繫不小。賞賚慰勤勞，獎諭激忠孝。再拜受璽書，酬恩古來少。開邊固非計，境土當自保。駐馬立轅門，佇聽班師詔。

頻年討北虜，往歲征南蠻。七年六出師，師出無空還。將軍盡封侯，鐵券誓河山。白衣領蔭襲，立在執戟班。先朝麒麟畫，位次迴莫攀。功疑古惟重，此義故不删。君恩實浩蕩，感泣徒潸潸。諸公固當爾，而我獨何顔？

蘭舟詩送丘蘇州南歸

幽蘭出山澤，移植秋風時。清芬寡流媚，借問愛者誰？使君來南國，舟楫長相隨。狂飆逐驚波，霜雪憔悴之。羣芳競歧路，顏色爭紛迷。蕭榛動盈把，此物棄如遺。愛惜復愛惜，洗根濯其泥。攬舟溯長江，歸去兩不疑。載歌蘭舟篇，獨與和者期。

偶成

狄青在廣南，寇盜盡削平。首功數十萬，獨遺智高名。豈無金龍衣？肖似難可明。功疑古惟重，之子乃獨輕。由來古名將，事主貴忠誠。近聞韋州牒，强半皆良氓。孟軻有明訓，善戰服上刑。此輩竟何事，吁嗟安足評！

梓庭爲徐生作

南國足喬木，北山多俯枝。高堂偉華觀，之子美風儀。弱歲抱奇植，磊落非衆姿。山川毓靈秀，霧雨含春滋。龍盤勢屈鬱，鳳宿羽逶迤。中有錦繡文，外有正直規。孤根信寡匹，大匠乃良師。物生固有地，材用亦有時。願子自愛惜，少壯以爲期！

李東陽全集卷五

懷麓堂詩稿卷之五

五言古詩

和沈地官時暘遊城西朝天宫韻

歲晏冰雪至，閉門戒深冬。窮陰結贔屓，寒氣開鴻濛。豈徒罷遊謁？客至出亦慵。牀頭抱膝卧，布被圍熏籠。沈侯心神霽，顔色如春融。十日不一見，何以寫我悰？朅來城西遊，杖舄誰與同？仙蹤躡樓觀，帝樂聞笙鏞。巍巍三珠林，中有萬歲峰。俯聽塵世喧，衆竅號秋蛩。仰睇逐餘景，流歌泝長風。邈哉虚無教，古昔聖所攻。君懷度支計，惜此繪畫功。噫哉百川障，頓使狂瀾東。皇明統六合，聲教通蠻戎。兩京鬱相望，城闕何葱葱。龍盤萬嶺合，虎踞千山重。我昔往觀之，湯池帶金墉。君時在南署，邀我回青驄。周旗絢日月，漢掌開芙蓉。層臺與列署，照耀當虛空。逢僧問兜率，訪道疑方蓬。壯懷益磊魄，陋目開昏蒙。至今腸腎間，尚覺百彙充。適遭明良運，感激惟寸忠。堯門闢賢俊，舜法除奸凶。孰云閶闔幽？上與廊廟通。君王垂衣坐，百職分卑崇。峨冠謬通籍，立在明光宮。願爲千尺蘿，附君百丈松。君今已强仕，我亦非兒童。及時不努力，倏忽成老翁。閑官遠書簿，夙夜不在公。校讎費年月，官長多涵容。美醖亦可戀，大庖幸相供。文章本非職，篆刻徒爲工。班超晚投筆，猶得班羆熊。吾憐功名遂，非慕萬户封。不然赴林壑，此興頗亦濃。買田種桑稻，躬耕課奴僮。緬思太行愿，斂退真吾宗。知君負經濟，我力非寅恭。論功愧不逮，内省面發紅。誤將鉛刀鈍，欲比鏌鎁鋒。狂言試傾倒，拍塞已滿胸。君方賈餘勇，逸氣凌崆峒。紛然萬丘垤，盡在塵埃中。勳名唾雙手，禄食輕千鍾。平生四方志，慷慨隨桑弓。遊觀匪獨樂，樂事豈易逢？歌以報君意，我懷安可窮！

與李中舍應禎同飲時暘邸歸疊前韻

我昔與君別，京華三見冬。遠遊隔江海，離思沉空濛。相逢問衷曲，欲説已復慵。吾生苦多難，憂患爲樊籠。柔腸結成寸，意氣慘不融。哀琴與斷瑟，曲罷傷遺悰。嗟子亦何爲，所遭良獨同。微霜降平地，響應豐山鏞。一語再三歎，對坐蹙兩峰。君爲空中鶴，我作墻下蛩。孤鳴比咽調，各自悲秋風。愁城正突兀，險絶難爲攻。幸當樽俎間，賴此麯蘗功。李侯君鄉彦，來自東鄰東。劇飲慕太白，清談勝王戎。當筵列盛饌，豈論麥與葱？山殽百種雜，海錯千盤重。閉門謝俗客，不遣窺垣墉。解我腰間魚，縶我櫪上驄。芳詞吐珠玉，醉臉開芙蓉。仰視天宇高，坐覺浮雲空。興狂欲起舞，兩袖如旋蓬。向非地主賢，感激安所蒙？酒酣出詩句，卷帙粲已充。得非黄山谷，或者蘇文忠。初如決洪水，勢蹙崇伯凶。又如驟天馬，霧鬣天池通。如登鉅鰲背，足躡三山崇。珠光照海月，下徹馮夷宫。我乃路傍蒿，不如山上松。亦不如李桃，餘姿媚兒童。向來忘得失，我已效海翁。狂言久閉口，一發偶爲公。起辭屢被肘，顧我少從容。自言有枰棋，可以爲子供。勝欣敗亦喜，有技豈必工？君看敵國手，峙立如貔熊。誰云一丸泥，可作萬雉封？李侯掀髯笑，謂我此味濃。推手覆君局，餘歡付蒼僮。古來風流事，多出文章宗。如何嵇阮流，棄禮蔑敬恭。桓桓卞將軍，怒頰爲之紅。至今想風采，齒舌生寒鋒。寧將瀲灩杯，滌此磊磈胸。國賦出吴會，王師在崆峒。頻年值水旱，力盡經營中。微官竟何事，簪佩隨朝鍾。平生幾丁字，愧彼兩石弓。笑談一開口，塵世真難逢。從兹戒耽樂，樂事慎勿窮。

齊山書舍詩

進士王允達讀書處也。允達，待制忠文公之曾孫，義烏人。

浙東文獻裔，吾見忠文孫。讀書金華郡，結屋齊山村。舉頭瞰青巖，儼若先公存。文章與節義，實并兹巖尊。齊山乃支派，拱立如諸昆。景行在瞻仰，極力窮攀援。藏修三十載，獻策承明門。上書乞鄉校，奉祀修蘋蘩。銓曹不爲覆，告諭複且温。幽懷耿中夜，夢與山靈言。松楸我盧墓，桑梓我田園。煙雲護我扉，風月主我軒。吾方效王事，再拜酬深恩。終焉丘壑心，不愧鶴與猿。山靈翛然去，夢覺日已暾。朅來登我堂，感我思欲騫。卓哉先賢後，典刑我所敦。斯文孰砥柱，浩蕩狂流奔。老成不可作，此意更誰論！

和蕭封君鳳儀遺詩四十韻

鳳儀吴人，早卒，有生辰感興詩，其子工部主事奎藏于家。

世運迭推代，昔聞桑海三。萬物若久存，金石或未堪。君看垂髫子，老鬢雙藍鬖。終焉山丘葬，豈論黠與憨。東吴有蕭子，結髮稱奇男。昂霄出塵壒，氣與虹蜺參。少年不自耀，外斂中包含。置身向經史，出入同秋蟫。分陰每自惜，癖性久愈耽。詞鋒極淬礪，理窟窮搜探。文如南山豹，空谷凝雙眈。光如蒼精龍，盤屈在一函。又如鯨鯤輩，海底深波涵。生當聖明時，未穫雨露覃。秋姿折蒲柳，晚色凋樟楠。流光不少待，曦馭無歸驂。生乏軒冕榮，死寧丘壑慚。寂寥虞山下，數尺封如龕。有井勿多汲，井竭因泉甘。有玉勿頻磨，玉折難成簪。奇才固不壽，聞者心爲惔。當年懸弧宴，緑笋羅黄柑。華裾亂雲日，舞袖回煙嵐。溪魚出越笱，鄰酒傾吴壇。餘商發古調，哀響流江潭。永懷奉母日，衣綵隨輿籃。劬勞念罔極，往事空遺談。色養苦不逮，敢於微禄貪。軻機忍復斷，路米誰爲擔？歌成轉悽惻，肝腑攢戈鐔。是時夜正黑，狐星暗天南。落月噉巖犺，悲風嘯林魈。蒼黄三十載，蔓草荒寒庵。官曹繼清白，舊業惟瓶甔。屈建祭無芰，嗜好豈不諸〔一〕？坡翁寶畫板〔二〕，身自盟瞿曇。君有孝子誠，而無流俗酣。貽謀在文字，況乃青於藍？遺編襲蜀錦，異楮開倭蠶。壽公身後名，可以齊鏗聃。

【校勘記】

〔一〕「諸」，疑當作「諳」，或以形近而訛。

〔二〕「畫」，原作「晝」，據蘇軾四菩薩閣記一文所記史實正之。

陳玉汝所藏朱澤民畫

睢陽書家流，作畫如作草。松根石崚嶒，健筆凌絶島。垂蘿飄人衣，盤石坐不掃。鳴琴聲差差，石籟風稍稍。君看蕭散姿，稱彼林下老。遺縑百年内，嵐氣濕不槁。陳郎湖海情，得此恨不早。我生不學畫，入眼分醜好。嘗觀耆舊傳，歎息風流少。此意君獨知，丹青安足道？

寄題謝寶慶逸老堂得乞字

寓形大塊間，俯仰孰非物？復爲物所累，轇軋何終訖。君昔守湖南，馳驅奉綸綍。晨興必簿訟，夜坐猶佩韍。民憂與國計，我抱恒鬱鬱。居愁嵐霧蒸，路駭江飈颸。秋霜復春露，歲月胡太倏？遥憐使華返，歸念朝衣拂。孤桐載還輕，五柳栽始菀。天台峻宜登，滄海清可祓。鍾阜休移文，鑑湖安用乞？逸驥方脱銜，冥鴻不受罻。天時迭推代，物理有伸屈。達人諒宜然，吾道豈云茀？行藏二十載，夢覺徒髣髴。萬事付三緘，高談不如吃。心閒力愈健，百疾謝攻熨。曠懷浩無涯，勁氣老猶仡。思君遠莫覿，佇彼高風屹。起望赤城霞，文光正輝蔚。

和謝于喬修撰雲山圖聯句韻兼懷沈仲律

俯仰天地間，吾人有高興。圖畫亦偶遭，詩壇乃前定。屏當廣座設，壁與長縑扃。幽懷褫百結，醉眼豁雙懵。沃野平若掌，横波急如絙。頹雲澹將沉，瀚海寒欲凌。中峰儼尊長，衆壑分婢媵。翬坳訝空繆，百折愁絶嶝。包羅引地絡，混沌泄天孕。煙横似張幃，露濕同覆甑。巖葩綻將然，谷鳥呼若醒。憑虚敞軒闥，眺遠失梯凳。塵消野馬没，地濕晴蜺蒸。江光晃無垠，石籟差可聽。得非茱萸沜，或者柴桑徑〔一〕？洗耳幽澗泉，清心遠林磬。閑貪野芳採，飽厭山殽飣。流光難把玩，富貴安足凭？樂事希狂曾，明時豈愚寧？求之不可得，何以攀逸乘？流水宿有期，幽蘭杳誰贈？吾生尚驅逐，兹意方蹭蹬。憶當風日佳，樂此賓主勝。幽期予獨負，往券真足證。重披意俱新，未接神已凝。雄詩鳳樓手，規制皆略稱。苦憶豸冠翁，風流遠猶剩。玩賞在樽罍，淹留謝鞲鐙。多才復愛客，吾語非子佞。努力青雲期，交盟豈虚訂？

【校勘記】

〔一〕「徑」，原作「往」，顯以形近而訛，抄本即作「徑」，因據正。

竹岡别業

崇岡何逶迤，叢竹蔚交翠。下有幽人居，蕭然絶蕪穢。繁陰坐層還，落葉時一墜。緬懷塵外遊，及此林下醉。從來泉石性，不愛軒冕貴。呼酒酬此君，與子終晚歲。媚哉東園華，寂寞有餘愧。平生貞晦情，兹物乃其類。欲作招隱歌，羞爲宦途説。因君憶林壑，未免形骸累。炎天增鬱蒸，中夜不得寐。遠睇天東南，涼秋起遐吹。

題瀛州圖送陸翁東歸

閉門六月雨，堆案多詩書。陸君索我詩，僮僕走且呼。麾之不肯去，堅卧庭前除。一朝再三至，我已愧此奴。空堂展圖畫，倦眼開模糊。層樓挾翥鳳，倒景凌飛鳧。翠羽色婀娜，金支光有無。依微動天籟，髣髴聞笙竽。不知何方境，乍可留須臾。昔逢滄洲子，云是登瀛圖。如聞六合外，復有真蓬壺。吾方困炎溽，頗欲超寰區。自嗟塵凡骨，或與神仙殊。君家老仙客，被服雲霞裾。仰視園中人，飄飄豈其徒？當攜方平子，共解雙明珠。垂竿拂海月，舉手招天吴。吾能操几杖，欲往不得俱。惟將作詩意，目送歸江湖。

師召席上餞邵文敬户部使淮安得作字

玄雲鬱重陰，霖雨久逾大。平田偃頹波，萬彙同一挫。纍纍黍穗落，百畝不盈個。淮陽舊宜麥，未足供甑磨。稊稗價亦增，誰能問粳糯？官租苦未給，生理安可作？城市多遊民，山林有遺餓。流離及溝壑，去住總無奈。地連兩畿邇，業恐千家破。近聞恩詔下，已放今年課。漢臣發諸廩，唐法通百貨。王事須賢勞，地曹有良佐。名辭鴻臚籍，檄自尚書座。行哉車馬艱，詎免泥塗涴？東南民力竭，要使皇仁播。官雖問升斗，職豈在揚簸？平生翰墨場，珠玉生咳唾。簿書劇裁決，餘暇得酬和。羣情恣幽眇，品類入搜邏。德澤乃膏腴，文章比糠莝。舉世輕迂談，兹言我當坐。偶託平生交，因君識吾過。君當策勳伐，極力起貪懦。聊因贈行什，預卜還朝賀。

題李源西城草堂

魏公中山裔，家有綱紀臣。李姓源其名，廣顙而長身。歷事及胄子，登堂拜夫人。魏公肅家政，鉅細必見詢。公少嗣封爵，朝謁隨楓宸。禮官引班次，甲乙頗失倫。布衣入東省，直造尚書門。鬚髯奮如戟，畫地請具陳。中山國佐命，配享高帝神。功勳與歲月，粲若羅星辰。雖言尺寸階，要使白黑分。尚書不能答，胥隸不敢嗔。遂令魏國籍，迥絶諸公塵。向非三寸功，曷使大義伸？兹事尤卓詭，流芳播前聞。今年過七十，景迫桑榆鄰。公恩賜休假，始得辭昏晨。買田種桑稌，卜築西城闉。功成斂身迹，此意亦近真。餐素夙所恥，爽然思爾羣。題詩草堂壁，俯仰意無垠。

題聽琴圖寄天錫

幽齋落日晚，援琴寫我煩。絃疏不成調，但有古意存。一絃三歎息，自謂和者難。自從別君來，山高水潺湲。衆好諧莫送，置之不復彈。回看畫中人，頗與吾意關。題詩寄遠道，慰此平生歡。

題王維詩意圖

平田渺成湖，仲夏月多雨。汀鷺濕不飛，林鶯澁還語。村煙多乞鄰，饁餉常及午。柴門無鎖鑰，出入隨杖屨。白鷗似相識，亦足忘爾汝。王丞詩家流，畫格亦天與。君看百代遺，摹拓尚如許。吾生慕丘壑，偶此繫冠組。試問松下翁，幾人同出處？

送錢先生致仕得臆字

成化己亥冬，公來自南國。維時龍興節，奉表宸旒側。入朝未浹辰，具疏寫衷臆。臣年七十二，鬚髮不復黑。乞身謝圭組，歸老東南域。願爲南極星，中夜常拱北。時當太平世，聖壽千萬億。臣雖在畎畝，永荷陛下德。聖皇眷耆舊，曰汝予輔翊。古稱老成人，豈獨賴膂力？吾當獎休退，卿意誠悃愊。加官號家宰[一]，名位班九棘。貤封及三世，兹典尤絶特。公章再入省，請解尚書職。臣方避華要，而敢蒙顯陟？王言重丁寧，公意增感刻。願書歸榮字，堂扁揭華織。昭代垂憲章，鄉人有矜式。公卿睹盛事，道路眼爲拭。江山佳麗地，從此生顏色。公夙梁棟資，先朝手親植。文章夷夏滿，姓字兒童識。帝惜漢馮唐，天留宋蘇軾。出入四十年，終焉布衣極。雲鵬忽稅駕，斂彼高飛翼。仕路豈不多？屈指難再得。菲材出門下，久此玷榱杙。再拜送公歸，臨風遠相憶。

【校勘記】

〔一〕「家」，疑當作「冢」，或以形近而訛。

夜飲王世賞餞別乃兄婺源丞中宣得小字

高堂粲華燈，移席散清醥。天寒羣鵲飛，月出衆星眇。我馬東南來，風鬢疾於鳥。羣公各登壇，白戰已先挑。吹竽終濫齊，會食慚後趙。王君簪纓家，世遠風流紹。文章醉鄉後，意氣雲臺表。仲氏方嚮庸，丞哉未爲小。賢勞念驅馳，及此公事了。南都山水麗，晚歲冰霜少。詩腸正百結，況復離心繞？留連感中夜，明發待清曉。江天渺思君，但見孤鴻矯。

除日追和坡詩三首

饋歲

官曹接居鄰，欣戚每相佐。古人重交際，末路頗近賀。箱盈綵繒積，豢出豚羊大。晨閽已將迎，夜僕不得卧。侯門倉廩溢，委藉紛四座。寧知貧家食，不自供甑磨？禮豈使之然？盛極乃爲過。千載東坡翁，詩成幾人和？

別歲

暮聞歲將别，去矣不復遲。呼酒持餞之，可餞不可追。歲來莽何從，歲去茫無涯。但恐慷慨顔，不如年少時。誰謂歲去留，不與我瘠肥？聊同騃豎喜，勿學癡翁悲。歲去固莫留，歲至亦莫辭。回看故吾在，努力幸未衰。

守歲

君看守歲法，如畫有足蛇。蛇足不可添，歲行寧可遮。舊歲如可守，奈此新歲何？聊爲坐中夜，杯酒成歡嘩。朝衣尚未整，櫪馬且未撾。吾非杜陵翁，歎此暮景斜。高堂椒花頌，歡樂勿蹉跎。惟應一日養，欲與三公誇。

上元後一日亨父席上得合字

長安佳麗地，冠騎紛騶遝。時維上元節，塵壒騰四踏。華風藹春温，香霧疑夜合。魚燈照空明，獸炭隱殘熗。侯門道路擁，金翠有遺鈒。街衢兒女喧，老稚相噂沓。官閑常閉户，吾性頗耐雜。忽聞好事邀，詩興翩已颯。高堂列盤饌，解帶方滿榻。肥烹飫庖羊，錯薦繁海蛤。更深席屢暖，歸袂每被拉。春光僅九十，轉眼過半卅。當時曲江遊，庚癸驚再匝。佳兒喜在抱，何必勝佩韐？語長意未窮，賓主同一嗒。悲歡勿重道，且放陳遵閤。

哭午兒

今日復何日，忽此涕淚垂。骨肉能幾何，此淚來無時。兒生不滿晬，遂作終身期。若非天屬緣，誰遣夢我羆？憶汝初生質，冰華粲瓊枝。筋力不及兄，清澈似過之。嚴翁撫兩孫，足慰二子思。婆攜母復抱，傳玩争欣嬉。吾弟蚤淪没，後生者難追。分支繼中絶，亦以存孤嫠。孰謂既死身，不能庇一兒。空齋坐無語，一感百念隨。豈不達死生？我哀心獨知。登堂慰顔色，已矣不復悲。餘情或未釋，昨夜夢在兹。

寄題南京太常劉先生清風亭

崇臺敞華構，傑閣開巃嵸。靈飈下虚亭，萬籟聞天聰。過松含淅瀝，戛竹鳴琤琮。清池逆素浪，碧草翻幽叢。神仙足官府，中有瀛洲翁。坐絶簿書勞，門無車馬蹤。振衣木葉下，一嘯千山空。長安舊塵土，極目東華東。起看十二樓，迥在高寒中。君王垂衣坐，禮重古秩宗。懷哉夙夜心，上與明神通。平生陳無己，再拜曾南豐。上界接高躅，南都懷昔逢。兹亭實名勝，有意相追從。臨朝送山甫，作頌慚清風。

避雨于喬夜歸翌日得師召詩知宿亨父宅戲次其韻

我留謝君飲，君主張侯宿。還因越溪釀，更慕吴粳粥。纓蓑挂涼雨，袍笏謝炎燠。曉起聞叩門，開緘見心曲。同遊二十載，聚散難預卜。朝餐太倉飯，暮引玉堂我躅。悲歡同一初，少壯如兩轂。世故勿苟談，此身聊自足。文章亦劇戲，勿謂遭我毒。他時究淵源，請檢歸田録。

久旱

昔旱或逾時，今焉倏經歲。三冬無一白，五月熯猶熾。火雲堆若山，赤日光射地。風伯誰使狂，雷師空作勢。草根枯欲盡，井水涸難繼。春辫無復論，秋穀不得藝。爀陽動成火，乖氣復爲厲。奪攘半幽燕，流徙窮晉魏。蒼生爾何辜，氣數偶相值。静言求其端，幽遠安所致。仁愛理則然，乾封豈天意？恭聞桑林禱，聖主方惕勵。明廷戒臣工，犴獄理冤滯。微官亦何爲，展轉勞夢寐。端居愧素餐，奮迅嫌出位。憂心劇惔焚，中熱不可制。區區一寸丹，耿耿天下計。誰將天瓢水，極力起凋瘵。西成未愆期，及此百物遂。雲漢且勿歌，豐年頌當製。

困暑次韻白洲

高堂遮晴陰，炎熇氣呼闞。燔同洪爐然，溽入厚地黯。繁星夜方揺，淫雨晝仍濫。炎光石成燋，暝色山帶黶。羲輪焰赫赫，雷轂聲轞轞。黿拆行在田，濤翻坐平檻。占風想乾鵲，吠日驚蜀獛。彼浴空羨鳧，吾冠不如螢。甘泉冷將濯，惡木繁可斬。恢心甘獨勞，炙手竟誰犯？周扇懷仁風，陶窗仰清範。雖無簿書煩，頗覺餐食減。鑿爲窮兒愁，怒作壯士喊。亦有歲寒交，綈袍義思范。豈無雪夜訪，杯酒情憶湛？天時手中環，世事波上艦。晚尋東籬菊，秋種南山嗛。思君正執熱，有袂不可摻。

春草圖爲黎本端作

出郭登平岡，東原土新沃。濃煙開萋迷，見此千里緑。縈紆緑長堤，葱蒨滿幽谷。芳情競爲榮，遠意如有屬。時光迭代謝，物理相剥復。屈子騷莫陳，江淹賦誰續？吾人荆楚秀，舊住東山麓。娟娟名家子，被服蘭與玉。君無植桃李，桃李眩我目。君無踐荆棘，荆棘傷我足。眷兹君子心，風薰雨爲沐。培根去蕪穢，及此繼芳躅。

送孔憲副公鏞之廣東

孔君本書生，領職在方憲。置身嶺海間，越絶遠侯甸。維時實多警，盜賊滿州縣。蛇吞與豕噬，道路血相濺。被圍在空城，百里無一援。忠義激肝腸，身微命如綫。檄同巴蜀諭，騎比汾陽見。一言關福禍，凶黨皆革面。終焉抱勞謙，功成不自銜。銓曹守常格，誰復論最殿？山川接東廣，民俗固所便〔一〕。重任須老成，君才久諳練。揚清激其濁，坐使南溟奠。衆力苦莫支，知君有餘羨。昔逢劉職方，開口不容羨。復有太史吴，作詩如作傳。王事誠獨賢，愧予長筆硯。誰云識君晚？猶及都門餞。

【校勘記】

〔一〕「便」，原作「使」，顯以形近而訛，抄本即作「便」，因據正。

問津圖

周道失其砥，多岐正紛紜。皇皇乘桴意，環轍何殷勤。迷路入楚蔡，停車問耕耘。問沮沮不語，問溺溺不云。方將騁雄辯，上可凌高雲。遂令仲由勇，逸氣摧三軍。夫子憮然歎，彼狂竟不聞。豈知聖人志，一飯不忘君？民胞物我與，鳥獸非吾羣。寧同辟世士，高舉懷清芬。時哉聖不偶，萬古遺斯文。彼耕獨何爲，幸免污塵氛。嗟嗟功名輩，耽嗜成酣醺。吾官亦餐素，愧此心如焚。惟賢古希聖，老大窮朝曛。吾津在洙泗，敢謂茫無垠？

體齋止酒用陶韻因疊韻問之

昔予病止詩，病頗爲詩止。君今病止酒，此病相表裏。君嘗勸我詩，我以止報子。欣聞覆杯戒，及此勿藥喜。詩魔固難伏，酒興亦易起。吾從止詩法，深悟酒中理。釁端或由人，君意方罪己。力絶非世情，德將斯善矣。病源今始塞，慎勿問其涘。請書止酒詩，永作刑牲祀。

送徐用和之鎮原

惻惻重惻惻，與君各南北。昔作同心人，今爲遠行客。燕山望秦關，道路修且棘。平生舊驄馬，十步九欹側。長風吹征衣，黯淡塵土色。莽莽天地間，胡爲此行役？功名豈不念，所志在憂國。此意良獨知，多言竟奚益？

借扇一首戲書方石扇還之

借扇不必佳，所貴在及時。鬱然暑溽際，愛此風披披。我豈乏此物？篋笥偶不隨。中流一失船，萬斛將奚爲？古人忍凍死，不恨囊無衣。暑豈不可忍？憐君非挺之。我當還君扇，君當還我詩。我詩若不還，却問借者誰。

送成憲教諭

駐屐登崑山，移舟泛秀水。依依向雲樹，戀戀別桑梓。風物藹宜人，方言猶在耳。青氈本舊業，仕路得新軌。置身名教間，寄興絃歌裏。所得良亦多，吾生聊復爾。誰哉功名輩？隴蜀方未已。

董尚矩以畫禽索詩留予家閱月間假予所持倭扇意若欲相易者既而返扇索畫則贋扇也予既失扇又不敢留畫其計甚拙因憶坡老與王晉卿以仇池石易韓幹馬事頗相類竊步其韻一篇題于軸而并歸之

雨霽開新圖，幽禽滿庭緑。天機自流轉，俯仰萬態足。或鳴高其吭，或啄擁其腹。前輕羨翻揚，後稚憐局蹙。塵心謝樊籠，野性逐耕牧。遠睇回青霄，秋風起川瀆。董君好事者，愛畫比珠玉。而我非詩雄，因君愧雌伏。且留西閣賞，終擬東鄰卜。許田及秦地，魯趙空馳逐。吾家鳳尾扇，渡海自暘谷。知君熊掌心，二物皆所欲。吾方混真贋，寧敢論直曲？却笑王右軍，籠鵝何太速！

李東陽全集卷六

懷麓堂詩稿卷之六

五言古詩

家君以詩戒夜歸因用陶韻自止 辛丑十二月望日

吾生苦多欲，有戒方一止。胡爲省身戒，又落多言裏？古人不遠遊，此義聞孔子。又聞父母年，可懼復可喜。向來風雪夜，偶闕問居起。嚴訓當過庭，微辭有深理。爲憐僮僕勞，當以人視己。仁哉長者言，爲利斯博矣。内觀恒惕若，若在深淵涘。朝出暮必歸，盟言自今祀。

墨菊二首

白露被原隰，黄菊秋始花。餘馨引遥袂，采掇初還家。秀色雖可玩，玩久不復華。入畫清且古，爲詩正而葩。幽懷託揮寫，庶用傳無涯。持此問真幻，無言空自嗟。

其二

畫菊不畫香，香空詎堪掬？畫菊不盡色，色似花已俗。都無色香在，安用此爲菊？登堂見孤標，入手疑可觸。自非識菊者，但看桃李足。古色今不知，世人空有目。

畫雞

秋稼已登場，黄雞俯而啄。縰縰拂毛羽，縷縷不厭數。安棲謝樊籠，遺哺及雛鷇。時哉適所性，宛轉如有覺。高鳴或自振，恥此弄咿喔。主人重恩義，至死懷一握。禄食爾不如，巢居愧羣齪。

題邵翁棋墅卷

奕棋雖細事，可以觀小德。非無勝負争，亦足較曲直。胡爲紛紛者，簞豆不掩色？雄夸每絶叫，巧伺或深匿。不然出忿語，與此同一格。寄言同浴人，慎勿譏裸裼。賢哉東陵老，愛此時自適。指麾兒子輩，已足支大敵。旁觀但坐嘯，信手聊戲劇。安得從之遊，清談澹終夕？能令夸者默，亦使忿者釋。我語君不聞，神交向空寂。

送喬生宇歸樂平

我友中書君，十年抗師席。當時門下士，往往繼科籍。喬生西南來，竦如木初植。良材就斤斧，規矩應丈尺。文場纔弱冠，已破萬人敵。而猶不自滿，欿若字未識。謁來過我堂，每語終日夕？談詩辨格律，論字窮點畫。微言析豪芒，獨詣超畛域。紛紛科舉徒，未暇論與策。古文時所棄，似子寧易得。吾生好講學，久矣抱深默。愛子方起予，胡爲重行役？勖哉千里途，及此分陰惜。少年豈可恃，我已非白皙。文章未足論，太上貴立德。而師有嚴規，我語贅何益？

題章元益愛菊亭卷

種花不種菊，物玩志不持。學詩不學陶，雖工亦奚爲？隱者丘壑情，幽芳冰雪姿。陶翁昔愛菊，此興固其宜。章君本宦達，斂迹東江湄。林居絶衆卉，愛此黄葳蕤。居與花爲鄰，行以畫自隨。飄摇北風外，嘯詠南山詩。南山何崔嵬，下有荆棘枝。棘多損我花，路遠勞我思。何當剃荒穢，永與塵埃辭。茲願必終遂，坐待秋風時。

賀鼎儀遷諭德得檢字

華蓋天穹崇，青宫地深儼。同時侍從臣，一一皆妙檢。陸君偉文行，不抗亦不諂。銛如囊中錐，穎脱不受掩。年勞秩屢遷，德諭官曷忝？名僅黼扆記，薦豈公卿剡？平生耐官職，寵極翻自斂。須知啓沃功，不獨事編檢。姓字符鼎彝，文章歸琬琰。非才獨慚予，同第名久玷。交遊二十年，道義足薰染。攀躋竟何能，時歲驚荏苒。勳業乃攸期，榮光詎相黶？努力當壯齡，時哉此其漸。

鏡川先生宅賞白牡丹得白字

玉堂天上清，玉版天下白。幸從清切地，見此純正色。露苞春始凝，脂萼曉新坼。檀深藹薫心，絳淺微近積。終焉保貞素，不涴脂與澤。先生無物玩，聊以物自適。澹哉君子懷，富貴安可易？臨軒撫流景，愛此不忍摘。我亦惜春心，逢花作花客。先生顧客笑，偶此非宿昔。客去花未闌，嫣然共今夕。

藤蓑次陳公父韻

采藤復采藤，日夕費斤斧。製爲身上蓑，人古衣亦古。借問製者誰？白沙乃蓑祖。冉冉緑蓑衣，蕭蕭白沙渚。披蓑向江水，顧影還獨語。愛此勿輕捐，春江正多雨。

其二

披蓑登前岡，欲往藤被嶺。新梢拂舊蓑，樛結不復整。自笑林下陰，不如波中影。

送楊應寧三首

我馬識君門，每過還自止。宦途亦多岐，所識能有幾？朝遊樂方劇，暮别情未已。平生道義交，豈獨愛文史？此别良獨難，黯然而已矣！

其二

君年十三四，蚤以奇童稱。奉詔入翰林，時人羨登瀛。甲第豈不貴？中書地亦清。終爲遺珠歎，不使四海驚。我年雖稍長，學業竟何成！送君滄江去，江樹遠含情。

其三

君本滇陽人，還生嶺南地。巴陵非故鄉，京口亦何意？莫問東西蹤，浮生本如寄。松楸翳成陰，桑梓鬱交翠。所至各縈懷，功名勿留滯。吾生半南北，歸與子同計。舊業空衡湘，僑居託幽薊。向來金陵路，展轉勞夢寐。造物不我仇，卜鄰願當遂。此意君獨知，吾言諒非戲。

寄王丹徒公濟二首

我昔覽京口，遥登浮玉峰。江山偉形觀，遠睇開塵蒙。時無故人在，獨往遺形蹤。别來十五年，我友遊江東。同心不相值，迹與參商同。君今領民社，王事方在躬。寧能縱耳目，或可披心胸。幽懷倘予憶，願寄南歸鴻。

其二

美人别我來，贈我冰絲絃。絃直似君操，絃清似君言。一彈不成調，再鼓不成歡。舊曲不復記，離愁莽無端。山高水復遠，君去何時還？我琴不必工，雖工向誰彈？古人知音少，今人知音難。

不寐

遥夜耿無寐，悠悠對青燈。幽懷不盈掬，縷結如春繩。垂髫弄柔翰，濫采世上聲。弱歲忝科籍，冠簪奉明廷。生年四十載，鬢髮白幾莖。豈不愧竊禄，日給粟數升？惟餘素心在，不與炎凉更。營營彼何物，集我垣西庭。沾我白苧裳，涴我素玉屏。城狐不敢問，市虎難爲攖。塗人勿復道，知者已復驚。曾參豈殺人？不疑本無兄。內省實自疚，人尤竟誰能？不聞謗貪者，足浼夷齊清。古人重不辯，辯極翻益增。志士恥苟免，壯夫想孤征。擬尋江湖興，未結松筠盟。故國隔湘水，舊遊在金陵。茲謀苦不遂，鬱鬱竟何成？誓存操修節，謹獨戒未萌。閉門索古義，著書見高情。著鞭讓祖生，割席效管寧。從此畢餘志，垂休俟千齡。

痛語一首柬南屏

砭焫攻微痾，力與疾相鬩。燔焚勢不已，百節皆爲動。右臂針獨多，腕臚逾負重。左肢豈解事？匙粥不自送。我病亦偶然，星火忽已烘。古人戒謹疾，我豈敢爲縱？蒼黄苦塊身，六氣爲一中。因循積年載，展轉驚寐夢。瞑眩疾乃瘳，茲言夙攸誦。刮骨彼何雄，湔腸或非懵。我計決恐遲，醫謀固當用。聊輕筋骼困，坐待膿血湏。痛癢方自知，胞哉幾人共！平生骨肉交，思君令人痛。揭來慰藉情，款語得深奉。寧知君歸後，獨樂不及衆。西郊昨夜雨，不解憂懷壅。悵望君不來，悲歌當予慟。

篁墩所藏賓頭盧說法圖

釋有賓頭盧，長眉映頭白。偶逢優填王，説法示生寂。譬如野行者，爲彼猘象迫。俯身入深井，下有龍蛇宅。援藤上高樹，上有二鼠齰。野火燔其根，根㮚不自植。事幾出倉猝，生死寄頃刻。忽有羣蜂來，芳馨不盈滴。六根與四大，纏縶誰爲釋？欲問有生人，胡能隱身迹？人生所遭異，一樂恒患百。吾儒實順受，此輩方巧匿。先生兩道眼，夷險同一格。獨念居安徒，思危乃良策。聊爲發奇難，使自圖畫得。我鈍落鋒機，欲語翻自默。嗤彼畫中人，何如點頭石？

問白髭

毛髮有白黑，遲速亦有時。我年四十强，誰遣白我髭？謂予夙多病，或者煩憂思。髭生本髮類，我髮胡未知？人言白可拔，拔白將何爲？或言黑可返，借問返者誰？髭乎苟能言，聊以解我頤。

代髭答

託質向君身，稀微愧毛髮。於身百無濟，況乃貽玷缺？憂病君自知，敢以訣累哲？君髮豈不華？幸遠不近瞥。後生能幾何？壯老真倏忽。白拔祇自欺，黑返竟何悦？多言亦安用，勿謂髭也吶。

問白髮用髭韻

我生汝本黑，汝白從何時？汝長亦已白，何得短彼髭？髭白汝豈黑？嗟我獨不思。三年不對鏡，縱白安得知？訐言信有之，髭豈誑我爲？髭白汝亦白，黑者尚有誰？豈我弗汝養，静言觀我頤？

代髮答

君身鬚眉具，鬚者寧獨髮？髮也幸獨長，雖長亦同缺。壯老信有端，知幾乃明哲。汝德不益增，我衰豈終瞥？習變如我然，繁多起絲忽。汝躬不内顧，顧以容爲悦。我意君不知，兹言我當吶。

植柘陳翁封股卷

伐樹勿伐柘，愛此手澤存。爪樹傷柘膚，鋤樹傷柘根。根膚尚可惜，戕肌亦何人？吾肌本親遺，吾以奉吾親。茫茫堪輿内，此意誠苦辛。肌戕幸不死，遺胤終兒孫。孫乎慎無忘，錫類良有因。

洗句亭

洗句復洗句，洗句先洗心。心清絶塵滓，句清無哇淫。洗句尚可淺，洗心須用深。所用有深淺，水哉何古今？有句莫太清，太清寡知音。知音苦不遇，獨和滄浪吟。

送王存敬秋官知興化得但字

王君東南豪，才氣絶軀幹。一經重賢科，百里見雄斷。西曹美風裁，而復愛文翰。還操老吏筆，却判詩家案。入朝更出守，恩詔何涣汗。莆陽亦名邦，金紫蔚相爛。清風散塵歊，好雨知歲旱。勳名竟當成，軔發此何但。吾翁蒙泉老，遺迹猶可按。謗言昔徒興，白黑久乃判。古來經濟士，不受羣疑絆。送子獨含情，臨風幾長歎。

登高一首次韻答錢與謙狀元

莫居丘垤地，爲學如爲山。望道如望海，莫近污潢灣。吾生好求士，意欲窮區寰。有津孰與航，有磴孰與攀？行矣幸勿疑，勖哉山海間！翰林神仙窟，鰲峰出瀛海。天低衆山伏，地合羣流匯。恩寵絶代殊，榮光有時改。許身德義重，華國文章在。行且懼吾衰，君名世方采。

方石惠猫忽被踏以死悼而賦之

懸燈直廬夜，見此狸奴羣。主人愛狸甚，指點向客云。西鄰乞狸母，乳孳當深春。我本無長物，但令守典墳。客意不忍奪，念爲主所珍。主人忽南徙，書擔愁紛紜。居然棄其餘，一尾幸見分。人苦不知足，既得擇愈勤。色純足貴屈，此法舊所因。攜歸雪照眼，兒女爭歡欣。先防老狸欺，更避惡犬狺。丁寧戒婢僕，爲我謹朝曛。寧知不旋踵，步履生艱屯？蒼黄不能救，吊歎若有聞。孰謂方寸靈，不如趾在麟？嗟嗟放麑子，此意實近真。吾方爲鼠厄，誓欲策狸勳。貪功信多悔，縱暴亦非仁。彼鼠固無恙，爾狸竟委身。悲哉勿復棄，葬之我竹根。竹非利汝死，庶免烏鳶鄰。猶感贈狸意，賦詩謝主人。

題蘭爲司寇何公

楚澤有幽蘭，名高百花選。孤根託地靈，芳心應時展。陽和一披拂，春色無深淺。清風遍六合，孰謂知者鮮？援琴思昔人，古意嗟已緬。曾厓數枝竹，意若相慰勉。穠華須却避，荆棘行當剪。幸此挹餘芬，披圖漫舒卷。

送楊應寧提學之陝西三首

君來幾日前，屈指算君程。君行幾日前，使我夢先驚。問君孰爲來，問君孰爲行？倉皇六載間，展轉萬事并。欲語不得盡，欲别難爲情。

君從滇南遊，意不在金寶。歸裝詩篇富，遠目江山飽。遺蹤念丘墟，舊事懷父老。重惟宗祧計，擇後良亦早。達能洞大觀，孝足慰昭考。之子瑶瑜姿，兼聞嗜文藻。愛之不可見，見彼昆弟好。通家情所關，兹事況不小？願君自珍惜，遠向風霜道。

江南形勝地，可遊亦可居。君居僅六載，乃有田有廬。種苣晚成筍，買秧秋作魚。官程正發軔，歸計已有餘。君行世所重，君才此方於。試看一家業，經濟我不如。不如南宮去[一]，衣冠就樵漁。有興苦未遂，送君意踟躕。

【校勘記】

〔一〕「宮」，原作「官」，顯以形近而訛，抄本即作「宮」，因據正。

泰和羅氏家傳四圖詩

羅氏五世祖宋荘平簿伯壽，嘗刲股愈母疾，有司表其所居坊曰「旌孝坊」，在縣東百步許。圖曰「純孝」。

旌門自何年？宋朝南渡後。借問旌者誰？縣東羅伯壽。憶當刲股時，見母不自救。本無營利心，誰遺爲名貿？皇天有錫類，遺體神所佑。五世旌賢科，貽謀竟堂構。卓哉孝子家，永爲忠臣胄。

羅曾祖諱理，爲德安同知。有巨盜糟李，捕弗獲。逮者數百人，縱使禽賊，皆願盡力，遂獲糟李。治園得鐵數萬斤，會徵鐵令下，悉出以代民輸。圖曰「德政」。

德安古良吏，佐郡功可録。縱囚得真盜，縲紲無留獄。有如釋李祐，元濟終就戮。掘地見黑金，有利不思粥。吾心幸無染，民税亦以足。歆揮竟何事，産濟非我欲。由來重官評，寧止範鄉曲？文貞作家傳，雅操比冰玉。冰玉有遺風，聞孫繼芳躅。

羅祖母周，寡于西安之戍。楊文貞公言于仁廟而釋之，周攜稚子走金陵謝文貞。歸不失節以死，文貞亟稱曰賢。圖曰「貞節」。

盤盤九折坂，妾行日苦遠。妾歸夫不歸，不恨歸時晚。感兹君恩重，惜彼去日短。攜家渡江水，骨肉不在眼。不有文貞公，賢哉竟誰歎？

羅公諱進善，少在文貞門。有贈墨者，視之金也，遂還之，文貞以是重公。圖曰「却墨」。

巍巍楊公門，揭揭羅氏子。客來公不見，見子斯可矣。玄墨黄金胎，有客爲子遺。揮之不肯受，客愧公獨喜。童子亦何知，知公四知裔。異姓本通家，誨穀乃相似。何以紹遺休？公孫賢太史。

寄李知縣遂之

歲晏朔風厲，河水載行車。之子東南征，前路阻且紆。攜家住灣北，旅泊非寧居。開門掃殘雪，閉門讀古書。書生感窮達，壯士惜居諸。百里多貧民，隆寒尚無襦。向來嘘呵力，力盡意有餘。離心繫孤棹，遠信回雙魚。時哉戒春發，無爲重踟蹰。

聞方石先生得遺腹孫

故人喪愛子，棄官歸故園。空懷向平念，誰候柴桑門？吾心怛如割，匪獨傷弟昆。揭逢舊台守，遠致州人言。言從抵家後，乃得遺腹孫。幸辭簿書勞，辦此鞠育恩。奇事諒非偶，善徵詎無根？綿綿千鈞力，耿耿一髮存。天乎豈無知？可與知者論。詩成不寄遠，庶以紓吾煩。

題畫

騎驢下前坂，山深日將晚。水石何蕭條，風稀鬢毛短。秋聲在高樹，歲去不復返。遥指故人家，松花夜當飯。

送蔣宗儒良醫歸老

流雲遞晴陰，飛雨忽而過。黄塵暗西郊，河水不滿柁。言從北畿返，遥憶東山卧。未清炎暑懷，且免泥塗涴。兩枰萬事畢，一酌千愁破。平生醫國心，少壯驚老大。榮名方得謝，餘寵猶在荷。欲問滄浪歌，歌成幾人和？

兆先赴試三河念之有作

東行百里程，送汝萬里心。衣裝問寒暖，野望疑晴陰。汝生不離膝，别我恐未禁。翩然上馬去，似有壯士襟。鬐丱能幾時，忽已勝冠簪。摛毫出組製，把玩驚詞林。嘶鳴誤一顧，奬借逾千金。不學是吾憂，虛名非汝任。古人重宅相，派出蒙泉深。南屏實衆望，鬱鬱泰山岑。汝師文場手，奪錦春江潯。蓬麻得依附，玉石勞鐫鋟。遭逢我弗逮，天意或在今。未論目前事，長途尚駸駸。貧餘詩書在，老覺歲月侵。汝幸慰我意，我方爲汝箴。嬰懷繼日夕，屈指經辛壬。遄歸一見面，誦我東行吟。

淮海遊

愚樂傅公嘗遊淮海間，士大夫贈詩成卷，爲補是詩。

泛彼江湖興，來爲淮海遊。高帆駕鉅浪，浩蕩空中浮。上有蕩胸雲，下有濯足流。吹簫動海月，鼓枻驚沙鷗。長歌振林木，逸響歸滄洲。至今淮上人，髣髴疑仙舟。懷賢託楚些，感舊聞吴謳。寧無後來者？俯仰難爲儔。

閏月對雨

五月復五月，六月行復來。一雨滌炎熇，再雨清塵埃。兹晨忽如注，墮溜鳴空階。回風坐飄颯，巾袂相徘徊。冰絃濕不彈，叢帙委不開。孤吟答幽響，爽思凌飛臺。昔人有深慮，道暍思黄梅。淹留幸未晚，物意回枯荄。君看古墻背，已見青莓苔。

主一齋爲徐都憲公肅賦

世途日紛錯，應變良獨勞。有政如繭絲，有法如牛毛。矧惟跬步間，出入亦異遭？向非定静功，多言竟呶呶。君子慎存省，一敬中自操。物情詎我奪，帝鑒焉能逃？執虚手恒盈，踏險脚益牢。静觀紀昌射，動鼓庖丁刀。言小足喻大，行卑乃登高。聖途可方軌，有轂誰當膏？

徐亞卿原一六十二得雙生戲柬一首

澄澄嚴江波，混混入東海。雙雙出明珠，煌煌弄光彩。聲聲識英物，表表見神采。遥遥徐卿胄，衮衮靈源在。茫茫堪輿間，物物任真宰。奇奇睹兹事，嘖嘖争歎駭。看看頭角露，忽忽紘望改。望望湯餅筵，徐徐欲安待？

送錢與謙修撰

與子論文章，沿流自前古。莊騷信枝葉，經傳乃宗祖。當其得意時，入口辨甘苦。又如色過目，白黑粲可數。刻鏤恥雕龍，炳蔚驚變虎。與子談道義，培根去榛莽。孤懸見衡鑑，險設謝城府。予心諒子知，子志必予吐。嗟哉勢利徒，各自傾肝腑。與子談世故，今昔同仰俯。悲歡動相涉，成敗時逆睹。賓筵每更僕，朝坐常及午。堂陛詎無因，鄰卜固其所。依依別我去，道路忽修阻。振衣千仞外，艤棹三江滸。汝親並白頭，汝弟方接武。歸承聖主詔，拜學嬌兒舞。此樂須盛年，誰云守環堵？古人稱仕學，進盡還退補。登山航海心，有力竟思努。愛子千金軀，深藏是良賈。

采桑玉堂陰二首答篁墩學士

采桑玉堂陰，分蠶長安郭。一分累百枚，再分連數箔。寧知貴富地，此物能沃若？平生畎畝憂，黽勉懷力作。嗟彼衣錦兒，空言養蠶樂。吴機詠濯濯，周葉歌莫莫。遺我通家人，同心故相託。愛之敢輕棄，弱女方就學。

其二

采桑玉堂陰，陰濃樹婆娑。一采不滿筐，竟日能幾何？乃知富貴地，不及窮山阿。蠶成忽滿眼，所得良亦多。人言繫家運，或者陰陽和。向非夙夜勤，豈恃葉與柯？衣多必思寒，吾民本同科。欲將分蠶意，廣被無偏頗。

李東陽全集卷七

懷麓堂詩稿卷之七

七言古詩

平陰武愍王輓詩

十有四年秋八月，胡笳吹塵暗城闕。漢家天子親出師，旌旗如山令不發。將軍意氣如非熊，腰間寶劍雙白虹。長戈一麾四十萬，六合慘澹多悲風。胡天冥冥夜飛雪，將軍奮呼山石裂。平生鐵石舊肝腸，化作烏鳶口中血。君王龍馭今在途，臣身已死誰爲扶？中興功業吾豈敢？君王獨歸臣不返。裕陵松柏自千年，臣歸祔葬橋山邊。英魂或助天飈起，長爲狼山掃夕煙。

送金太守致仕

北風蕭蕭起平陸，遠客還思舊鄉曲。青袍白馬送君歸，楚水吴山爲誰緑？當年獻策來京華，飄飄意氣淩雲霞。曉日長趨九華殿，春風爛醉五侯家。雙旌照人日杲杲，承恩獨出長安道。西江稚子解絃歌，南國騷人怨芳草。退身不待衰病年，懸珂結駟空留連。三山松柏宛然在，五陵桃花亦可憐。山中寥寥何所有？蒓菜羹兼菊花酒。相如膝上七絃琴，元亮宅邊五株柳。清時令子居黄門，門前冠蓋如雲屯。功名去住總適意，此樂悠悠安可論？

赤壁圖歌

荆州水軍八十萬，鼓棹揚旗下江漢。江東將帥誰敢當？年少周瑜獨輕難。漢家英雄本龍種，怒指中原扼雙腕。孔明決策討虜逆，誓復深仇起相扞。東風吹沙暗赤壁，百里旌旗眼中亂。列炬争馳疾若星，南軍已在中流半。黄郎大呼老瞞走，烏鵲翻飛過江岸。攀緣失手勢兩孤，一紙軍書萬人散。賊兵未平壯士死，猜疑已作蕭墻患。脣亡齒寒不自知，可惜衣冠盡塗炭。乾坤無情歲月改，千古兹山石不爛。東坡老翁好奇古，一官遠向黄州竄。簫聲入秋木葉空，此地經過獨腸斷。高歌扣舷和者誰？回首斯人亦凋换。姦雄僭竊何足數，青史離離後人看。爲君擊節歌此圖，却立蒼茫倚長歎。

庚寅夏苦雨答鳴治長句

驚雷破樹雲出山，急雨墮地流潺湲。爾來一月未斷絶，行路厄塞往復還。官隍朝決朝陽闗，野渚夜漲張家灣。邊河人家數千口，骨肉漂蕩隨枯菅。居人乘舟走平陸，船底秫苗俯可攀。城中溝渠失疏導，街頭結筏通市闤。東鄰嫠婦抱兒泣，西家老翁窮且鰥。升求斗糴典衣盡，有物何況珥與鐶？君王惻惻念孤瘝，賑粟屢自公家頒。故老相傳乃舊典，先朝以來幸未删。翰林腐生詩骨孱，城南敝屋堵不環。劇遭委頓怕泥滓，十日不造承明班。因思春夏久枯旱，後何冗濫前何慳。甲兵未見洗幽朔，流移直恐窮荆蠻。吾曹謝公有深慮，向來憂國鬢欲斑。揮毫作歌意慷慨，直欲廣厦千萬間。朝廷有道弭災沴，胡不浩蕩開愁顔？

沈刑部所藏墨竹歌

沈郎之貌古不妍，滿懷清思如涌泉。手中墨竹風裊裊，坐我一片瀟湘天。貪愁吟鬢灑霜雪，已覺紗帽隨風偏。人道湘靈解鼓瑟，此中似有泠泠絃。自言得此意蕭索，中夜不敢高堂眠。問誰作者夏太常，平生翰墨江海傳。雪堂無人老可死，此物價重黄金錢。近來畫竹有數家，世人皆愛我不憐。我非能畫却能看，别有苦思通幽玄。病眼揮毫不成字，小者如栗大者拳。西鄰奚老髮半白，東鄰陸郎美少年。清歌苦調兩不厭，爲子和我滄浪篇。

周少卿雙壽堂

周郎豪宕老不狂，近來好事爾擅場。全家舊住西湖口，甲第新開雙闕傍。高車駟馬通晝夜，墨客騷人争短長。阿翁堂東母西坐，面如紅玉頭比霜。十日催詩八九至，一杯獻壽百千强。御璽重封五花誥，大官屢出九霞觴。紗帽輕籠夏陰薄，翠羽將動秋風涼。短簫大鼓聲動地，吴曲越吟歌繞梁。浮雲欲度不肯度，落日半落還低昂。曲廊煙霧散復合，舞袖風花抑更揚。花底番番唤緑酒，燈前隊隊出紅妝。

金波玉繩耿不定，樓箭宫壺殊未央。共説神仙隔風雨，豈知塵世無滄桑？西池王母誰曾見？南極老人空壽昌。眼前相對且爲樂，世事悠悠安可量？

歌風臺送李舍人

芒碭龍氣去復來，長風萬里黄雲開。手提三尺視六合，酒酣獨上歌風臺，大風之歌何壯哉！樽前灑淚數行下，當時聽者翻悲哀。沛中小兒解擊鼓，不見干戈見歌舞。三户丘墟已滅秦，兩生制作空逃魯。君王自信材且武，衣冠士人棄如土，大風之歌竟何補？李侯自是江東儒，壯年挾策事明主。平生慷慨心好古，亦欲南遊吊徐楚。是時朝多賢俊臣，坐令四海無兵塵。禮樂成俗忠孝敦，君亦還家懷老親。君歸試問荆與榛，豈無儒碩遭沉淪？丈夫勳業共努力，君今豈是江湖人？

題陳考功所藏山水圖

我昔南遊向南國，輕舟浩蕩隨所適。雨纜朝辭楚岸沙，風帆遠挂吴山色。毘陵城東好山水〔一〕，平湖方田渺蕭瑟。錫山惠峰俱在眼，舟人野夫相與識。谷口浮雲乍有無，林間細路仍荆棘。錫山李侯邀我遊，此興豈待相促迫？是時江湖足風雨，城郭半化爲溝洫。苔深石滑苦不支，屐倒笻顛正愁劇。匆匆揮手謝使去，還家仰天空歎息。向來經過信偶爾，嶽麓險絶西湖僻。寧知咫尺不相遭？恐是山靈闕題籍。潦倒誰開摩詰圖？依稀尚有元龍宅。元龍舊是湖海豪，作官十年歸未得。揮毫賦詩本無意，况我與子同宿昔？炎天倦眼藉披豁，從事索詩如傳馹。却恐詩成卷送還，高堂素壁空相憶。

【校勘記】

〔一〕「毘陵」（常州一帶之古稱），原作「昆陵」，顯以形近而訛，今據句意與抄本正之。

深宫美人圖

秦宫丘墟漢宫圮，望仙銅雀參差起。隋唐去後花綺空，流落誰家畫圖裏？桂殿椒堂十里香，繡襦寶帶鬬成妝。前庭歌聲後庭舞，鳳輦不來深夜長。玉甌犀筯涼風發，團扇空悲舊時月。不見千門萬户時，衹今何處埋香骨？馬家大練長作裙，沈香錦韈隨風塵。君看掩鼻工讒者，何似辭恩下輦人？

畫松爲顧良弼主事題

畫松不必真似松，風骨略與畫馬同。畢宏曹霸兩奇絶，妙意正在阿堵中。君家素壁光如雪，上有虬枝老垂鐵。晚歲長同怪石寒，炎天恥受高雲熱。江翻樹轉争喧豗，十步九戰何時開？陰房半扃山鬼嘯，海水不斷天風來。城南野人頗醇古，坐愛涼秋滿虚宇。安得移來十丈青，高價如山棄如土？知君此興迥莫攀，謂予苦絆風塵間。攜琴載鶴招使去，我家自有徂徠山。

送武昌徐翁南歸 翁，行人鏞之父也。

黄鶴磯頭秋草色，高樓四面青山碧。我來君去兩浮萍，忽漫相逢更南北。君家舊在江城居，白頭紗帽隨巾車。作客聊同薊門雁，還家應憶武昌魚。蘭橈桂棹日將晚，斗酒放歌情未疏。杜甫不堪垂老别，嵇康曾著絶交書。徐卿有子吾所羡，騎馬題詩曲江宴。賦終奏入明光宫，詔成捧下麒麟殿。青雲於我最交親，況復山川是舊鄰？送君此去情無限，緑樹猿啼湘水春。

林良雙鵲圖爲通政程公作

華堂繡幕雙雕櫳，樹間靈鵲穿玲瓏。當春解識芳菲意，鎮日相呼樓閣風。疏枝密葉鬧復歇，曲檻叢臺西忽東。共愛羽毛争洗濯，由來律吕自諧同。此時閉户填青葱，昨日天書下紫宫。已喜西州金印大，何如南海畫圖工？開筵置酒賓燕喜，愛畫索詩公意濃。却愧當年賦鸚鵡，氣酣捉筆如飛鴻。

江風圖爲劉太僕一丈題

寒空木落江呼汹，疊浪如山亂堆壟。雲拖雨脚隨長流，萬里蛟龍作人踊。獨有一葉之扁舟，舵側帆欹未肯休。頹洲斷岸地卼軏，遠樹絶島天沉浮。眼前萬象錯慌惚，倉卒遇之寧暇求？由來適意在頃刻，此外豈復千金謀？南人使船如使馬，夢落江湖若飄瓦。君看白首波濤中，笑殺磯頭釣魚者。高堂慘澹開丹青，坐見四壁皆滄溟。酒酣擊節歌不成，感慨忽與歡娱并。昔公江漢初揚舲，亦如湘纍浮洞庭。一朝奮起在平地，健翮上可凌高冥。謝安尚憶中流坐，師德何妨逆浪行？向來夷險竟何物，世間萬事如浮萍。

題邵容城所藏畫松圖

種松谿邊長十丈，高雲對屋團青障。中有幽人愛讀書，苧袍紗帽秋蕭爽。青苔白石坐移時，衡門晏起獨開遲。山中繁實雨初落，水面垂蘿風倒吹。十年南北江湖夢，野樹孤雲遞迎送。此地材同新甫良，多君官比藍田重。酌君美酒聽我歌，東園桃花能幾何？丈夫功業在晚節，君今尚壯非蹉跎。

張御史洪死土木之難其子浙江參議敷華請爲詩以輓之

平城敵騎紛騰薄，大駕親征向沙漠。漢家將軍令不專，四十萬人俱不還。百官扈從争赴死，玉佩金章者誰子？道傍白骨無人收，中有豸冠張御史。張公直筆横秋霜，平生鐵石爲肝腸。長軀七尺棄如屣，赤日下照雙瞳光。山間野狐猶陸梁，願爲厲鬼隨君王。君王入朝臣恥雪，不花戕軀也先滅。羣公坐饗升平年，恨不生持子卿節。公今有子登金門，九原再拜君王恩。十年兵甲不復試，兩世箕裘今尚存。相逢若問公家世，莫話龍沙舊時事。仰天不獨悲賢豪，一曲哀歌幾行淚。

送沈仲威之南京兵部兼憶乃兄仲律僉憲柬計刑部汝和吳屯田元玉

昔年我在金陵城，捨舟躍馬長安行。大江爲隍石爲郭，天地設險通神靈。闕庭巍巍擁臺署，館舍濟濟羅賢英。朱樓畫棟連飛甍，六街三市分縱横。琳宫寶地不知數，復有金碧摩峥嶸。雞鳴山頭海色動，雨花臺前芳草平。是時同遊盡豪俊，元方最有能詩名。賦詩載酒樂未已，長揖遂作西南征。君今作官向南署，予亦歸來幾寒暑。壯心廓落江海空，目斷雙鴻欲飛去。羨君生長在兹地，山水還經舊時路。好事真成太史遊，多才不恥班生賦。錦袍紗帽坐看書，官清地切兵曹居。中宵或有彭城夢，暇日自引河陽車。我家北都官北闕，未免塵滓隨簪裾。人生離合類萍梗，因君感舊重鬱紆。浮梁醉客久不見，青龍山人音問疏。二君詞畫吾所愛，憶我爲寄江南圖。

早朝遇雨道中即事

長安五月霖雨多，六月更急如翻河。通宵到晚不得寐，茅屋欲破愁嵯峨。攬衣當户未能出，却坐蓬窗聽疏密。縱道君恩屢放朝，端居未敢忘巾櫛。九衢燈火迷西東，輕蓑瘦馬隨疲童。道傍行子顧且笑，謂予亦在泥塗中。感渠相念不相識，問之不答還匆匆。如聞身是營中卒，畚鍤欲赴朝天宫。古來王事稱靡盬，予亦勤勞竟何補！爲渠慚愧久低回，雨急嚴城聽鳴鼓。

荷鷺圖爲薛御史作

秋山泬寥秋水闊，一夜天風起蘋末。萬籟凋餘錦樹空，繁花落盡紅衣脱。鵁鶄瀏鶒俱無聲，沙邊白鷺如有情。幽禽相呼落日暝，尺鯉下避寒潭清。寒潭直下幾千尺，落羽回波共蕭瑟。獨立遥憐海嶼青，低飛不礙江雲白。詩家畫格還相宜，却憶江南初見時。雍陶池上風雨集，摩詰田中煙火遲。吾生頗似巢籠鳥，十年塵土長安道。萬里滄浪一片秋，安得閒身此中老！

張養正檢討所藏王舜耕雪圖

朔風撼山山石裂，老樹杈枒半枯折。陰雲匝地凍不收，知是前溪夜來雪。回峰遠岫相明滅，斷梗流澌正幽咽。天寒萬籟聲蕭蕭，水行無舟陸無轍。村回徑仄隨欹傾，危橋欲墮猶低撑。長空遥遥一雁下，白屋裊裊孤煙生。灞陵豪客一時興，東郭幽人千古情。高堂對酒不得醉，我意豈獨憐丹青？君不見去年三冬無一白，又不見九月江南雪盈尺。豐年消息定何如？欲向田家問麰麥。官曹坐食無良籌，予亦胡爲簪組流？如君故是經濟器，慷慨莫忘蒼生憂。

破戒後和明仲勸作詩韻

自別詞林老冰玉，明仲號。塵滿胸中數千斛。忽傳健檄督我詩，我詩未成君累幅。苦君相操如濕束，强將冠屨加老禪，頓使茹葷兼食肉。平生此事性所好，縱使戒心寧戒目？劉伶斷酒忍解醒，虞七廢書猶畫腹。羣公左袒纔兩人，後有修撰鼎儀。前侍讀。舜咨。向來論議各反復，老將深機信神速。始知詩酒非俗事，詩亦可作酒可盃。此語雖佳恨不倏〔一〕，明仲詩有云：「飲酒作詩俱不俗。」悔却從前三月俗。即當載酒攜我詩，來聽高談如炙轂。

【校勘記】

〔一〕「倏」，原作「條」，顯以形近而訛，今據句意與抄本正之。

亨父以梅花扇寄其門人索賦一首

江頭古樹花滿株，蟠虬屈鐵相縈紆。微雲點綴不盈掬，風格自與羣葩殊。翰林老吏神仙骨，揮毫兩袖清香發，空梁夜半酒醒時。夢斷江南滿樓月，仙郎瀟灑如宗之。平生愛畫復愛詩，山高水闊望不見，瓊林玉樹空參差。

謝學士所藏山水圖歌

翰林門地清於冰，高堂六月開雲汀。涼秋摵摵起庭宇，萬籟如在空中聽。空山蒼蒼入林莽，江上茅亭隔風雨。層窗曲檻深閴寥，寂寂幽絃似相語。繩牀棐几隨周旋，麈尾不動聲琅然。山高水闊鳥飛盡，惟有碧樹鳴寒蟬。東鄰老翁跨驢至，西家屐齒半欲穿。山頭荷擔步還却，此豈有意泠泠絃？先生愛山復愛水，看畫題詩宛相似。坐令賓主成三人，不羨謫仙花月裏。玉堂退食時相從，恍然坐我青芙蓉。

願將一曲洗雙耳，更待高樓閶闔風。

題朱儀中雪雨二圖

洛陽城中一丈雪，洛陽先生被如鐵。洛陽令尹呼始醒，足不可出骨可折。誰爲此圖圖者誰，深山日晏啓關遲？呼童擁篲亦多事，安用掃此門庭爲？前山無樵溪不釣，獨坐空林發長嘯。鵰鴉飽肉鷗鷺飢，歲暮苦寒空自知。世人厭寒争附熱，此景蕭蕭向誰説？炎涼翻覆如畫圖，圖中之人今有無。

菰叢蒼蒼集煙渚，山頭濕雲半爲雨。垂蘿繞屋茅覆墻，石燕林鳩似相語。桃花落盡梅子黄，南湖北泖俱茫茫。黄泥道路白頭浪，知是江南煙水鄉。長安溽暑秋過半，雨濕書牀盡糜爛。三年詩逋坐盈案，拂君畫圖爲君歎。閉門覓句無人催，呼童卷送休徘徊。君看白石最深處，紙背猶濕青莓苔。

鱖魚圖爲掌教謝先生作

泮池雨過新水長，江南鱖魚大如掌。沙邊細荇時吐吞，水底行雲遞來往。其間種類多莫辨，短者如針細如綫。三年養得鱗甲成，萬里空嗟畫圖見。一官薊北後巴西，丹青不改鬢成絲。遥憐天路飛騰地，長記春風長養時。宦途萍水紛無迹，再見此圖三歎息。遠行珍重寄雙魚，魚中定有長相憶。

舜咨歸省尚書公餞者以韓昌黎送鄭校理詩分韻予最後得廓字時吕中書秉之得洛黄鴻臚藴和得閣邵户部文敬得薄濮武庫用昭得泊俱同韻除互押外共得二十有六予詩後成凡諸君所用者皆不敢襲其韻數亦不敢獨減諸君獨廓字乃所分本韻雖已爲户部所押不復避也

贈君高歌罷君酌，君行正歡予作惡。憶年十五前識君，我童始成君冠弱。秋闈春榜俱少年，愧有聲名比盧駱。石渠金馬高崔嵬，璧綵奎光遞聯絡。分班華蓋冠裾集，賜坐彤墀杯俎錯。南宫閲卷春持衡，秘府藏書夜收鑰。官雖異調偶同秩，亦得隨君侍經幕。朝遊暮燕無停時，十日不見心已愕。與君出入若蛩蟨，將往復還如有約。中間蹤迹頗乖隔，君南歸吴我遊鄂。同時豪俊八九人，幾見參商互升落。君今復駕滄江帆，岐路未免東西各。高門舊可容駟馬，廣厦還聞賀羣雀。紅脂臘酒醅正開，白雪鮒魚膾新斫。綵衣翩翩花婀娜，酒酣戲舞欣欲躍。尚書老倦賓客勞，起坐爲君成矍鑠。古人至樂在甘旨，一日豈换三公爵？知君此興歸正濃，棄我別離如敝屩。獨予疏蹇具百疾，仰藉忠言比良藥。壯夫恥作兒女顔，能不感慨傷今昨？君才磊落經濟資，應讓祖鞭先我着。宦途已作前輩行，莫遣流光迅如爝。遠行珍重勸加餐，幸有長軀能大嚼。情深義重出肝腑，此語雖麄未爲謔。語闌呼酒重酌君，百罰深杯勿辭虐。長歌未終短篇續，臨發更煩開一噱。詩成酒盡君已遥，獨望江天渺空廓。

題陳考功所藏何太守山水圖

春雲巍巍山欲活，沙明水清石可掇。飛泉墮空紛濺沫，長流赴耳聲濄濄。畫手依稀入毫末，妙思似恐詩人奪。君看茅堂向空闊，卷幔青山在窗闥。中有一翁頭戴褐，白髮蕭蕭短垂褐。有魚旋烹醅旋醱，誰與長年老蒿莿。石橋雨過春泥濘，山長水修去莫達。溪邊小舠輕比筏，舟人不來費呼喝。我懷若人心欲渴，有奴當驅馬當秣。慷慨不愛青袍脱，高堂暫開神已豁。坐對巉巖聳雙髆，吏人索詩方苦聒。十日閑愁爲君撥，談笑頓解詩囊括。興如長風駕鉅艭，韻險横被狂流遏。紙短詩長重删撮，潦倒却恨并刀割。

邵文敬所藏畫松圖

老幹叢枝色深黑，蛟龍戰空雷雨擊。空堂素壁光虚白，望斷冰崖雪千尺。君家此圖圖者誰？誰其似者畢與韋。酒醒片石月欲墮，坐久鳴濤風漸稀。初如廬山尋白鶴，不聞人聲聞子落。復如駐馬藍田廳，樹下或有吟哦聲。主人能棋復能賦，倉卒相逢不知處。嗟予亦是好奇人，慣聽凉秋滿庭户。城南風景無塵埃，東曹隱者心悠哉。閉門却掃戒僮僕，莫放前呵喝道來。

王祠祭希曾所藏汝和紅菊歌

世人作畫皆論派，汝和畫菊乃天解。直將書法寫此花，宛轉金枝總垂薤。初爲水墨後紅紫，幾向清纖發狂怪。桃羞杏澀寧比妍？蟻恨蜂愁未堪嘬。幽蘭堪供屈子佩，奇石當邀米公拜。當時落筆亦偶然，忽有聲名起砰湃。僮奴塞户卷委山，不獨文逋與詩債。有時偃蹇不受促，怒目看人兩睚眦。酒酣興發誰使顛？迅掃但覺吴縑隘。個中三昧我獨知，每見渠揮爲渠快。最是平生跌宕心，病卧窮山老何憊。南宫王君得此圖，舊素遺紅未凋敗。豈知一見已陳迹，江水東流日西邁。摩挲兩眼三歎息，悔却從前比菅芥。長安賈客君不聞，已索黄金市中賣。

彭學士先生所藏劉進畫魚二首

魚爲水族類最稠，近時畫手安成劉。生綃如雲筆如雨，恍惚變態不可求。大者獨立爲豪酋，小者列從分奴騶。翻身呴沫日弄影，一一如在空中遊。風鬐霧鬣卷復散，頃刻鉅浪高山丘。上摩虚無拂倒景，下逐遠勢歸長流。初疑聚石作九島，咫尺之地皆汀洲。又如然犀照牛渚，海若露叫羣靈愁。問渠類象誰指示？或者神授非人謀。畫圖貴似不必似，却恐有意傷雕鎪。擬將天地作畫笥，此語吾傳蘇子由。江湖茫茫隔塵土，吾欲遠挂珊瑚鈎。臨淵之羨亦徒爾，況乃物幻無停眸？詩成日暮酒半醒，蕭蕭落木高堂秋。

西園太液今靈沼，山下碧波春渺渺。紅鱗紫鬣時去來，雲影煙光足昏曉。微塵不生空宇闊，百丈秋毫差可了。沙邊細沫吹轉回，水面青蘋拂還繞。窈窕遥憐宿鷺閑，飛騰不羨輕鴻矯。朝廷有道萬物遂，池榭雖多幸遊少。帝澤還同雨露深，餘生得謝罾罛擾。慈宫宴罷移綵舟，學士詩成賜清醥。羽林郎官亦供奉，筆下丹青疾於鳥。白玉堂中一尺白，片月孤雲未爲皎。天上真傳種類奇，人間豈合泥塗湫？十二闌干九曲堤，置身忽在垂楊杪。極知飛躍皆聖化，摹寫無才愧荒眇。他時變化那可期，已覺神光射天表。

王世賞所藏林良雙鳳圖

鳳凰何來自丹山，一舉千仞不可攀。鳴聲入雲光耀日，倒影下墮蒼茫間。梧桐作巢倚空碧，俯首啄食青琅玕。遂令三百六十種，風翎露翼空闌珊。虞廷周甸信烜赫，魯門漢府皆虛謠。九苞六象杳莫睹，誰遺圖畫留人間？翰林王君好奇者，家有丹青絶瀟灑。巾藏篋裹二十年，云是林良舊時寫。斯人畫格獨羽毛，愛此天然非物假。由來象外有神助，猶恨當時知者寡。聖朝至治登虞唐，手持玉燭調陰陽。賢人在位吉士出，豈以異物充禎祥？王君矯矯人中鳳，端合置之白玉堂。超宗奇毛本異種，吾見先公居廟廊。君當奮飛隘八極，我已避路看翺翔。太平有象須黼黻，不獨文字争輝光。

王世賞席上題林良鷹熊圖

坡陁連延出林麓，孤鷹盤拏熊蹜伏。金眸耀日開蒼煙，健尾捎風起平陸。由來異物乃同性，意氣飛揚兩撑轟。山跑野掠紛路岐，何事相逢輒相肉？側睨翻疑批亢來，迅步直欲空壁逐。乾坤蒼茫色慘淡，落木蕭颼滿空谷。羣豺斂迹百鳥停，萬里長空齊注目。是誰畫者誠崛奇，筆勢似與渠争速。坐間賓客皆起避，階下兒童駭將蹴。當筵看畫催索詩，卷帙不待高閣束。平生搏擊非我才，欲賦真愁成刻鵠。微酣對此髮雙豎，酒令詩籌復相督。頓令拙劣成粗豪，一飲步兵三百斛。

題黄宗器秋官所藏何太守山水圖

濕雲浮空山欲動，亂壑回峰互吞涌。當溪獨樹雨冥冥，青苔覆地春陰重。深山白石幽人居，鈎簾寂寂坐看書。竹橋入林野有簌，草閣傍水門無車。行人細路隔山脚，曳杖前登後還却。浦口輕舟信往還，鐘聲遠寺空寥廓。此中可釣亦可耕，不然且濯滄浪纓。酒酣夢覺兩相失，此興豈獨憐丹青？風流太守何侯筆，三十年來已蕭瑟。君今愛惜須久傳，予亦題詩坐終日。

題錢世恒所藏王孟端墨松卷次饒介之舊韻

松根成龍石作瓶，仙山棱層隔天梯。層陰疊翠聳雲漢，下視百丈紅塵低。左慈幻術有真僞，葉公畫格空雄雌。九龍山翁不同調，韋偃畢宏爲等夷。寒聲不斷殷幽壑，細影欲動摇晴漪。恍若臨流聽清籟，芒屨布袍隨所之。須臾晝暝神鬼泣，虺蜴怒叫蛟鼉悲。問翁胡爲不畫竹，王子似厭參差吹。人間拙匠枉學步，此翁聲名難並馳。强揮筆管潑墨汁，凡骨却笑神仙癡。未論遺迹爲世寶，已覺紙價高當時。殘縑片楮久不見，二丈吴箋藏者誰？梁公老去陳氏滅，此調豈有知音知？手探靈脂掘石髓，江東錢翁元好奇。胸中撑拄不平事，海水側立虞山危。家藏況復有聲畫，臨川老饒清妙詞。郎君少年今壯髮，風木忽動皋魚思。平泉樹石米家舫，往事逝矣何能追？篇成頗覺古意遠，撫卷載誦徂徠詩。

李東陽全集卷八

懷麓堂詩稿卷之八

七言古詩

艾光禄所藏畫龍

墨池雨漲春水渾，翻綃潑練紛吐歕。波濤澒洞煙霧昏，中有靈氣吐復哼。化爲鱗甲如山嶟，葛陂之子延平孫。焦臺雷澤皆弟昆，昂頭奮角倨且蹲。一嚇顛走百孟賁，怒眦倒射摶桑暾。身闖震宫排艮閽，蹴踏月窟蟠天根。東遊暘谷西掠崑，憑丘躐閬山爲髠。霆車電幟喧作屯，朱芒閃地烈焰燉。前驅鰌鱓後鯨鯤，肯與鰷鮪同罌盆？頃刻變化茫無痕，四海盡被沾濡恩。是誰畫者稱專門？腕末操筆氣已吞。登堂驀見駭欲奔，以手熟試稍可捫。葉公老死空遊魂，神物化去精靈存。龍飛在上九五尊，公今爲雲正絪緼。願隨沛澤彌乾坤，彼丹與青安足論？

題沈啓南所藏郭忠恕雪霽江行圖真迹

洛陽老狂眼雙白，揮毫醉呼聲裂帛。手持造化奪天工，頃刻雲煙變朝夕。有時點染入毫忽，決眦未須論寸尺。平看側睨部位匀，疊見層分了無隔。更聞篆去書絕倫，二物殊科乃同格。前身合是顔平原，骨蜕空山兩無迹。世傳忠恕尸解事，與魯公正同。君看雪霽江行圖，杳若張帆向空碧。沙明水浄天地闊，遠樹平川晴歷歷。兩舟供載百物具，細者銖藏鉅山積。老稚相看宛有情，傭工僕夫皆受職。世間畫手自有數，此狂一去難再得。宣和舊物出内局，書題瘦筋印方石。風塵澒洞河洛空，流落江南歲三百。天球河圖廟不守，微物猶關世因革。富家珍襲何足論？終作貧兒一朝食。姑蘇沈郎亦好奇，袖裏黄金輕一擲。定知仙筆可通神，恐有六丁隨霹靂。桓玄竊取吾所笑，一月爲君頻拂拭。還君頗覺未忘情，摹本爲予君莫惜。

朱中孚秋官竹園書屋歌

桂陽縣南多竹園，朱家種竹秀且蕃。根如蟠龍葉翥鳳，上蔽倒景回清暾。南池水清緑於染，影帶晴江春冉冉。中林斷處忽青山，門外筆峰秋數點。竹園老翁長愛詩，讀書教子鬢成絲。臺駿郡駕日相逐，澗雨巖風無改時。柏臺成臣霜雪姿，南歷嶺海西豳岐。十年襟袍畫圖見，萬里平安書札知。秋曹郎官清比竹，身着青袍佩蒼玉。竹林在園書在屋，如此傳家殊不俗。君家未貧貧亦足，有園可居書可讀。我家湖南子鄉曲，無竹無居但空谷。歸當坐子青石牀，净洗胸中塵萬斛。

劉尚質南樓題王舜耕山水圖

溪聲潺湲雜林壑，山勢蜿蜒去還却。浮雲欲起未起時，半在溪頭與山脚。入空高鳥飛欲盡，背屋斜陽慘將落。更無剩地與閑人，縱有紅塵何處着？南畝老翁雙鬢斑，筆法頗似高房山。少年豪宕老疏放，往往醉墨留人間。平生畫癖兼山癖，一見此圖三歎息。愧我不如樓上人，日日開窗看秋碧。

林侍御孟仁所藏王舜耕山水圖

青山雨過行雲濕，高者在田低在隰。溪風飄摇正無力，巖巒忽開中壁立。翠微依稀入空杳，叢林峥嶸石戢戢。山根細路無人行，空庭生苔土花澀。江南江北定何處？擬欲從人問州邑。載酒疑逢好事來，泛舟恐有漁郎入。心知畫圖本虚幻，頗爲塵襟豁羈縶。粉墨人間孰與留？乾坤此老何嗟及。烏臺鐵冠高屹屹，山亦可動水可激。坐將冰雪灑炎荒，六月高堂風摵摵。

題沈啓南所藏林和靖真迹追和坡韻

湖亭路繞梅花曲，石硯年年洗芳渌。湖光照眼花絶塵，此老當時面如玉。詩應獨步難同調，字豈必工終不俗。城東蒼頭持卷來，一夜起看三秉燭。我從書法得相法，骨秀神清臞亦足。有如辛苦學仙人，火冷空山斷葷肉。遺編舊事已陳迹，五百年來登鬼籙。水流花落兩無情，誰能更和西湖曲？石田詩人亦清士，居不種梅翻種竹。他時併作隱君論，何似周蓮與陶菊？

題畫鷹送羅緝熙南歸

大鷹猙獰爪決石，側目高堂睨秋碧。小鷹倔伏俯且窺，威而不揚豈其雌？雌雄起伏各異態，意氣相看出塵壒。獨立羞將衆羽羣，高飛怕有浮雲礙。山寒木落天始風，日色慘淡川原空。人間狐兔自有地，慎勿反擊傷鵷鴻。畫圖髣髴是誰作？宛似韝臂閒落。高堂匹練長風生，萬里炎荒盡幽朔。我生奇氣空嶙峋，揮毫對此不無神。送渠羽翼朝天去，亦是雲霄得意人。

張侍御世用所藏山水圖歌

秋山日落川氣黄，樹影下映寒潭蒼。叢篁入林豁蒙翳，石角路轉山東崗。茅堂對山復面水，高者可屐深可航。閉門却掃動經月，落葉委地苔覆墻。豈無山客跨款段？亦有孺子歌滄浪。吾生早覺簪組累，十年丘壑成膏肓。畫圖彷彿見此景，褰裳欲渡川無梁。空堂五月熯如火，使我鬱塞回中腸。安得盤陀一片石，坐醒殘醉生餘涼？君今持節行萬里，要遣霜雪清炎荒。請看窮谷最深處，或有隱逸藏聲光。揚清激濁付公等，吾欲拂衣辭太倉。

墜馬後柬蕭文明給事長句并呈同遊諸君子

我在黄門夜燕歸，徑驅健馬疾若飛。馬蹄翻空身墮地，豈獨塵土沾人衣？徒行却叩黄門宅，主翁醉睡驚倒屐。東軒大牀許借我，筋骨屈强眠不得。二郎擁臂下中庭，左曳右挈蹣跚行。西鄰乞藥走僮僕，東家貰酒來瓶罌。大郎慰問不停口，以手熨抑重復輕。黄門對牀卧答語，獨夜沉沉何限情。黄門朝回我起坐，南屏潘郎跨驢過。西臺驄馬隨東曹，復有同官兩寮佐。周郎哭子涕未乾，聞疾赴予如拯墮。羣嗟衆唁增我憂，獨喜南屏向予賀。憶當墮馬城東阿，前有深渠後坡陁。詩成臂病不能寫，黄門健筆如操戈。庭空客散日在户，夜踏肩輿代徐步。置身隙地不盈丈，或有神鬼相撝訶。兹行未必不爲福，對酒盡醉且復歌。詩成臂病不能寫，黄門健筆如操戈。入門强作歡笑聲，實恐衰顔驚老父。閉門穩卧病經月，幸是閑官寡書簿。高吟朗諷猶舌存，欹坐仄書書屢誤。故人入坐時起迎，拄杖徐行轉愁仆。黄門父子時過問，愛我情多豈予助？平生骨肉欣戚同，世上悠悠幾行路。宦途夷險似有數，墮馬爲君今兩度。作詩病起謝黄門，各保千金向遲暮。

文敬墜馬用予韻見遺再和一首

我馬西行東客歸，歸心落日争紛飛。長安城中一掌地，顛倒鞭鞚隨裳衣。君時別向中書宅，兩日吾門斷雙屐。寧知此厄忽相遭，怪事驚從武昌得。東曹舊僦尚書庭，當階跛曳止復行。曲身正自憑几杖，伸臂强可持杯罌。拳如崔家獨足鷺，風雨不動垂絲輕。誰其賞此句獨苦？吾荷武昌無限情。四當軒前花下坐，病足蹣跚爲花過。詩才與病應力争，酒興鄉心復相佐。歸來病劇吟愈工，作勢猶疑馬前墮。故將奇事發高懷，衆口慰君君自賀。憶當散髮林中阿，掃石自坐青盤陀。肩行板輿步筇竹，左麾右箠隨麾訶。風檣浪楫見亦慣，倉卒不廢歗與歌。誰令冠履執羈策？頓覺平地生鋋戈。安樂窩中長閉户，萬事茫然入推步。如何物理異人情，墮甑有時猶却顧。羊家臂折登三公，塞上髀傷歡老父。定知時運迭乘除，或者神靈司籍簿。南人漫作知章嘲，北客善騎寧免誤。嗟予亦是長安人，二十年來幾顛仆。向來病卧苦岑寂，劇飲豪吟賴君助。言酬德報理則然，況是前車覆同路？世間墮者亦無數，共説郎官好風度。即看走馬向亨衢，莫待驅馳歲云暮。

文敬攜疊韻詩見過且督再和去後急就一首

苦欲留君君又歸，翻然上馬力欲飛。與君未罄連夕話，復遣僮僕牽君衣。問君墜臥城東宅，病足幾時能着履？倉皇不肯戒前車，道上泥深行豈得？君時坐笑當空庭，笑予亦怯泥塗行。有如醉者醉初醒，戒客不遣操樽罍。當時我悔不子戒，我足子肩誰重輕？世間豈獨我與子？慎勿局促傷高情。黄門筵中客滿座，回首光陰如鳥過。宦途顛蹶亦有之，不見黄門已州佐。人言官重不如身，我身幸全何害墮〔一〕？自斷吉凶皆付天，不須重問梁丘賀。聞君此語唯復阿，如病得醫逢扁陀。亦知身世等夢幻，實恐名教遭譏訶。孫臏刖膝尚酣戰，幼輿折齒還高歌。何如樂正一傷足，憂心抱痛如創戈？君方大笑復出户，五十漫勞嗤百步。試教鮑老復當場，豈免狐疑更狼顧？昔聞達奚走奔馬，曾説此兒還此父。吾曹豈是馳驅才？自合儒官守文簿。前言戲君君不知，極辨爲予無乃誤。今宵且作風月談，莫更塵途論興仆。君歸我坐時獨吟，頗覺詩成少神助。知君此興正不淺，却似輕車隨熟路。歌長韻險亦有數，我已三賡君兩度。急須走筆償我逋，莫道詩來天已暮。

【校勘記】

〔一〕「全」，原作「金」，顯以形近而訛，今據句意與抄本正之。

得文敬雙塔寺和章詔之不至四疊韻奉答

問君朝回胡不歸，西馳急脚走若飛？云承部檄籍戎伍，歲給纘布頒冬衣〔一〕。浮圖東望瑜伽宅，尺地西垣懶回展。祇應官事了癡兒，怪底可人招不得。想當岸幘坐公庭，東曹號令方風行。直窮妙思入權度，豈有暇日消盤礴？棲遲鞅掌自有地，向來笑口未可輕。閑官飽食太倉粟，使我刺促難爲情。埋頭日向書堆坐，歲月都將病中過。久知筋力負馳驅，我已愧子郎官佐。今年墮馬復病目，目病雖輕不如墮。併抛筆硯委塵埃，且免墓諜兼廈賀。兩旬面壁西簷阿，禪心不動如祇陀。門前索文如索債，遜謝不敢加嗔訶。官稽私負兩不辦，爲君重和墮馬歌。興來作字大如掌，眼暗僅辨點與戈。塵多路長不出戶，繭足還思墮時步。淖險真停匹馬迎，情深屢枉高軒顧。卧無小吏驚報衙，行愛嬌兒解隨父。擬借東曹度支手，記取玉堂風月簿。從知身病是閑時，病裏不閑誠大誤。嗟予病起身亦健，又被君詩壓將仆。我兼二病君但一，寧不少留爲我助？知君尚有逸駕才，我馬虺隤當避路。

七擒八克古有數，白戰共君今幾度。我歌又竟君不來，欲效魯陽揮日暮。

【校勘記】

〔一〕「布」，原作「希」，顯以形近而訛，據句意與抄本正之。

若虛詩來欲平馬訟五疊韻答若虛并柬文敬佩之〔一〕

馮郎墮馬長安歸，身病在牀思奮飛。我時病墮忽兩月，幾度爲渠驚倒衣。邵郎近墮橋頭宅，右足獨拳愁躡屐。三人墮馬渠最傷，畢竟墮同誰失得。西涯書屋東曹庭，詩筒絡繹東西行。本緣詩墮不爲酒，玉山自倒非金罍。馮郎談虎色獨變，開口不問重與輕。吾宗白洲不墮馬，亦作墮語真多情。喧争浪謔兩當坐，頗覺風流成罪過。向來曲直未分明，旁引諸家爲證佐。訟當坐人不坐馬，勝負在詩寧在墮？馮郎欲作旁觀人，負汝何悲勝何賀？白洲老吏直不阿，手持三尺無坡陀。欲令虞芮成禮讓，不遺秦越相譏訶。不然健訟化勍敵，祇恐吴儂圍楚歌。南山一判不可改，昨夜東壇聞止戈。詩家紛紛各門户，爾我不須分跬步。世間夷險自有途，騄駬駑駘竟誰顧？古來相馬獨孫陽，有子分明不如父。白洲乃欲賣我馬，却付東鄰酒家簿。人雖千慮有一失，我馬雖駑亦應誤。君看三馬二馬良，馮馬最良先我仆。白洲有馬誇健强，縱免墮傷爲盜助。詩成我亦判渠歸，良馬勿與駑争路。佳辰美景亦有數，莫遣閒情嬲襟度。急呼邵李招馮郎，下馬共醉西涯暮。

【校勘記】

〔一四〕「平」，原作「早」，顯以形近而訛，據句意與抄本正之。

體齋宅賞蓮席上得十字

池亭雨過芳塵浥，池上花開衆賓集。回風忽覺翠旗翻，倒影真疑彩雲濕。越浦新妝水底明，漢皋遺佩空中拾。剪裁似欲煩并刀，涴染却愁翻墨汁。根非異種難同調，身在後時終獨立。已當佳麗國三千，不羨豔陽春九十。桂苦蘭辛祗自憐，桃紅李媚何嗟及。酒如戀客傳不停，花似解詩催更急。坐看煙蓋晴裊裊，欲采露房秋戢戢。我狂不去當重來，鯨飲碧筒三萬吸。

書蒙翁老先生書畫卷後

蒙翁書法天下豪，坐驚風雨隨波濤。有時意匠入幽眇，力與造化爭纖毫。仰觀千年俯一世，紛紛弄筆皆兒曹。書家論定價亦定，須識我翁人品高。戲將水墨灑縑素，如飫粱肉甘醯糟。殘山剩水世莫睹，流落數紙青蒲萄。一登翁門遂隔世，齒頰未獲沾餘膏。如遊神山見石髓，頃刻再往不復遭。莆田鄭郎得寶藏，明珠雜佩金錯刀。摩挲兩眼百過讀，使我涕淚盈青袍。三年留玩一朝去，久假似覺歸心勞。泰山東頽日西墮，欲往從之中鬱陶。詩成起立歲將暮，空庭短髮風蕭騷。

戲贈王古直

王郎詩窮人共知，王郎書法窮於詩。亦知二者關造化，學成便有窮相隨。腰金拖玉自有相，安用效此伎倆爲？長安塵中走僕僕，面皮皺皺瘦且黧。出門信脚自來往，酒醒不記東君誰。囊無百錢有數紙，碼瑙照案堆琉璃。問渠寶此亦安用，寒不可絮飢可糜？渠言俗士豈解此，肥肉火酒甘如飴。十年遠遊得奇貨，恨不歸詫婦與兒。功名事業付杯酒，尚復與子爭毫釐。世間巧拙各萬狀，看渠非黠還非癡。

揮毫贈君莫浪喜，我詩不是瓊琚辭。

題衍聖公所藏范堯山水圖

高山隆隆石磊磊，長流奔湍轉深匯。杈枒老樹生古枝，上有懸菌贅成瘣。凌兢石路難容車，艤舟欲渡江無涯。騎驢過岡驢脚跛，行客闢山應苦嗟。太行岧嶢劍門遠，不是天台還閬苑。世間平地能幾何？萬里江山隘雙眼。良工此畫誰與傳？北人云是范華原。風多歲久縑素裂，隱隱斷墨塵埃間。尼山孫子簪纓客，坐愛清風灑堂壁。平生幽賞幾人同，嗟我尚抱山林癖。岱嶽峰高泗水深，向來瞻望空至今。登高作賦非吾事，不盡乾坤仰止心。

徐用和侍御所藏雲山圖歌

何人醉寫雲山圖？浮雲澒洞山模糊。空明射地日漏影，稍覺林樹開扶疏。平原蒼莽不知處，忽有細路通榛蕪。茅堂枕山半閣水，卷幔正對前峰孤。幽人深居不出户，縱有鄰舍無招呼。低頭把卷苦吟諷，語暗不辨楚與吴。中流棹歌似相答，欲斷未斷聲嗚嗚。雲多水闊望不見，知是滄洲舊釣徒。長安六月晴復雨，若非塵土還泥塗。城中見山如見畫，剛可髣髴求形模。山猶可見水莫涉，尺潦豈足容長艫？十年舊遊憶南國，歲月催人非故吾。鸚鵡洲前漢陽樹，此景此詩今有無？因君此圖意披豁，便欲買棹遊江湖。

題應寧所藏馬敬瞻山水圖

空堂宿霧衣巾濕，展卷看圖向庭立。高峰巃嵸樹蒙茸，雨氣山光滿川隰。中有扁舟一釣翁，手把綸竿頭戴笠。欲渡真愁野水昏，將歸更恐溪風急。渠雖不語吾亦解，已覺良工竟先入。練川老子舊名流，三十年來邈誰及？今時畫工强解事，枉禿霜毫翻墨汁。舍人耽詩復愛畫，斷素遺縑總收拾。向來卷帙堆比山，後得此圖尤什襲。嗟予對此開鬱悒，如熱者濯渴者汲。詩成畫去兩無聊，空對西山高岌岌。

觀懷素自序帖真迹柬原博太史

吾鄉上人老藏真，揮毫作字精入神。金書石刻世已少，況乃縑素隨風塵。大江東南天萬里，流落數顆驪龍珍。百尺高門若深海，腰組欲入茫無津。吴公好古得奇貨，傳借數手來鄉鄰。後堂開扃許坐我，展卷故覺情相親。嗟予生晚見亦晚，三十六年空復春。蘇黄二老尚莫睹，猶喜未乏前生因。向來摹本已酷似，昔見其影今其真。臨池對影不自陋，塗抹欲效西施顰。願攜紙墨就几格，亟往不避僮奴嗔。餘光東壁幸不惜，且復照我西家貧。請君勿返連城璧，留待他時慕藺人。

賀靖逸諭德得孫

崑山良田多種玉，玉子纍纍歲仍熟。風流雍伯已千年，年少玉郎今姓陸。陸郎二十清且温，太史之子封君孫。向來娶婦復生子，頭角雖殊風骨存。錦綳繡被光照面，氣如長虹眼如電。清向徐卿坐上看，美於潘岳車中見。一齡倏忽還再齡，漸教能笑復能行。已從坐客識奇物，更與名家占德星。登堂賦詩賀太史，人生有孫勝有子。皆言有子萬事足，見子作翁胡不喜？同年健者傅與陳，有孫不逮高堂親。我親幸健子尚少，四世如君今幾人？白頭封君年七十，如麟振振螽蟄蟄。會看太史得曾孫，重見高門車馬集。

讀柳拱之員外嚴宗哲主事楊應寧舍人倡和長句戲次韻一首

詩壇森嚴陞復楯，白戰雄呼氣難忍。西鄰有客興亦酣，睥睨重圍目雙眕。居然地隔如秦越，或者神交同白稹。故知宫角本諧聲，復恐圓方不相準。向來蹇鈍費鞭策，已分駑駘謝騋牝。灰餘萬念偶一生，腐木經秋發孤菌。諸君才力各强健，東飛俊鶻西飛隼。擬隨磅礴共盤旋，弱羽真愁向空隕。霜天閉門坐不出，背擁寒爐曲成蚓。强呵凍墨吟小詩，力困冰毫如荷盾。枯腸夜渴吻亦乾，綆短瓶空誰爲引？回首不如年少時，滿堂坐客誇聰敏。韓公道德日已負，后山精力空應盡。逢場作戲亦偶然，不覺詩成爲韻窘。文章同時不易得，三傑古稱吴富尹。君今并是湖南英，鄉邑吾猶限封畛。閑官未免鉛槧累，户外催逋時接軫。長歌終曲誰使予？歌罷獨吟還自哂。

山水圖

鵝溪練色如江色，幻出山青與雲白。山前雜樹豈知名，雲際高樓不論尺。幽泉無聲深谷窈，下作寒潭浸空碧。衹應車馬隔塵氛，但有扁舟繫沙側。溪頭老漁何處歸，手持輕櫓背斜暉？茅堂欲到恐未到，日暮山雲空濕衣。西巖兩翁共巾屨，應在深山更深住。南溪芳草北溪花，遥指平生釣遊處。山林此樂予未知，褰裳欲去將安之？請看坡老人中景，只在王維畫裏詩。

周原己母孺人壽詩分題得笄

憶年十五頭始笄，二十嫁作梁鴻妻。自從結髮事夫子，每以盥櫛隨鳴雞。晝行顧影夜照燭，舉步不出閤與閨。多情愛笄恐笄墜，舉案直與雙眉齊。夫年七十頭總白，白髮尚可勝梳篦。郎君宦遊得歸省，會以甘旨充鹽虀。鳳冠珠翟有時降，笄也未可抛塵泥。戲將拈取示兒道，此物見爾從孩提。願翁長健姥亦健，鶴形鮐背牙齒鯢。更看此物作家寶，歲歲分賦長生題。

送傅元秀才赴舉江西

鳳凰巢穴麒麟種，奇物常爲世傾竦。傅生才調出名家，一不爲希百非冗。亦知性質有天解，曾憶當年角初總。早從書派得源流，復向詞宗繼支統。後來英俊豈易得，我已爲子神飛動。十年遠作東南遊，腹有江山浩奔洶。試凌逸氣脱塵凡，立見孤標謝荒茸。翻然赴敵翰墨場，百萬人中看賈勇。會將長策獻明廷，誰謂一時非賈董？未論秋薦與春闈，金馬玉堂堪接踵。晉陽授簡辭當習，毛義登堂檄須奉。有才未免爲世用，藥裹參苓方在籠。厭隨時輩學奔趨，肯向鄉邦衒華寵？古道終教德器成，今人祇解功名重。臨岐欲别無所贈，頗覺塵襟劇煩壅。情深義重極憐渠，我語雖多未爲氄。

送文宗儒太僕還南寺

豐山東面瑯邪北，官寺臨山枕溪側。泉甘石冷花柳香，幼出春華與秋色。東吴才子洋州裔，清比琅玕長數尺。錦囊秀句壓騷人，玉麈雄談驚坐客。誰令散地容渠懶？儘有餘才供世劇。十年溷迹老風塵，三載高飛未云極。問君何曹似是馬，丞不負君人自惜。知君自抱憂國心，豈爲承平倦匑櫪？南方一匹累數金，方且按圖爲驥索。州官縣吏盡日輪，營下老兵曾未識。書生經濟須實用，誰爲吾民苦區畫？聞君獻納有嘉言，肯避傍人嗔越職。朝聞吏部書上考，恥以徵催買資格。嗟予竊禄本無能，誤向雲霄問泉石。

徐春官墓山雜詠分題得蛟溪夜月

蛟溪昨夜風雨惡，月光下照溪水濁。老蛟照月如照鏡，却卷蜿蜒露頭角。平沙星星石鑿鑿，璇宇沉沉浄如濯。雲煙變滅氛祲消，祇有空明映寥廓。廣寒宫殿水中開，碧海魚龍天上躍。團團桂影落虚圓，縱使吴剛無斧斫。鱗甲空驚漢水鯨，羽毛不渡銀橋鵲。已看毛骨生森爽，頓覺心神向開廓。山中杖履不成眠，坐待空林纖月落。

題陸寛瘦竹卷

江南陸郎瘦於竹，種竹城東玉河曲。未論千尺勢能長，剛道兩竿軒也足。恥隨桃李鬬芳腴，祇共松杉伴幽獨。茅茨可奈霜雪冷，韋布不受風塵辱。平生幽賞底須多？愛此清風不盈掬。絶勝長安酒肉徒，醺花殢月空迷復。近從畫竹得篆法，坐對涼陰刻寒玉。終教筆硬可通神，且賞骨多能勝肉。江左詩翁太瘦生，金本清太僕號太瘦生。墨竹篆書皆絶俗。莫言汝瘦不如渠，好爲名家繼清躅。

題畫二首

霜枯古樹秋颯颯，枝間老猿罷騰踏。戲將長臂撲遊蜂，半似相欺半相狎。岡巒高下路東西，由來異類不同棲。應憐野徑穿花去，不作空山抱樹啼。君不見場中有果房有蜜，共趁園林好風日。丁寧慎勿采桃花，留結山中千歲實。

玄猿倦向青林坐，聲斷長空碧雲破。林間疏網落蜘蛛，正向連蜷掌中墮。絲輕臂軟如不勝，欲掣未掣還騰騰。極知物性解人意，應向畫圖觀世情。由來異類有强弱，幸是相逢不相虐。猶勝虛堂萬縷絲，無數飛蟲挂簷角。

畫山水

山家住在雲深處，眼見雲來復雲去。朝隨爽氣入空山，夕變浮嵐挂高樹。蒙茸草色迷東西，石路崎嶇高復低。槿花成籬竹爲障，中兩幽人屹相向。芒鞋鐵杖烏角巾，白頭雙鬢何繽紛。來時似帶林霏濕，坐久不知山日曛。門前落葉多仍掃，故人相期苦不早。杳靄疑無遠寺鐘，咿啞忽有中流棹。危橋雨過苔應滑，後圃花殘人未老。若耶雲門未可登，天姥匡廬夢空到。乾坤浩蕩真無極，詩話一燈青未了。絕勝王郎興盡時，扁舟載雪山陰道。

畫禽

高棲野雀低飛燕，長在峰頭與溪面。竹雞啼徹雨初晴，山脚泥深路如綫。崖根老樹回餘青，樹間雙鵲閑無聲。秖應識得山中樂，無復人間送喜情。

又

天風夜號山木折，石上飢禽啄乾雪。忍凍寒鴉得並棲，數聲啼落前溪月。銀塘波冷雙鴛鴦，忽憶春風蘋藻香。鸂鶒似解遊人意，碧水清霄路共長。

李東陽全集卷九

懷麓堂詩稿卷之九

七言古詩

馬博士所贈王少參劍閣圖爲少參子公濟進士題

岷峨山高連劍閣，峽門中開如鬼鑿。盤渦濺沫紛欲躍，石勢迎流鬬還却。驅車入山山路惡，水行孤舟陸雙屩。古來蜀道難於天，信美不及還家樂。揮毫作圖圖者誰？東吴老翁生好奇。胸蟠萬壑筆三峽，或有神助非人爲。昔從此地值奇客，直以賞識酬心期。江山無情歲月改，頭白再往失路岐。王郎年少今已壯，仰睇丹梯隔青嶂。遺縑斷墨空塵埃，我已爲子神悲愴。酒酣作歌歌始放，我懷崚嶒聲跌宕。君不見風江捲地山蹴空，誰復壯遊如兩翁？

送周原己院判之南京席上得别字

金陵山水真奇絶，我昔南遊遍車轍。歸來夢想隔塵蹤，翼未高飛肘先掣。與君有約各分署，三歲兩曹惟一缺。羨君此去若登仙，欲往不得心内熱。如遭炎蒸坐深甑，擬踏陰厓嚙寒雪。君今況得故鄉歸，我是北人猶愛説。停君酒杯聽我歌，我歌未終君暫輟。折桂橋邊衣錦行，雨花臺上登高節。古聞騎鶴上揚州，得未爲艱失爲觖。太常陳卿我同志，官府神仙非濫設。因君寄語須自珍，莫道玉堂天上别。

題畫送武陵楊處士

洞庭湖西芳草新，武陵溪南花滿津。山深水曲不知處，燕語鶯啼春復春。紅塵畫斷車馬迹，時有松風掃白石。三尺孤琴一老翁，布衣芒屨無人識。君來遠作長安遊，君去還歸溪水頭。山林鍾鼎各有分，俯仰乾坤安所求？

賞花夜歸圖

江南三月花滿城，城南城北堪遊行。馬啼衘曉踏春去，日暮歸來空復情。溪橋繫馬紓春步，緑遍蒼苔舊時路。醉眼低迷楊柳煙，春衣坐濕薔薇露。重門曲檻花陰陰，李徑桃蹊深復深。手持紅燭候歸路，應有兒童知賞心。賞心自少今已老，每憶花枝被花惱。寄語高林宿鳥知，明朝莫更催歸早。

鄧程番遺愛圖

貴州有府名程番，天子命置新流官。鄧侯佩印出九寺，五馬遍歷千巑岏。諸夷異姓十七種，始識漢節瞻衣冠。喜有錫賚怒有罰，頃刻號令隨毫端。坐令府藏足貢賦，野少刼掠無飢寒。鄧侯去郡民擁道，力挽飛棹迴奔瀾。舟行欲動掣不動，只尺如度百丈灘。攀轅卧轍古亦有，夷夏之治孰易難？誰圖綵筆遺冰紈？彼夷之酋宋與安。侯名去比雪山重，遠道未覺行囊單。侯今出佐六州伯，舍舟躍馬復據鞍。明年持此向齊魯，應有東人爲聚看。

麥舟圖

江東故人半零落，江頭石郎淚雙閣。三喪未葬家苦貧，舉世今無魏州郭。睢陽范郎方少年，相看不語意茫然。江舟載麥五百斛，揮手付之如一錢。歸來侍立庭闈畔，白髮聞之爲一莞。亦知父子本同心，若待庭趨嗟已晚。君不見慶州饑民曾告荒，使君自發常平倉。

四禽圖

樛枝老樹幽巖裏，山鵲雙棲掉長尾。高鳴俯搦勢不停，似向春風矜爪觜。山頭錦雞金作冠，身被五采成斑斕。遠從紅日霽時見，更向碧山深處看。人言此物真絶特，同是山禽不同格。休將緑水照毛衣，祇恐桃花妒顔色。

又

空山雨過枇杷樹，黄顆纍纍不知數。金衣公子正多情，驚墮金丸欲飛去。海榴花殘紅子新，沙上鳧鷖來往頻。每從水淺花深處，遥見隔花臨水人。山禽關關水禽語，脉脉幽期似相許。莫負天晴日暖時，一春江上多風雨。

又

碧林紅葉驚飛鳥，江上秋風下來早。雁去鴻辭煙水空，蒹葭落盡芙蓉老。原頭鶺鴒如有知，應憐歲暮得同棲。枝間戴勝聲不住，應憶春園初降時。山林動物各有託，野雉分明出叢薄。見説豐年少網羅，低飛不及高飛樂。

又

江南山深冬日暖，湖冰無澌湖水滿。幽林晚徑斷人行，落盡梅花春不管。山茶花發争芳菲，翠翎蠟觜相光輝。煙生錦嶼寒猶戀，雪滿銀塘夜未歸。疏林落羽紛零亂，回首青霄各分散。溪上鴛鴦獨有情，春來冬去長爲伴。

狻猊圖

狻猊何來自西域，黄金爲睛鐵爲額。回頭一嘯長風生，萬騎千人杳無迹。雲巖雪竇深如許，冒險窮幽始能得。胡兒養得性氣馴，遠向中原貢王國。縣官給驛天使迎，聖主親臨賜顔色。朱籠鐵鎖紅氍毹，詔許深居苑城北。苑中百獸安足論，虎豹聞之皆屏息。先朝舊物嘗有此，白首中官説宣德。衹向人間看畫圖，嘉名剩有兒童識。周王有道百度正，虞帝無心七旬格。自古升平樂事多，謳歌亦是詞臣職。

柬陳玉汝

吴杉製器五尺强，棬如胡倚長如牀。方藤細簟曲木枕，意匠頗覺吴工良。高眠穩坐兩不妨，坐非箕踞眠非僵。由來萬物各有用，一物兩用無遺長。夜來我在元龍宅，醉卧此牀呼不得。歸來展轉不成眠，夢想猶疑在牀側。吾家老父年七十，此物何由置堂室？衹應爲樂勝潘輿，恨不可懷如陸橘。平生有口不慣乞，與子在情寧在物？正是黄香扇枕時，高堂待此無蒸鬱。

觀畫蘭有感作 時林主事俊、張經歷黻相繼謫官。

春風吹香出芳林，叢蘭開傍西巖陰。幾回欲采意不適，路轉溪迴山更深。虚堂披圖對幽襟，忽如攬衣度崎嶔。杏壇尼父去已遠，湘江屈原空獨沉。我方揮絃坐微吟，微吟未成日將晚。冰霜欲來侵九畹，蘭兮蘭兮竟誰管？

劉道亨編修雙鷹圖

大鷹昂頭小鷹俯，殺氣森森動林莽。朔雲捲地塵不飛，萬里乾坤同一睹。野風蕭蕭日將暮，罷獵歸來勢猶怒。獨向林間振羽毛，空山落葉誰能數？平原紛紛走狐兔，燕雀之輩安敢侮？縱使長飢不附人，須知特立難爲伍。海東青去已多時，塞北赤毛生更稀。郢都城在餘荒草，劉表臺高空落暉。畫師好手亦無敵，酒酣健筆疾若飛。霜毫素練出髣髴，金眸玉爪生光輝。翰林主人負奇骨，雖有搏擊無由施。會看竦翮入霄漢，不與凡鳥争雄雌。

外舅成國朱公壽六十

金陵城闕蟠龍虎，老將提兵舊開府。由來家世本公卿，親得君王賜圭組。錦袍玉帶明琱戈，坐鎮四野無嗔訶。已看鍾阜山增重，復遣長江水不波。青油幕擁旌旗盛，細柳營聞笳鼓静。民歌清净曹平陽，身繫安危郭中令。江草江花春復春，華堂麗景逐時新。端陽節後凡幾日，壽俊圖中第一人。時南都諸公卿有壽俊會圖詩。玉壺貯酒玻瓈色，紅裀簇地麒麟織。于氏門閭有子孫，平原庭館多賓客。緇衣武公元好賢，鄂國將軍不愛錢。聊將書卷度長日，肯買歌兒供暮年？嗟予舊是通家子，塞雁江雲意千里。願公眉壽比岡陵，永作干城鎮南紀。

題畫

平川雨溢波不流，兩車渡水軒若浮。車輪載重軛巨牛，牛力尚可行人愁。後車在水前在丘，欲進却顧且復休。山途野店阻且修，日云暮矣不得留。胡兒健馬雙絡頭，肩載糗橐無戈矛。得非遺虜居邊州，或者俘獲隨官郵。窮廬不作風雪囚，道路雖險無離憂。聖朝有道鋒鏑收，胡我赤子非仇讎，誰哉更起籌邊樓？

又

風林不定驚枝裊，上有修翎兩山鳥。溪邊獨鷺短絲垂，影落晴波秋淼淼。鴛鴦鸂鶒似争春，錦毛繡翼相鮮新。寒烏數點寂相背，頗學山翁避貴人。山雞兩翼花如剪，未勝鵝羣嬌宛轉。曲水亭前路有無，黄陵廟下湖深淺。窮崖老樹猿倒懸，彼何色者白與玄。山中麡子未生角，錯立不知誰後前。世間飛走各有性，詩人自古歌魚鳶。莫將藻繪作物假，此物自是無聲篇。

觀泉圖

空山落葉無人管，長林蒼蒼秋日短。飛泉百尺墮空濛，下注寒潭作清淺。淅瀝如聞帶雨來，飄摇忽被風吹斷。憶向山中初聽時，乍近却疑身在遠。幽尋僻探始得之，毛髮蕭騷不容綰。鸚鵡江洲竟趯翻，匡廬瀑布誰分剪？世間奇勝自有地，應恨入山來已晚。十年雙袂京塵滿，亦欲相從爲一浣。安得圖中二老翁，芒鞵竹杖長爲伴？

東山圖

謝公昔卧東山麓，山中無日無絲竹。美人笑捧如花顔，飲酒賦詩歡不足。古來同樂必同憂，公能不爲蒼生謀？征西司馬亦何事？猶使桓兵窺上流。賊兵在郊公在墅，天下江山局中睹。老温病死强秦奔，一代功名荷天與。太平宰相休云云，清言非罪還非動。四郊多壘一身樂，吾憶冶城王右軍。

米元章拜石圖

南州怪石如奇士，士有好奇心欲醉〔一〕。平生兩膝不識地，石也受之無色愧。當時觀着袍擁笏當石前，禮而不答貌益虔。呼爲石丈丈不語，回視諸峰盡兒女。當時觀者笑且嗔，眼中見石不見人。嗟君好潔已成癖，無乃冠屨沾泥塵。古來玩物必喪志，況爾物役忘其身？惟石巖巖瞻赫赫，一州雖小寧無民？宋家只合米博士，誰遣出刺無爲軍？君不見漢家留侯拜黄石，石亦可拜不可呢。千載英風石並高，猶憐誤落神仙迹。

【校勘記】

〔一〕「奇」，原作「寺」，顯以形近而訛，據句意與抄本正之。

謝謝方石鎮紙

風簷細楮飄如葉，惱亂閒愁千萬疊。試將觚石置我前，坐鎮囂浮成妥帖。誰其贈者方石翁，瘦骨與石將無同。石形可碎理不曲，此語吾傳東海東。向來遺我枰棋製，規石爲圓豈翁意？亦知此石如此心，不謂心同肯予致。我家嬌兒不解事，徑往取之如劇戲。僅辭塗抹向詩書，豈有規模守文字？古來問學須磋磨，要令平直無偏頗。觚哉觚哉久不見，摸棱之輩何其多。願兒寶石終比德，慎勿委棄墻東阿。還持此石問汝伯，別有矩矱當如何？

張東白惠椰壺走筆代簡

嶺南椰實高千樹，大者如瓢小如注。良工斫剔成形模，外實中空寡疵窳。青金爲飾堅且良，磨礪圭角藏精光。誰言曲直異從革，二物相成豈相克？青黃竟作犧尊災，污抔古矣非時哉。有容恥與升合校，無垢頻經洗滌來。翰林人物西江老，退食開壺日傾倒。攜之贈我不自惜，人好更看烏亦好。我雖强飲不滿鍾，愁城百尺難爲攻。先隨俎簋作時薦，後許盤筵爲客供。覆杯斷飲亦未易，獨有夜戒無終窮。

悼鸚鵡一首柬閻允德吉士

翠籠高絓層軒舉，中有珍禽解人語。顧影頻回席上燈，梳翎却避簷前雨。左旋右轉百態足，忽見昂藏爲傴僂。聲名價重出比鄰，婉孌情多向兒女。耳娛目玩能幾時？珠沈綵碎隨塵泥。玉環不繫芳魂住，繡闥猶疑曉夢遲。應憐握粟不自飽，吻渴腸空誰得知？虛令賓客生顧盼，頓覺楹障無光輝。憶昔攜來隴山客，萬壑千巖幾朝夕。都將嫵色慰多愁，轉使歡聲成太息。因思異物難豢養，頗似奇才遭挫抑。君不見鹽車千里駒，長飢至死無人惜。

悼竹

園南舊植千竿緑，高者如墻大如屋。風狂雨急墻屋翻，幹折叢低共傾覆。忽驚舞罷鴻門會，怒斗紛紛碎蒼玉。復似驪山墜石餘，數百書生葬坑谷。初疑鳳羽墮當空，更訝籜龍身在陸。翠落瓊飛不復完，頓使泥沙污人目。憶昔新移近水隈，瘦骨稜層不盈束。晨澆恐被風日燥，晚護幸免霜雪酷。十年長養成亦艱，一旦摧頽勢何速。我時夜半驚水至，崛起蒼黄問僮僕。彼騃不識人意勞，袛顧囊衣與甌粟。觀裏桃花何足論？堂前枏樹猶堪録。無家更欲買山林，有徑誰當伴松菊？前軒好竹只數個，頗覺幽懷看未足。春來擬欲探萌芽，蒼苔慎勿迷雙躅。

重修黄樓歌

黄河水落黄樓起，彭城城東土勝水。彭城郡守告成功，蛟龍失勢蒼生喜。朝來暮去亦偶然，不似元光歌瓠子。酒酣樂作賦者誰？共説彭城好兄弟。却從憂患著聲績，千載信之爲賦史。近聞河伯漸失職，直下彭城更東指。縣官水卒徒自勞，宵衣南顧星軺駛。是時劉守當郡寄，仰視兹樓半傾圮。當庭一叱百吏隨，木石排空屹山峙。東垣土色象中央，克制生存或其理。軒窗開敞天日霽，百里江山皆席几。清朝燕賀多詞客，誰復賦之如轍比？徐山高高徐水下，萬古乾坤奠周砥。何年駐節許重遊，還爲山靈豁雙眦？

借榴一首贈方石

桃溪老人愛花樹，家在萬花溪上住。白頭重入紫薇垣，官舍今無種花處。買花不識城市途，園中看花非我徒。畫圖剪綵盡成幻，空有愛花猶故吾。吾家海榴四五株，意欲借之如借書。自言花借不在好，僅取數尺青扶疏。墻根老枝不盈掬，欲借真慚少妝束。風披雨浥漸成陰，縱遺無花看亦足。城西官陌無塵埃，呼童把送休遲徊。花根歲暮幸勿返，還我詩逋十韻來。

題黄子敬編修所藏登瀛圖

編修黄子敬家藏瀛洲圖，吾外舅蒙翁三跋在焉。蓋子敬之先公爲翁同年進士，而翁又其郡大夫也。予刻類博稿，舊草中得二跋，歎遺文不可盡見，悲歌當哭，於此有不得已云。

晉陽城上龍乘雲，日角照地成龍文。大開文館集賢俊，幕府諸僚才出羣。層樓傑閣麗霄漢，左圖右史窮朝曛。瀛洲萬里入平步，俯視人世皆塵氛。龍飛上天御八極，十有八人爲羽翼。廟堂台鼎何足論？半是凌煙畫中客。晉陽一家家化國，回視門庭爲國敵。盡將文學變戎功，誰辨河汾太平策？紛紛世上功名徒，至今摹畫瀛洲圖。衣冠猶存歲月改，粉墨散落隨江湖。翰林黄郎家在莆，莆翁史筆令董狐。由來詞翰類博奕，人道我翁多相謨。願君寶此爲故事，黄閣清風無世無。

劉户部所藏張汝弼草書

南安太守東海翁，歸來兩袖乘天風。眼前萬事不挂齒，睥睨六合稱書雄。横揮直掃百態出，或舞鸞鳳騰蛟龍。一從篆隸變行草，世間此藝難爲工。自言早學宋昌裔，晚向懷素逃形蹤。公孫大娘不識字，物藝乃與書法通。顔家屋漏古釵脚，縱使異法將無同。古人逝矣不復見，此翁豈在今人中？江南紙價幾翔踊，白金綵幣隨青銅。家藏萬紙付兒輩，誰謂此翁歸橐空？何人愛者司徒公，舊得此卷來吴淞。願公寶此勿輕棄，留看書船夜半虹。

送李惟正主事使淮

淮山蒼蒼入煙樹，中有東曹舊分署。郎官捧檄下層霄，匹馬暫從沙上駐。漕舟百萬如屯雲，材官武士紛成羣。榜歌調苦隔溪聽，籌唱聲高半夜聞。向來書簿何膠擾，却道郎官愛文藻。燭底寒更夢短長，筆端餘興詩多少。古來王事貴驅馳，壯夫豈必雕蟲爲？休言玉節銜星夜，不及瓊林宴月時。

左闕雪後行古柏下有作

長安城中雨成雪，退食衕寒過東闕。蒼然古柏勢横空，數尺盤拿成百折。玉龍戰罷纏碧綃，流涎噴沫凝不飄。仙人掌上露初凍，五老峰頭冰未消。飛花拂面吹還轉，步屧穿林印猶淺。鶴氅衣輕動欲翻，水精簾重寒初捲。風骨昂藏夐出塵，儼如佩玉拖長紳。須知世有後凋質，元是仙家不老身。

畫馬歌

唐家内廄多飛龍，五花隊簇金芙蓉。奚官引鞚供飼秣，退朝牽過明光宫。絲繩百丈鎖長柱，宛轉霧鬣隨風鬃。銀牀玉瓶汲宫井，俯首下飲如渴虹。氣噴爲雲血成汗，意象矯矯騰高空。當時監牧最得寵，襁褓小兒皆録功。丹青畫史極摹狀，尚以肉骨分雌雄。空將盛事作粉飾，萬騎不到三川東。千年粉墨出舊譜，乍可髣髴開元中。今皇有道華夷通，斂武不耀兵戈鋒。衹應神駿飽芻菽，長在天閑十二重。

送仲維馨院使還淮南

雙環雜佩摇丁東，少年通籍明光宫。每逢天子賜顔色，長與大夫歌退公。舊懸腰帶黄金重，新送宫壺白露濃。人道相如歸晝錦，誰言張翰憶秋風？秋風未動江花老，思向東原賦春草。千金寧爲買書貧，萬事不及還家早。巢中健翮長雙成，鏡裏慈顔看轉好。況當朝省盛才賢，且向山林樂熙皞。淮南江北湖水傍，門前綽楔高如堂。舊書舊隱故無恙，某水某丘安可忘？采將芹葉思君獻，斫得江魚念母嘗。我亦臨風惜分手，碧雲高處望回翔。

苦熱行 辛亥六月十七日。

炎天火熾金初伏，赤日南行到南陸。誰將槖籥鼓洪爐，熇氣長嘘滿川谷？高雲當空屹不動，大者如山小如屋。渴虹下飲溪無泉，野雉成蛟入藏麓。重波煮海石欲爛，鬼斧赭樹山應禿。玉堂去天纔一蹴，不見剛風起鴻鵠。人間路踢騏驥愁，萬蚋千蝱競喧逐。極知寥廓是仙遊，始信祝融真吏酷。我時擲筆出史局，十步天墀九回躅。暫辭書簿日紛紜，豈免冠屨相縛束？騎行扇擁且莫當，道有頳肩隨赤足。

歸來岸幘高林下，旋汲清泉漱寒玉。煩心展轉不得眠，中夜起坐呼僮僕。安得天瓢水一掬，頓洗歊塵三萬斛？

題清明上河圖 上有先提舉跋。

宋家汴都全盛時，四方玉帛梯航隨。清明上河俗所尚，傾城士女攜童兒。城中萬屋翬甍起，百貨千商集成蟻。花棚柳市圍春風，霧閣雲窗粲朝綺。芳原細草飛輕塵，馳者若飆行若雲。虹橋影落浪花裏，捩舵撇蓬俱有神。笙歌在樓遊在野，亦有驅牛種田者。眼中苦樂各有情，縱使丹青未堪寫。翰林畫史張擇端，研朱吮墨鏤心肝。細窮毫髮夥千萬，直與造化爭雕鐫。圖成進入緝熙殿，御筆題籤標卷面。天津一夜杜鵑啼，倏忽春光幾回變。朔風捲地天雨沙，此圖此景復誰家？家藏私印屢易主，贏得風流後代誇。姓名不入宣和譜，翰墨流傳藉吾祖。獨從憂樂感興衰，空吊環州一抔土。豐亨豫大紛彼徒，當時誰進流民圖？乾坤頫仰意不極，世事榮枯無代無。

漕運參將郭彦和鎮蘇松時有巨舟張東海名曰海天一碧爲賦長句

將軍昔鎮東南紀，獨駕樓船向江水。天光蕩漾海微茫，一碧乾坤秋萬里。畫椽繡闥高如堂，朱簾緑浪相悠揚。魚蝦不動蛟龍喜，笳鼓無聲歌吹長。杜甫恍如天上坐，坡老休夸海中過。雲影真疑錦繡開，汰痕莫擊琉璃破。巨鰲戴山空崔嵬，陽侯撼地無喧豗。凌風不作蘇門嘯，泛斗還從漢使回。君不見清淮上與黄河接，中有漕舟千萬葉。將軍亟去來勿遲，聖朝正值河清時。

三壽圖歌

監察御史祁門謝廷獻得南極圖，寓歸爲父封君壽，請爲長句，時其伯叔父皆在焉。

何人妙作南極圖？極星晃耀當南狐。化爲老人長骨顱，翩然凌空一鶴孤。剛風爲舉雲爲扶，俯視六合皆泥塗。下有二翁儀貌都，仰天翹首若有呼。仙凡異路心則乎，頗覺殊相非庸夫。茫茫塵海難乘桴，誰更有人如此夫？新安謝氏黄綺徒，伯年七十顔不枯。繡袍白簡高帽烏，如星有芒鶴有雛。封章帝降來江湖，李也與翁同範模。布衣韋帶相蕭疏，稟形鍾氣非二初。情深不間爾與吾，此圖此景世豈無？持以髣髴猶其粗，郎君得此逾瑶玞。身立玉階入金鋪，南飛一曲酒滿酤，恨不舉翼如輕鳬。當筵索筆徵詩逋，魯歌三壽理不誣。五星作贊後有蘇，吾才不能奈此乎！

題夏仲昭墨竹横卷蓋陳緝熙先生故物也

崑山夏老能筆耕，開雲種玉看峥嶸。千條萬葉入霄漢，世間草木空有名。來持琅玕叫閶闔，坐使燕石無光晶。北人貴竹如貴玉，直以高價酬丹青。衡開丈幅直逾咫，不見枝梢見根柢。恍疑湘浦推篷行，颯雨驚飈過雙耳。九疑山高望不極，影落洞庭清徹底。靈籟時來天樂風，釣竿不動珊瑚水。珊瑚水冷魚龍藏，此翁一去魂茫茫。江山有神故物在，環珮無聲涼夜長。東吴老子圖書散，南國諸生思未忘。重向玉堂修竹譜，須將偃竹記篔簹。

送張侍郎文淵區處哈密

文皇御極開西裔，坐使諸胡作藩蔽。哈密王封最長雄，錦袍金印華文字。百年職貢輸玉馬，所貴在誠非物貴。有番土魯誇狡强，讎深怨結鐫肝腸。攻城奪印虜王母，憤叱胡走如驅羊。叩關訴吏急水火，羽書夜報驚朝堂。先皇赫怒將效力，降敕切責昭刑章。漸收殘胡住甘肅，官爲造屋頒衣糧。部酋罕慎秩分閫，薪亦可卧膽可嘗。旁邀八衛合萬騎，復仇雪耻還封疆。孤居城角自偵邏，兵力雖弱志足傷。番來結盟駐城下，罕慎下城如下馬。當時料敵無柳渾，又見孤身横草野。十年辛苦一朝失，頓覺雄豪氣喑啞。諸胡瑣瑣安足論？身是中朝拜官者。令皇馭世九宇清，彼番悔禍來輸誠。歸城納印貢異物，氛翳斂退回光晶。聖朝有道繼絶世，復以故爵稱嘉名。胡兒習貪再挑釁，掠取萬馬歸空城。城危兵衄衛不守，逆順翻覆相虧盈。皇威載奮若雷電，敕遣兵卿下前殿。輕裘緩帶隨肩輿，不用金鍪擁銅面。籌策胸中兵甲生，指麾坐上風雲變。不愁跋涉經秦隴，幾慣馳驅歷周甸。直省辭家世所難，臨岐解盤人皆羨。甘州城外河周遭，玉門關上冰山高。營平圖略本常事，定遠功名非彼曹。犁庭掃穴豈不易，可忍赤子塗脂膏？閉關却使法亦有，重念王業經營勞。根盤節錯器亦利，古來經濟須人豪。君行萬里慎自愛，莫待春風吹戰袍。

題畫

誰家結屋臨山水，水閣山亭兩相峙。卷簾嵐氣撲衣來，側耳松聲半空起。迴巖掩樹無東西，墮溜平田高復低。溪魚直下不受餌，林鳥驚飛還暫棲。幽人只愛山中好，有脚不踏長安道。懶爲花開數出遊，猶嫌葉落頻教掃。城中赤日飛黄塵，此景此圖空可人。朝來一雨差快意，欲駕扁舟江上津。

學士柏

翰林後堂有二柏，竹巖柯先生所種也。東陽承詔受業，今三十年，柏已鬱然，而先生棄諸生久矣。間出題課諸吉士，戈陽汪俊抑之有「一日百匝行樹底」之句，悵然感之，因衍爲一篇，以識不忘。

我行樹陰日千匝，雨葉風枝自蕭颯。惟有諸生識我情，傍人不解空嘲狎。我見先生種樹年，我身尚短樹及肩。枝蟠江山地可縮，手斡造化天無權。瓊臺翠閣何森爽，院柳庭花敢争長？芘蔭長留六月陰，盤迴直與孤雲上。材堪五鳳難爲用，根到九泉終不枉。零落青袍幾故人，琮琤玉佩空遺響。當時院長文安公，柯亭劉井相西東。百年遺愛豈獨此？此樹欲比人中龍。樹猶如此我何似，已愧斑白非兒童。名收榱桷有先後，壽比金石無終窮。下堂再拜想顏色，仰面正拂長髯風。

竹林七賢圖

中原勝地衣冠藪，魏晉風流動人口。竹林有客稱七賢，千古閒情一杯酒。應從晚歲看冰雪，不向京塵醉花柳。霜枝入鬢助蕭騷，風籟鳴絃和清瀏。官曹懶入步兵廚，琴調誰傳廣陵手？隄防不爲此曹設，極目頹波正東走。魏國江山晉版圖，林泉舊迹空回首。山公雅論終無用，餘子紛紛竟安咎？新亭灑淚復何人？將相徒懸印如斗。丹青點染半形似，遺像猶煩辨誰某。長歌吊古意茫然，九原有作君知否？

雪用坡翁聚星堂禁體韻

塵沙壓盡園無葉，一月長安三見雪。登高望遠極空明，天上人間兩奇絶。吟髭欲撚冰先斷，凍指未動絃應折。輕憐衣袂逐風揚，淺訝屐痕隨步滅。西岡徑滑猱難度，北海波寒鰲未掣。真疑地骨高比山，始信天機織成纈。寧將巧技争圖畫，且勝高談霏鋸屑。倏前忽後同積薪，乍有還無不盈瞥。神遊隔世虚勞想，妙入忘言誰解説？歲寒交誼轉寥寥，獨有庭松如屈鐵。

釣魚圖爲葉司徒公題

兩舟同行如結鄰，兩翁相對各垂綸。絲長水遠意不極，俱是江湖閒散身。倏無忽有時交詑，咫尺煙波不相借。稚子牽絲似有情，前村問酒先論價。江淮以南罾罟多，瀟湘向上皆風波。公家正住魚龍窟，我興却在滄浪歌。滄浪歌長秋日短，野水寒天迷近遠。酒醒高堂看畫圖，黄蘆瑟瑟江風滿。

牡丹孔雀圖爲瓊山岑生作

海南風日暄且妍，牡丹花開如火然。花間孔雀雙旖旎，似與植物相矜憐。奇毛晝炫日五色，下照清潭影千尺。棲息應勞擇地心，盤旋似惜冲霄力。江花澗草秋復春，風翎露翼空繽紛。已看翡翠讓光綵，復道鵁居非我羣。眼中世態争好醜，此物於人故非偶。衣錦先憑戲綵身，射屏正得穿雲手。北人見畫復憐才，此花此鳥何奇哉。上林剩有梧桐樹，拭目看隨紫鳳來。

送平江伯陳公總督修河兼柬劉都憲時雍

黄河西來忽東決，張秋舊堤先受嚙。奔波赴海勢不停，百里漕渠一時泄。官船賈舶如山壅，河底沙乾日欲裂。九重南顧回舜瞳，三命中朝持漢節。陳公舊是恭襄孫，奕代簪纓萬人傑。争誇將種非凡材，復道家傳有真訣。兵符夜檄鯨鯢走，將令晝驅雷電掣。指揮能事天地回，坐計功成同解結。時方六月霖雨多，地苦沮洳況炎熱。民窮到骨聲徹空，忍使鞭笞汗成血。極知國計須元氣，乍可因時治癥噎。比聞水發舟已通，暫遣丁歸待農輟。三犀永作洪濤鎮，一蟻不潰金堤穴。古來大事當遠圖，豈論竹頭兼木屑？慣從前史鑒興衰，已聽高談能激切。湖南中丞久奉使，頗覺憂勞成耄耋。因公寄謝平生交，自愧官曹容逸拙。

四禽圖

鸜鵒色不如鸚鵡，强向筵前學人語。網羅西下隴山空，毛羽雖佳不如汝。鐵衣金觜雙雕楹，世間無處無弓繒。試聽内苑籠中語，空誦彌陀六字名。

又

珊瑚出海海見底，誰掣長竿臨海水？黑風驅霧卷冥濛，化作禽飛向空起。北人未熟南禽名，嶺外方言如鳥聲。由來珍異非國寶，須識君王却貢情。

又

金堤柳色黄於酒，枝上黄鸝嬌勝柳。歌聲宛轉色娉婷，種種春光無不有。春來何遲去何速，回首紅顔憶騎竹。急須攜酒聽黄鸝，莫待楊花瞇人目。

又

春山潑黛青淋漓，山際春禽雙畫眉。山光物色兩濃淡，苦欲問春春不知。古來尤物皆成怪，誰遣山禽入圖畫？西京京兆今不歸，林郎爲了風流債。

題魚

安成劉郎家畫魚，意遣素練澄江如。長安屏障半不虚，誰其好者彭中書。手提鉅軸尋丈逾，低撑側挂妨我廬。風軒露坐方卷舒，赤鯉忽躍來庭隅。揚鬐奮鬣當天衢，波濤脱盡勢欲孤。獨立似有神明扶，桃花浪暖三月餘。只尺變化還須臾，雷車畫擊電夜驅。前騶後從何紛拏，魴鱮擁衛鱣鮪趨。左引鯊鰷右鱖鱸，回頭下顧若有呼。瑣瑣之輩真臺奴，水有菱荇岸有蒲。倏忽隱見如有無，馮夷海若空睢盱。翻若糞瓠遭泥塗，昔當洪流在唐虞。微禹赤子其魚乎？達人大觀無古初。清濁莫位分堪輿，天飛淵躍理不誣。彼潑潑者如斯夫，文江不與龍門俱。其上或有銀潢瀦，鍾靈毓秀信有諸。中書令祖風骨殊，鰲頭望重冠蓬壺。散作霖雨蘇焦枯，鯨飛上天遊帝都。瞬息歲月同朝晡，鱗宗介族多簪裾。中書亦是瀛洲居，烱如驪龍生掌珠。如麟有角鳳有雛，共爲周瑞環郊郛。予生少作龍門徒，臨風感事重鬱紆。此祖此孫情所於，翩然對此興欲徂。豈謂城闕非江湖？碧海思掣青珊瑚。揮毫對客非故吾，魚乎魚乎嗟此圖！

題雁送鄧宗周憲副

黄蘆簌簌鳴秋雨，北雁南征度江渚。羣分旅逐各有情，側睨回看似相語。啄者自啄飛者飛，忽然長叫入斜暉。片時殘夢斷還續，千里關山歸未歸。誰令歲序多反覆，轉使道途成骨肉。水有菰蔣原有粟，猶勝鷦鷯一枝足。我家舊在湘江東，十年秖住京塵中。送君無限思鄉意，昨夜南樓聞朔風。

送徐復齋還宜興

徐翁來自江東南，烏紗白髮風毿毿。登堂拜兄執弟禮，滿坐和氣回春酣。兄酬弟勸雜鄉話，吾輩之樂樂且湛。吾宗老稚數百指，或有囷積無儲甔。杜陵破屋隨長鑱，萬間廣厦猶空談。范家義田久不置，比郡尚覺仁風覃。少年慕古老亦諳〔一〕，況有禄俸餘温甘？兄才廟堂足經濟，弟力自與田園堪。分田命僕課耕穫，笑指庾廩高巉巉。留餐豈止樹間飯？解贈不待囊中探。坐令骨肉異塗路，飢者有食寒有襤。遺澤猶應溉枯涸，清風斷可驅頑貪。弟爲遺叟居江潭，兄爲元老峨冠簪。始知吏隱各有樂，俯仰不愧三才參。翁年未衰筋力健，水可方艭陸可驂。明當報成向兄賀，大笑共吸鯨杯三。

【校勘記】

〔一〕「諳」，原作「諸」，顯以形近而訛，據句意與抄本正之。

李東陽全集卷十

懷麓堂詩稿卷之十

五言律詩

傅曰川席上賞菊得朝字

野色自蕭條，幽齋共寂寥。崩欄將石護，細竹引泉澆。地僻應稀到，情多屢見招。留連更何日？爛熳是今朝。

哭張行人暉吉

十載同年淚，因君更滿襟。辭家萬里遠，憂國二毛侵。病減郎官俸，貧揮使者金。平生冰雪操，絃絶爲知音。

題許廷冕職方畫

路轉循岡背，橋回傍水根。幽人不到處，茅屋自成村。浦樹經秋落，山鐘向晚昏。偶然一攜手，相與倒芳樽。

聞捷

戎馬三秦外，風霾百越間。捷書連日至，恩賞一時頒。虎將行班旅，龍姿坐解顏。相逢罷驚喜，辛苦説關山。

桂軒

小樹入西園，虚庭風露繁。細香縈駐屐，清影傍開門。永夜幽人夢，清秋素女魂。此時俱寂寞，醉醒各無言。

哭舍弟東川五首

樹好連枝折，身危半臂存。乾坤幾時夢，骨肉一生恩。寂寞空殘話，蒼茫有斷魂。哀鳴時自觸，痛極本無言。

其二

慈母嗟何及，三人瘦汝强。提攜成老大，辛苦竟摧傷。世事翻今昔，悲歌遞短長。向來門户託，回首意凄涼。

其三

坐客嗟王濟，諸兄愛孔融。科名須爾輩，孝友是吾宗。弄筆時揮灑，論經或異同。羽毛看漸舉，摧折向天風。

其四

江湖爲客地，舟楫傍親行。羈旅看顔色，倉皇數驛程。南烏懷夜匝，北雁望秋鳴。却望天涯草，萋萋春自生。

其五

東卷朝仍出，移燈暮始歸。病餘心力在，路隔死生違。南國諸生去，西鄰舊主非。向來車馬地，一過一沾衣。

哭舍弟東山十首

四海惟兄弟，三生忽夢魂。乾坤身獨在，肝腑義俱存。割絶翻成恨，歡娱不是恩。此情終類激，天意故難論。

其二

乳哺生前恨，形骸死後身。先孺人棄世時，東陽十歲，山四歲，川僅兩歲耳。弟兄吾最長，骨肉爾俱淪。愉色難供養，浮名不慰人。後生雖可念，漁獵恐傷神。

其三

慟哭三郎逝，凄涼二載過。我心方抱棘，汝淚復懸河。齒爲脣餘冷，哀從樂處多。山婚時追念川弟，哭不絶者數日，聞者嗟歎。猶憐夢中句，聲斷不成歌。山未死數月，晨起告予曰：「山夜夢送别川弟，作詩一絶。」予默然不應。時山已病，意知其不祥也。其詩曰：「岐路悠悠歲月賒，風霜蕭瑟最堪嗟。送君此去須珍重，何日何年得到家？」後予亦不復省憶，族兄經能記之如此云。

其四

婉娩承顔日，居然意不違。眼昏常劇淚，身病不勝衣。藥裹經春斷，書聲入夜稀。舊時趨走地，寂寞少光輝。

其五

古人稱一樂，此意極憐渠。喜色偏依面，微言或起予。肝腸中斷絶，日月幾居諸。羡殺原頭鳥，相隨鳥不如。

其六

爾生雖弱弟，遇我若嚴師。不盡平生話，終慚死後知。在囊時穎發，於道亦潛窺。愁絶西堂夢[一]，思君不爲詩。

【校勘記】

〔一〕「西」，原作「面」，顯以形近而訛，今據句意與抄本正之。

其七

義重潘夫子，三年授一經。在生心感激，垂死語丁寧。山病甚，恒自誦曰：「吾負吾師。」比死猶云云不絶。孝義聞遺軌，文章見發硎。王生亦嗚咽，哀誄忍能聽？山死時，時用使其同學生王佩致奠。王哭甚慟，且哭且誄，坐客無不慟者。

其八

娶婦雖成寡，傳宗幸有兒。向來三月僅，山死時，其子亞孫始生三月。已是百年期。婉孌仍多病，存亡恐未知。我心逾第五，倉卒敢論私？

其九

骨肉仍多病，三年血涕流。甲午正月川亡，乙未十月岳氏妻亡，丙申五月山亡。我身猶劇病，親老更禁愁。薤葉偏多露，荆花亦自秋。牛眠恐未穩，匆迫重爲謀。

其十

命也嗟誰及，悲哉祇自傷。萬端皆觸目，一日幾回腸。晚歲歸摇落，幽魂墮渺茫。詩成意不極，身在恨難忘。

中秋三憶

旅宿長安夜，歸期已隔年。齋燈獨自照，禁月向誰圓？冰蘗郎官操，風霜使者權。此時清不寐，鏘佩想朝天。

右天錫。

迢遞東樓月，清光似去年。子應長闃寂，吾亦念虧圓。性癖從書卷，愁多付酒權。隔城鐘鼓盡，空望泬寥天。

右士常。

美酒登樓夜，芳秋折桂年。馨香花自發，藻鏡月虚圓。出處賢人義，陰晴造化權。世間無李白，誰與問青天？

右時用。

次汝學地官韻送民表還治望江二首

縲絏孤身在，風塵兩鬢餘。福寧非塞馬，殃已分池魚。載睹虞門闢，終沾漢網疏。悲歡意不極，臨别但踟躕。

又

十年杯酒後，早已壯夫爲。肝膽竟何託，萍蓬非我期。旅燈愁絶夜，江雨夢醒時。脉脉雲霄上，含情欲語誰？

雨赴文明席偶成

雨帶青蓑濕，風將折角低。幽期吾不負，舊路此俱迷。書到勞僮僕，泥深仗馬蹄。茅簷日未短，猶及午時雞。

齋居和亨父用杜韻二首

禁直居仍限，篇章意屢沾。蟲魚開素帙，燈月亂疏簾。舊事逢人説，新交與歲添。揚郎猶抱寂，吾亦愛吾潛。

又

静坐擁寒氈，思君欲廢眠。書筒忽東遣，詩檄已西傳。茗碗流春雪，琴聲響夜泉。舊堂簪盍地，夢醒不知年。

次韻寄沈亞參時暘并柬戴憲副廷珍二首

聞道南臺鳳，西飛共一林。舊遊經歲改，别恨入江深。迢遞秦關路，驅馳魏闕心。兩鄉書到日，燈火共開襟。

又

二月無花柳，春寒尚滿林。倦看書屢廢，愁酌酒須深。廊廟賢臣業，關河壯士心。故人俱在遠，誰與豁吾襟？

送茹知縣玉之新寧

乾坤三峽水，今古一奇觀。老覺襟懷壯，貧嗟道路難。棧雲朝擁馬，巖樹晚棲鸞。萬里峨眉月，青天盡處看。

題倪雲林畫次倪韻

江雲亂人目，江水緑人衣。苔雨疑將濕，林風聽漸稀。吴儂歌竹送，越客采菱歸。不見滄洲老，垂楊拂舊磯。

送陳同年直夫還南京御史

北闕新恩命，南臺舊法星。九逵燕草碧，三見蔣山青。卧病聞安石，還家憶管寧。平生激揚志，未合老沉冥。

其二

君來方苦旱，君去復窮陰。畎畝蒼生計，關山獨客心。夜燈愁易盡，秋鬢老能侵。總道爲官好，馳驅恐未禁。

其三

病來緘口坐，今日爲君開。事忌於名近，身寧與世猜？鳳麟終瑞物，鷹隼亦雄才。畢竟將安作，憑君次第裁。

偶過匏庵見東軒成留壁上

吏静真成隱，居然市作郊。罅墻深嵌屋，危樹巧安巢。竹老穿籬過，棋清隔院敲。一枝如可借，吾亦繫吾匏。

次韻寄答若虚提學

江水四千里，憶君情許長。看花自開落，閲世幾炎凉。病覺衣裳懶，官嫌筆硯忙。詩壇鏖戰力，再接恐難當。

春雪

兩旬三見雪，雪意晚何濃。照夜不知曉，入春翻似冬。擁寒愁破被，試淺得孤筇。却作東郊雨，猶堪慰老農。

種竹

剩買城中地，多應爲此君。涼生别院雨，緑滿後溪雲。秋至不改色，夢醒時一聞。廛居或未免，聊爾洗塵氛。

中元謁陵遇雨二十首

月暗城鴉曉，風涼苑樹秋。陌塵紅不動，山雨翠初浮。桑柘村村路，鳧鷖處處洲。時方重王事，吾亦愛山遊。

又

勝國遺蹤遠，荒城舊築存。堞雲隨鳥盡，壕雨帶沙渾。塞馬空南牧，宵車竟北奔。中原今一統，佳氣繞乾坤。

又

别苑連城去，膏腴百萬疇。剩栽宛苜蓿，空老漢驊騮。地惜桑麻少，天教雨露優。兵資與農事，廊廟重爲謀。

又

此地經年赤，川原熯欲燒。夏畦初過雨，秋麥僅宜蕎。歲歉租仍在，民貧業半凋。紛紛漢使者，誰與駐征軺？

又

水淺車堪涉，橋危馬畏過。斷碑空歲月，欹石半坡陁。旱溢如相代，陰陽恐未和。舊時漂没地，河瓠有遺歌。

又

關塞連天險，河山毓地靈。勢分蛇鳥陣，威踞虎龍形。六月車仍出，三城築未停。北門多鎖鑰，夷虜坐來庭。

又

諫議新祠在，詞林舊館開。清風隨客至，飛雨隔峰來。吊古懷唐策，登高羨楚才。同遊不共宿，吟望轉悠哉。

又

山雲元易雨，半日幾陰晴。乍遠忽疑近，自昏還徹明。漏移茅宇濕，涼覺布衾輕。預想登山路，崎嶇未可行。

又

莫道山城遠，出城方入山。過岡泥滑滑，歷澗水潺潺。旅客起常早，僕夫行苦艱。神宫在天上，高處若爲攀。

又

紫蓋鬱葱葱，園陵御氣中。鼎湖龍作雨，金粟鳥呼風。四聖神遊迴，三時祀典同。小臣生也晚，無地泣遺弓。

又

候謁長陵夜，玄宫閟不開。雨鳴松淅瀝，山擁殿崔嵬。藉草衣全涴，臨厓意欲頹。靈旗恐沾濕，瞻送屢徘徊。

又

野步憑虛迥，岡行出險遲。水深曾渡處，雲暗欲歸時。吏僕真憐汝，行藏合問誰？我生疏散甚，聊此共驅馳。

又

雨燈明更滅，人語夜沈沈。欲往愁無路，山高溪水深。命微纔一綫，戒重豈千金？實下思親淚，兼懷望闕心。

又

四顧惟一水，此身能幾何？野行多積潦，川涉更驚波。直恐山根斷，真疑地軸頗。小臣奔走職，筋力任消磨。

又

遇澤恐陷左，作車誰指南？馬從淵處躍，途向險中探。前定諒非偶，先幾徒自慚。舊堂如夢裏，何意共清談？

又

水急人争渡，舟輕不受裝。車徒南北限，篙楫往來忙。尺地悲魚葬，高雲羡鳥翔。獨慚樗朽質，難作濟川梁。

又

兀兀中流坐，茫茫何處津？岸無牽纜力，波有縋舟人。自保中孚信，終爲既濟身。迴洲若相迓，此事不無神。

又

老馬無鞍策，蕭然一吏隨。倉皇投逆旅，惆悵立多時。稍喜朋遊集，都忘道路疲。前村燈火夜，再宿本無期。

又

小雨斷還續，羈人睡復醒。野風秋瑟瑟，川霧曉冥冥。驛路初迴馬，民家半啓扃。遥憐後渡者，猶隔兩三汀。

又

久雨人皆病，新晴馬欲飛。老親驚出户，稚子走牽衣。痛定方知痛，歸時始是歸。向來夷險地，一笑已忘機。

東掖對月三首

碧空懸素月，了不挂秋毫。萬古不改色，衆星皆讓高。觀看鳷鵲影，池數鳳凰毛。玉宇寒應近，能辭望眼勞。

其二

月滿千門夜，寒生十月交。素光隨劍佩，空響徹鳴鞘。宫漏曉初滴，霜鐘晴更敲。侍臣瞻望地，無語立螭坳。

其三

長安今夜月，還與舊宵同。星影澹猶在，水光寒欲空。都非絃共朔，那更雪兼風。願比光明燭，高懸萬象中。

畫鷹

岸幘空堂晚，飛霜匹練秋。野風吹蒼莽，山葉助蕭飀。萬羽愁相肉，千人莫浪求。獵心吾未老，誰與臂雙鞲？

重陽甲子雨不赴匏庵自賦一首

重陽偏遇雨，甲子況逢秋？老樹花空落，平池水逆流。路危妨躡屐，風急怕登樓。獨負東園約，黄花笑黑頭。

聞方石先生有南京祭酒之命喜而有作

祭酒中朝重，先生絶代賢。聖恩終簡在，歸興本飄然。樂極真名教，交深豈歲年？吾方慰公望，不敢惜離筵。

齋夕寄體齋圭峰二學士

獨宿清齋夜，思秋望雨心。可人無一至，酷暑太相侵。漫擬堂爲玉，真愁地鑠金。病妨奔駿力，偃仰負冠簪。

中元謁陵答體齋學士贈行韻二首

歲逼中元夜，雲輕欲雨天。使軺頻復駕，别袂近猶牽。淺水雙韉濕，涼陰一蓋圓。兩官三攝篆，愧負已經年。

又

鞭轡停驅馬，冠裳候入陵。野行迴夜虎，林卧起秋蠅。漢殿班頭月，唐祠夢裏燈。仙寮有佳貺，持報恐無能。

途次答圭峰學士用前韻二首

百里山原路，陰晴各一天。星裝聊共載，雨纜不須牽。野澹巖霏薄，池清樹影圓。肩輿渡河穩，因憶泛舟年。

又

一水斜通縣，羣峰碧繞陵。露袍沾宿草，風麈散山蠅。徑險蘿侵磴，途長月代燈。贈言君爲再，欲報轉無能。

送羅時泰憲副備瀘敍

劍閣攙天起，巴江劃地流。駐兵增六鎮，分臬比諸侯。社稷須長計，乾坤有壯遊。安攘非兩事，慎勿倚戈矛。

見蝗 癸丑閏五月七日。

西日照城東，飛蝗忽蔽空。聲如挾風雨，勢欲走兒童。老眼何曾見，殘年未擬豐。憂勤正雲漢，玄默可能通？

送董圭峰之南京禮部侍郎二首

南國今豐邑，東曹古秩宗。學方推董賈，賢總讓夔龍。陵廟瞻新禮，山川憶舊蹤。江樓興不淺，何日許追從？

又

長安一傾蓋，二十五回秋。玉佩隨仙步，青衫識舊遊。通家兒女熟，愛客酒樽留。却恨長江水，偏能送客舟。

東鄰

多雨動經月，一涼先報秋。愛花思種菊，望遠却登樓。病喜中年退，官因薄養留。東鄰有知己，詩罷可能酬。

和韻答友人

百年爲客興，强半酒杯中。旅夜親燈影，江春憶釣篷。才憐皇甫湜，狂愛斛斯融。寂寞誰相問，衹應吾意同。

歲暮有訪

移居西郭近，歲暮得相過。一室矮如此，寸心寬幾何？野愁仍草莽，江夢足風波。久客須珍重，春來强醉歌。

送何孟春歸省其大父僉憲公且應湖南試

山水湖南秀，英靈信有之。後來誰先子？今去有餘師。漢室占星聚，虞廷指鳳儀。聰明愚可守，此語未堪疑。

送攸縣陳醫官

雨過湫江緑，春深楚客歸。岸花隨路發，沙鳥背船飛。門對孤峰秀，庭餘寸草暉。杏林多舊樹，應長去年圍。

五言排律

送楊尚賓充靖江府册封副使

先朝台鼎地，東里子孫賢。秘閣三千卷，符臺二十年。驊騮骨老大，鸞鳳意蹁躚。白戰危孤壘，雄談漏百川。才名非忝竊，供奉不虚員。掖轉皋門右，班分黼座前。銅章嚴夜衛，玉璽聽晨宣。魚袋諸銜集，螭文舊印專。東西頻節傳，前後擁貂蟬。帝錫雲仍貴，星分楚鄭躔。旌幢隨導引，環珮肅周旋。聖代儀文備，藩王禮數虔。詔開雲霧字，燈簇綺羅筵。榮幸真無比，遭逢衆所憐。此時沾慰遣，兹事豈迍邅？樹暗梧溪雨，帆輕桂水天。花飛春漠漠，石亂水濺濺。細路峰巒際，高城鼓角邊。縣官齊下馬，津吏自開船。公事程期近，家園道路便。壯遊真汗漫，歸興得攀緣。梓里青山在，松林白露懸。衣存遊子綫，祭有大夫田。緑奠蘩原酹，黄焚草誥箋。恩光回落景，靈爽動哀泉。此願人皆有，如公實不愆。幾家通舊閥，羣從接登仙。目斷江湖迥，心違几杖偏。風流懷阮籍，江漢望張騫。我亦同朝士，臨歌意渺然。

送彭教諭貴三之儀真二十韻 貴三，敷五之兄，嘗爲吴學。

本是藍田玉，由來渥水駒。精靈隨地發，材力應時須。斫月心能壯，梯雲路轉迂。南州聞鶚薦，泮水得鴻儒。紫綬誰沾命？青氈不負吾。曉盤堆苜蓿，秋院鎖蘼蕪。几杖長專席，冠裳必共趨。始知名教樂，自與利聲殊。道義皆繩尺，文章亦範模。世人多汩没，此意實泥塗。大雅思賢者，高情見友于。塤篪春燕集，風雨夜牀俱。旅步仍回泊，離腸重鬱紆。謝堂驚夢寐，姜被惜歡娱。匹馬重過薊，輕帆舊入吴。鬢毛頻歲月，萍迹更江湖。揚子風濤闊，金山島嶼孤。素心隨利涉，赤縣乃名區。散吏身猶縛，登仙望不無。賦詩慚急就，匆促問征途。

送傅曰會還新喻二十韻

旅館愁相送，秋空一雁高。弟兄君輩少，江漢我心勞。憶昨趨京輔，逢人説俊髦。卧龍猶在匣，陰鶴未離皋。章句還周雅，風流亦楚騷。戰酣看屢捷，技癢不容搔。好客延青眼，留詩駐彩毫。遷鶯方伐木，呦鹿更鳴蒿。露熟南州釀，霜甘北渚螯。飲醪心獨醉，投轄意頻叨。暮雨層城榻，寒江八月艘。舊鄉懷骨肉，遊子慎風濤。桂閾懸丹樹，芹宫映白袍。鷺行春束卷，熊餌夜分膏。歲月供鉛槧，交情識佩刀。文章吾所畏，衡鑒爾能逃。禮樂逢今代，功名在此曹。上書須賈誼，獻頌得王褒。塵土辭羈縶，雲霄待羽毛。振衣千仞表，應不負人豪。

胡忠安公輓詩四十韻

文廟臨朝日，英皇復辟年。我公台鼎貴，臣職始終全。舊錫恩榮榜，仍居侍從員。皁囊繁出入，彤陛儼周旋。擾擾羣疑會，皇皇四牡篇。路應窮地軸，歲屢變星躔。公受密命，巡行四方，前後十有七年。曉謁班留笋，宵歸炬擁蓮。至今天上語，不遺外人傳。少海驚波定，金縢密疏虔。論功同李泌，辱命豈張騫？南國非旁郡，東僚亦左遷。獻陵貽睿想，宣室問遺賢。典禮煩咨岳，爲舟憶濟川。廟廊資治理，帷幄贊兵權。討逆東平漢，從征北過燕。從容陳俎豆，談笑却戈鋋。仗鉞風塵際，留司雨露邊。兩曹兼掌握，三少累登延。紫誥蛟龍織，珍羞玳瑁筵。篆分銀印細，花簇錦袍鮮。棨戟城西第，桑麻海上田。雲霄三接近，優遇一時專。緑野家山在，丹心聖主憐。挂冠雙鳳闕，歸棹五湖船。老子元知足，陶朱不愛錢。弟兄頭總白，賓客户常闐。面受婁公唾，身無董氏絃。恩魚隨網散，馴犬上階眠。公有犬當庭卧，公出入必避之。碑板尋常見，醫方次第詮。瓮留京口釀，瓶引惠山泉。壽愷堂何愧，忠安謚有焉。相臺秋正拆，卿月夜虚圓。異骨殊凡品，前身本解禪。公自言天池和尚後身。浮生過九十，空界出三千。海内文章伯，人間富貴仙。姓名兒女説，簪笏子孫聯。桃李當時盛，葭莩後代連。高山嗟仰止，先輩已茫然。日月居諸裹，江湖涕淚前。賦詩裨國史，詎有筆如椽？

無錫華大母鄒氏年二十有一一子纔二歲夫病篤以子屬母顧而不及鄒鄒意其不信乃託子於姑自經死以示無貳志夫死子壯姑乃卒趙刑部汝吉請紀其事乃作是詩

婉娩從夫日，辛勤抱子年。晨昏親藥餌，少壯損朱鉛。姑老兒堪託，生微命可捐。謀違恤我後，死決在君前。目剔情非壯，心刳見豈偏？寧爲太激烈，不作更遷延。巢穴空黄口，容華易白顛。人皆稱節義，天不負精虔。俎簋餘三世，松楸閟九泉。報劉恩罔極，存趙祀終全。有美江南俗，他時海内傳。鄉評聞最德，國典憶旌賢。名教關吾道，肝腸重汝憐。澆漓不可問，古意益茫然。

題傅曰川修撰曰會中書兄弟趨朝圖

鳳穴連翩起，螭坳次第登。羽毛皆俊拔，意氣各騫騰。燕賜瓊林屢，班躋玉陛仍。旒瞻依黼座，闕步繞觚稜。陌引聯鑣騎，簾疏隔院燈。萼樓紅影近，桂殿碧陰層。簡出遺書校，麻翻御草謄。袍分五色錦，銜帶兩條冰。大冶聲頻躍，連城價倍增。謝堂題省筆，姜被擁宫綾。舊德栽培久，前賢藻鑒曾。食牛驚坐客，渡蟻識胡僧。勝地多奇産，高門合載興。隨騶還並出，元凱竟同升。海嶽靈争獻，風雲運可乘。聲名馳赫奕，文采映彪弸。道義真模範，詞章亦準繩。子由元學軾，王縉不慚丞。頌美詩人義，圖形畫史能。冠裳俱偉碩，丰度儼端凝。孝本先膚髮，忠宜念股肱。葵傾心足擬，茅秡象須徵。聖主方求彦，良臣慶得朋。商家如夢説，物色總堪憑。

龍潭春雨徐春官墓山雜詠

龍作春潭雨，潭深雨自靈。細迷江草緑，遥帶海雲腥。稍集波驚沸，終爲水共渟。野陰連澗壑，芳意濕蘭苓。潤豈遺枯涸，來應墮杳冥。戰旌愁屢濕，鳴鬣振初停。鶴羽飛疑墮，鮫人室罷扃。篷開看浩渺，纓濯想清泠。瞑憶當窗見，宵宜到枕聽。漏天難比蜀，濁浪肯同涇。旅泊家應斷，山居夢轉醒。未勝岑絶地，幽涕晚俱零。

謝于喬庶子二親壽詩

綽楔今王制，衣冠古謝家。坊題狀元字，庭老合歡花。日紀三蓂隔，星移兩歲差。孟嘗珠作履，潘岳板爲車。得酒丹逾渥，開奩雪未華。桑榆收豈晚？龜鶴算初遐。綠橘懷香遠，黄魚入饌嘉。縣分仙掌露，書趁月宫槎。秀色橋還梓，繁陰瓞更瓜。見孫憐我抱，有子聽人誇。道阻遥思越，辭荒强和巴。晨瞻海東郭，佳氣蔚成霞。

壽瓊山丘先生

周嶽生申日，商巖夢説辰。共瞻調鼎任，純用讀書人。位迥登三事，年高過七旬。辭章極懇懇，天語慰諄諄。風雨停參謁，山林謝隱淪。甌金名早定，帶玉寵方新。月彩占卿象，台階切帝宸。汗青嚴衮鉞，制草出絲綸。芸閣編充棟，鴛班禮絶鄰。著龜言必驗，藻鑒識還真。韋孟分傳業，王褒頌得臣。飽經詩腹笥，憂國見眉顰。義補西山闕，途知泗水津。正綱歸史法，餘藝入詩神。彼杜徒稱斷，爲曹但飲醇。武休論絳灌，儒肯墮揚荀。斗柄初迴子，葭灰擬報春。雲棲高鸑鷟，雪骨瘦松筠。具爾鈞衡地，巍然柱石身。壽筵如許預，歌詠敢辭頻？

雪和楊考功韻

白戰驚逢雪，詩壇早戒嚴。正眠還對枕，漸起欲窺簷。研水先愁凍，風襟不受黏。屐痕隨獨步，巾角帶雙霑。舞趁冲虛鶴，奔迷失路蟾。地生方圃璧，盤照水精鹽。東郭行應慣，袁安卧恐淹。醉憐松有釀，貧憶歲無縑。白石終含垢，清冰未比廉。暮棲紛戢羽，春植暗勾尖。野蟄深防啓，遊鱗且自潛。月昏無影樹，天入夜明簾。戍壘膚先拆，雕房火競炎。我生閒不厭，瘦骨病應添。有客負奇氣，高歌掀兩髯。不矜豪興逸，頗愛野夫恬。晝擁青綾被，宵傳玉漏籤。舊堂賓主共，逆旅歲時兼。節憶中郎苦，茶分學士甜。田家欣共報，稚子戲能拈。霰集曾聞詠，陰凝屢玩占。郢才工已甚，遲拙幸無嫌。